10|18
12, avenue d'Italie — Paris XIIIe

Du même auteur
dans la collection 10/18

LE CLOU DE LA SAISON, n° 2613
TU PAIES UN CANON ? n° 2657

PAS DE QUARTIER !

PAR

JOHN CROSBY

Traduit de l'anglais
par Hélène MACLIAR

10|18

INÉDIT

« Grands Détectives »
dirigé par Jean-Claude Zylberstein

Titre original :
Take no prisoners

ISBN 2-264-02401-1

1

L'arme à la main, l'individu se tenait dans le vestibule, juste devant la porte de l'appartement de Cassidy, au premier étage. C'était un homme mince d'une quarantaine d'années, à l'allure distinctement juvénile, qui semblait être venu au monde vêtu de son costume de flanelle grise.

Lorsque Cassidy sortit dans le vestibule, l'homme pointa le pistolet sur lui :

— Vous m'en voyez terriblement désolé, dit-il, mais je dois vous demander de retourner à l'intérieur.

Un sourire engageant accompagnait ces mots. Même dans ses plus lointains souvenirs, Cassidy n'avait jamais vu personne le tenir en joue avec un sourire aussi séduisant.

L'arme constituait une terrible fausse note. C'était un Frank 9 mm muni d'un silencieux, une arme de tueur professionnel. Mais les tueurs professionnels ne portaient pas de costume de flanelle grise et ne s'excusaient pas.

— Eh bien, vous m'en voyez également désolé, dit Cassidy pour ne pas être en reste de courtoisie, car vous me mettez en retard pour mon cours. Je suis professeur d'histoire médiévale à la New School for Social Research.

— Et même excellent enseignant, professeur Cassidy, renchérit l'homme avec un nouveau sourire. Vous avez une réputation fantastique, celle de faire réfléchir vos étudiants, et ils sont si rares, les enseignants qui en sont capables. Je suis désolé de vous ennuyer, continua-t-il en agitant de nouveau son arme dans un geste d'excuse, mais c'est une question de vie ou de mort. Les miennes.

Tout ceci articulé d'une voix douce et cultivée — peut-être même un peu trop cultivée. Un ancien de Groton ? Groton était encore une des dernières écoles à trop instruire les jeunes. (Bien que Cassidy soit incapable de dire pourquoi il persistait à penser à lui comme à un jeune homme, car il avait une toute petite quarantaine.)

Cassidy recula à l'intérieur de son appartement, l'homme au sourire engageant (et très juvénile) le suivit et referma la porte.

— Vous connaissez mon nom, mais je ne sais pas le vôtre, remarqua Cassidy.

— Armand. C'est un nom que j'ai toujours détesté.

— Pourquoi ? dit doucement Cassidy. Il n'est pas si mal que ça.

Mais Armand ne s'intéressait plus à son nom et examinait la grande pièce au plafond haut avec ses fenêtres de plus de trois mètres, les bibliothèques qui ornaient les murs, les deux cheminées.

— Quelle pièce agréable, professeur !

— Loyer bloqué, expliqua Cassidy. Sinon, je ne pourrais pas me la payer. Dois-je lever les mains en l'air ?

— Oh non, pas du tout ! Rien de la sorte ! protesta Armand en agitant le pistolet avec négligence dans sa direction. Contentez-vous de rester là, s'il vous plaît, et ne bougez pas.

— Je me garderai bien d'une chose pareille.

Armand faisait le tour de la pièce, inspectant les chenets dans la cheminée, l'échelle qui courait tout autour des bibliothèques chargées de livres sur sa tringle de cuivre, le lit défait de Cassidy, le grand paravent japonais derrière lequel se trouvait le lit de Lucia, lui aussi défait.

— J'étais certain de vous trouver dans un appartement aussi agréable que celui-ci, remarqua-t-il avec un nouveau sourire charmant. J'en étais sûr.

Il contempla Cassidy avec adoration, les yeux brillants comme des paillettes dorées.

— Pourquoi ne pas poser cette arme et me dire de quoi il retourne? demanda Cassidy.

— Oh non, c'est impossible. Vous ne feriez pas attention à moi si je n'avais pas le pistolet, comme tout le monde. Je n'en ai que pour une minute, professeur. Enfin, quelques minutes, peut-être.

Maintenant, il regardait partout autour de lui, avec un objet bien précis en tête, de toute évidence.

Il le trouva. C'était le petit carnet noir de Cassidy avec tous ses numéros de téléphone. Il le désigna du bout de son arme, car le carnet se trouvait de l'autre côté du lit, sur la table de chevet de Cassidy.

— Si vous pouviez simplement me passer ce carnet noir, professeur?

— Je ne veux pas, répondit tout net celui-ci.

Il y avait dans ce carnet des numéros de téléphone dont personne ne devait avoir connaissance — ou dont personne ne devait savoir qu'il les connaissait. Quant aux titulaires des numéros, c'était une chose qu'ils apprécieraient encore moins.

Armand leva son arme à hauteur de son épaule et la pointa des deux mains sur la poitrine de Cassidy.

— J'ai tué un homme, vous savez, déclara-t-il avec une note de gaieté dans sa voix trop cultivée, comme s'il s'agissait là d'un jeu. Je n'aimerais pas vous tuer, professeur, et je vous assure que je ne m'y résoudrais que si vous m'y obligiez. Je vais compter jusqu'à trois.

— Inutile.

Cassidy ramassa son carnet noir et le jeta à Armand de l'autre côté du lit, pensant que celui-ci lâcherait peut-être le pistolet pour s'en emparer. Mais non. Armand attrapa le carnet, le posa sur son arme, et entreprit de le feuilleter.

Cassidy poussa un long soupir et tenta de se détendre. *« J'ai tué un homme, vous savez. »* Fallait-il prendre au sérieux ce charmeur trop poli ? Il y avait dans le ton de l'homme, dans ses yeux dorés, un aspect enfantin qui perturbait Cassidy. On aurait dit qu'il se trouvait dans un monde enchanté qui lui était propre.

Avec l'arme d'un tueur professionnel munie d'un silencieux.

Une arme dangereuse entre les mains d'un homme qui flottait sur son petit nuage. Quel dommage, pensait Cassidy. S'il n'y avait pas eu ce fichu pistolet, il aurait été plutôt sympathique.

Armand avait trouvé le numéro qu'il cherchait (et il y avait là-dedans des numéros pour lesquels le KGB se serait damné), et le composait. Cassidy compta les chiffres — onze —, ce qui impliquait un appel longue distance, et allait encore faire grimper sa facture de téléphone. Le silence qui régnait dans la pièce était tel que, quelle qu'ait pu être la destination de l'appel, Cassidy entendit résonner la sonnerie à l'autre bout.

Le soleil intérieur qui habitait Armand lui inondait les yeux d'étincelles dorées.

Quelqu'un venait de répondre, et Armand dit :

— Victor ! Coucou, c'est moi ! Vous vous figurez ça, Victor !

Cassidy se demanda s'il avait jamais entendu quelqu'un employer l'expression : « Vous vous figurez ça ! » Ce gamin-là ne venait pas de la rue.

La voix emplie d'allégresse, Armand continuait :

— Oui, je suis bien vivant — c'est un choc, n'est-ce pas, Victor ? Les choses ne marchent pas aussi bien que vous l'aviez prévu. Mieux encore, elles ne vont faire qu'empirer. Je vais de ce pas au *New York Times*, pour tout leur raconter... et j'ai tous les documents pour prouver ce que j'avance.

Victor, réfléchissait Cassidy. Il n'y avait pas de Victor dans ce carnet noir, autant qu'il s'en souvienne.

Armand avait cessé de parler, et écoutait. Victor, lui, parlait beaucoup, à l'autre bout du fil, et Cassidy percevait son murmure empressé. Un sourire égaré s'étalait sur le visage d'Armand, et toujours ces paillettes dans ses yeux...

— Non, Victor, je n'irai pas vous voir. Je ne veux plus jamais vous revoir. Vous avez essayé de me tuer, dit-il de son ton enfantin. Oh, c'était bien vous, Victor. Je ne suis pas si stupide que cela...

Victor s'était de nouveau lancé dans un grand discours. Cassidy n'avait rien à voir là-dedans, mais il se sentit obligé d'intervenir.

— Armand, il cherche à gagner du temps. Si la conversation dure encore, il va remonter l'origine de votre appel, et je ne crois pas que vous appréciiez. Moi non plus, d'ailleurs. Après tout, c'est mon téléphone.

— Au revoir, Victor, conclut Armand en raccrochant.

L'allégresse s'était évanouie de son visage, et il paraissait abattu, presque prêt à éclater en larmes.

— Vous avez une arme, professeur Cassidy, dit-il à voix basse. Allez la chercher, s'il vous plaît.

Qu'est-ce que c'était que ce délire ? Si j'avais mon arme, je pourrais le tuer, ce type. Mais Cassidy ne voulait pas tuer Armand.

— Ni moi ni mon arme ne sommes à louer, Armand.

— Ma vie et mon honneur sacré sont en jeu... affirma celui-ci.

Même à Groton, ils ne parlaient pas comme ça. Des phrases comme celles-là, on ne les écrivait même plus.

— Écoutez, je suis professeur d'histoire médiévale, dit doucement Cassidy.

— Et beaucoup plus encore. Opérations secrètes au Guatemala, en Hongrie, au Congo...

— J'ai quitté le circuit depuis des années J'ai été renvoyé.

— Je sais.

Armand leva de nouveau son pistolet à hauteur de son épaule, et son geste contenait une menace distincte.

— Ne prenez jamais de risques avec un homme armé. C'est vous qui avez écrit cela, Cassidy. C'est dans votre dossier.

Ça, c'était renversant. Le dossier se trouvait à Langley, le siège de la CIA, en principe inaccessible à quiconque, même au nez fureteur d'un sénateur, malgré la Loi sur la Liberté d'accès à l'Information.

Armand arbora de nouveau ce sourire engageant :

— Je vous en prie, professeur, allez chercher votre arme. Je ne veux pas vous tirer dessus.

Cassidy prit son temps. Il fit glisser l'échelle de bibliothèque tout le long de son rail de cuivre jusqu'à l'extrémité de la pièce, là où étaient rangés les volumes d'histoire de l'antiquité grecque, à la place d'honneur, près du plafond, d'où ils pouvaient contempler de haut tous les autres siècles.

L'arme — un 357 Magnum chargé — se trouvait derrière l'*Histoire de la guerre du Péloponnèse* de Thucydide. En temps normal, Cassidy n'aurait jamais laissé traîner une arme chargée à la portée de sa fille de treize ans, mais il était certain que Lucia n'irait jamais, au grand jamais, regarder derrière un volume de Thucydide. Lucia n'avait que faire de l'histoire. Celle-ci, se plaisait-elle à dire à son père, l'historien, commençait treize ans plus tôt, le jour de sa naissance. Avant cela, rien n'avait d'importance.

L'échelle était maintenant appuyée au bout de la pièce, à environ neuf mètres d'Armand. Cassidy pouvait voir par la fenêtre les colonnes blanches de l'église catholique située de l'autre côté de la rue. Un silence total régnait dans la pièce. Le silence et la distance étaient d'importance, car n'eussent été ces deux éléments, aucun d'eux n'aurait survécu.

Cassidy escalada l'échelle jusqu'à l'avant-dernière marche, car il n'aimait guère grimper plus haut, tira le Thucydide et passa la main derrière. Il sortit le pistolet, replaça le Thucydide, et s'assit sur l'échelon supérieur, l'arme à la main. Il retira le cran de sûreté, sans savoir exactement ce qu'il comptait faire. Il n'avait aucune intention de tuer Armand, mais peut-être, avec sa propre arme, pourrait-il le convaincre de lâcher le 9 mm.

Il n'eut pas le loisir de prendre une décision. La porte d'entrée s'ouvrit à toute volée, et une énorme silhouette simiesque déboula dans la pièce, l'épaule droite en avant. De toute évidence, l'homme qui avait enfoncé la porte.

Derrière cette espèce de singe apparut un autre individu — un Latino-Américain maigre et féroce. La férocité était la seule et unique raison de vivre de cet homme, il n'en avait pas d'autre. Il était né pour cela. Il entra vivement d'une allure enjouée, presque fringante, tenant des deux mains son pistolet à bout de bras. Dans la micro-seconde qui s'écoula avant qu'il ne tire, Cassidy remarqua qu'il s'agissait d'un Frank 9 mm à silencieux, identique à celui d'Armand.

Celui-ci réagit rapidement, détournant son arme de Cassidy en un arc de cercle pour la braquer sur le Latino-Américain. Il ne fut cependant pas assez rapide. L'homme tira deux fois — *phffp, phffp* — et Armand tomba en arrière, tandis que le sang jaillissait de sa tête et de son cou.

Le Latino-Américain enjoué se précipita pour le coup de grâce, mais n'atteignit pas son but.

A neuf mètres de là, perché sur son échelle, Cassidy avait par réflexe actionné la détente. La balle de calibre 357 atteignit l'homme à l'épaule, son arme vola à travers la pièce, et il se trouva projeté contre le mur.

La bouche ouverte dans un rictus, il lança à Cassidy (dont il venait seulement de remarquer la présence) un regard de méchanceté pure, absolue, aussi tranchant qu'un pic à glace dans un visage brun d'une intensité démoniaque. Puis, avant que Cassidy ait pu tirer une seconde fois, il franchit la porte dans l'autre sens, vif comme un furet, le singe traînant à sa suite.

Armand ouvrit brusquement les yeux, le visage tordu dans un petit sourire triste.

— Je suis désolé !

— Cessez de vous excuser sans arrêt, dit Cassidy en dégringolant de son échelle.

Lorsqu'il atteignit Armand, celui-ci avait refermé les yeux, mais son pouls battait encore un peu. Cassidy endigua le flot de sang en pressant de toutes ses forces le crâne d'Armand de sa main gauche tandis qu'il composait le numéro de l'hôpital Saint-Vincent, au coin de la rue.

— Vite, une ambulance ! rugit-il aux Urgences. Un homme vient d'être abattu, il est en train de se vider de son sang.

Pour une fois, les secours furent rapides à cause de la proximité de l'hôpital, mais, avant même leur arrivée, Cassidy avait récupéré dans la poche intérieure d'Armand son carnet noir très confidentiel avec tous ces numéros de téléphone encore plus confidentiels. Lorsqu'il retira sa main de la poche, il la trouva couverte de sang, et, collée au carnet noir, il y avait une enveloppe bulle marron, elle aussi couverte de sang.

« Et j'ai tous les documents pour prouver ce que j'avance. »

Une magnifique série d'empreintes digitales appartenant à Cassidy s'étalait sur l'enveloppe bulle, et l'impliquait jusqu'au cou dans une affaire à laquelle il refusait de se trouver mêlé. Il fourra l'enveloppe dans la bibliothèque derrière les œuvres complètes d'Emily Dickinson.

Alors seulement, il appela le lieutenant Fletcher, au poste de police de la 14e Rue.

Environ dix minutes plus tard, avant que Lucia ne rentre de l'école, les médecins avaient fait une transfusion à Armand et l'avaient transporté à Saint-Vincent.

2

Les cent kilos du lieutenant Fletcher laissèrent transparaître un scepticisme de la plus belle eau.

— A en croire mes oreilles, cet homme est entré ici en arborant un Frank 9 mm pour obtenir un *numéro de téléphone* ?

Cassidy, étendu sur son canapé blanc sale, savoura l'incrédulité de Fletcher.

— Un fils à maman, Fletch, affirma-t-il. J'irais même jusqu'à émettre l'hypothèse qu'il est fils unique.

Lucia était pelotonnée sur le bras du canapé. Cassidy ne cessait de lui répéter qu'à force de peser de tout son poids sur cet accoudoir, elle allait le casser, mais rien n'y faisait.

— Professeur, vous avez toujours été très doué pour les analyses psychologiques, mais revenons-en aux faits. L'homme a trouvé dans votre carnet noir le numéro de téléphone d'un certain Victor, alors que vous dites qu'il n'existe aucun Victor dans ce carnet...

— Il s'agit peut-être de son deuxième prénom, lieutenant. Je ne les connais pas tous.

Lucia, les yeux écarquillés et les oreilles grandes ouvertes, écoutait tout cela avec délectation.

— ... puis ces deux truands déboulent et descendent le type pour une raison indécelable à l'œil nu. Cassidy, vous allez devoir trouver mieux que ça, déclara Fletcher en décrochant le téléphone pour composer un numéro.

— Seriez-vous en train de m'accuser de mensonge, lieutenant ?

— Seulement de passer certaines choses sous silence. Vous ne dites pas tout, professeur.

Il s'adressa à son correspondant :

— Bonjour, ici le lieutenant Fletcher, poste de police de la 14e Rue, matricule 3487. Je vous appelle du 342-8976. Quelqu'un a passé un appel longue distance depuis ce numéro... heu... quand cela, professeur ? A quelle heure ?

— 15 heures. 15 h 10.

— 15 heures, 15 h 10, répéta Fletcher, qui ajouta : Oui, j'attends.

Il patienta. Son coéquipier, Jim Hazelwood, se traînait à quatre pattes près du lit, à la recherche d'un quelconque indice. Les hommes des empreintes passaient de la poudre sur la porte, à la recherche d'empreintes, sans en trouver aucune.

— Lieutenant, dit Cassidy, je ne vous donne pas d'informations parce que personne ne m'en a donné. Les malfrats n'ont pas pipé mot. Armand, lui, n'avait pas grand-chose à dire, sinon qu'il détestait son nom. Voilà qui devrait vous fournir une piste, lieutenant. Rien qu'en se basant sur cette remarque, un psychiatre pourrait vous pondre un bouquin. Pourquoi a-t-il éprouvé le besoin de me confier *ça* ? Pourquoi ne pas lui poser la question ?

— Il est dans le coma, l'informa Fletcher, qui venait de l'hôpital. Les toubibs ne savent pas s'il en sortira, et même s'il en sort, s'il lui restera assez de matière grise pour poser des questions. Il ne reste donc que vous, Cassidy. Si vous refusez de coopérer, je vais peut-être devoir vous inculper pour détention d'arme, usage d'arme à feu avec intention de tuer, conspiration...

Le correspondant du lieutenant semblait prendre son temps pour lui répondre.

— Qu'avez-vous tiré de son portefeuille ? demanda Cassidy. Son nom, par exemple ?

— Shotover. Armand Shotover. Ça fait très haut du panier, dans le genre Armand Shotover, quatrième du nom. Ça vous dit quelque chose ?

Effectivement, cela lui évoquait quelque chose, mais tellement loin au fin fond de son cerveau que Cassidy fut incapable de dire quoi.

— L'adresse inscrite sur son permis de conduire est Route 1, Boîte 62, Marietta, Virginie. Vous connaissez ?

— Non. Combien d'argent y avait-il dans son portefeuille ?

— Ah ! ah ! dit Fletcher avec un sourire carnassier.

— Maintenant, c'est vous qui ne dites pas tout.

— Information confidentielle sur une enquête en cours... Oui, je suis là, dit le lieutenant dans le combiné.

Il écouta, bouche bée, puis grogna :

— Et des appels urbains, il y en a ? D'accord, merci.

Fletcher raccrocha puis fit face à Cassidy.

— Il n'y a eu aucun appel d'aucune sorte — urbain ou longue distance — depuis ce numéro au cours des deux dernières heures.

Cassidy se redressa.

— Fletcher, je le jure devant Dieu. Il a composé un numéro longue distance. Il a eu son correspondant. J'ai entendu le type lui parler — un bor moment, environ cinq minutes. Je l'ai entendu. Je ne saisissais pas ce qu'il disait, mais j'entendais sa voix. L'appel a été effacé.

— Et qui aurait fait ça, Cassidy ? Qui serait susceptible de le faire ?

Qui, en effet ? Cassidy posa les pieds par terre et se massa le visage. Il ne voyait qu'une organisation capable de ça, et il préférait ne pas y penser...

Passant par-dessus Cassidy, Fletcher attrapa le carnet noir sur la table de nuit.

— Nous allons emporter ça au poste.

— Pourquoi ? demanda Cassidy avec violence. Puisqu'il n'y a pas eu d'appels...

Fletcher sourit.

— Ne me dites pas que vous ne connaissez pas la procédure. Je vais composer un par un les numéros de ce carnet et demander au type qui me répondra s'il s'appelle Victor. C'est ennuyeux à mourir, mais la police est très méticuleuse.

— Vous ne croyez même pas à l'existence de ce coup de téléphone...

— Peut-être que si.

— Fletch, vous ne pouvez pas me faire ça, dit Cassidy en se levant. Il y a dans ce carnet des gens... les meilleurs agents de renseignements, pas seulement dans ce pays, mais en France, en Angleterre, en Italie, partout. Ils sont *tous* là. Ce sont des numéros *confidentiels*, lieutenant. Certains de ces correspondants sont tellement confidentiels que leur existence même demeure inconnue. Vous pourriez faire tuer quelqu'un. Si vous les appelez, ils vont me tomber dessus, ils ne me parleront plus jamais...

— Et qu'est-ce que ça peut vous faire ? Vous ne faites plus partie de la Compagnie.

Qu'est-ce que cela pouvait lui faire, en effet ? Et

pourtant, cela lui importait. Le carnet noir était le dernier objet qui lui permettait de garder le contact avec une organisation qui avait représenté vingt ans de sa vie. De plus, il y avait là des hommes qui étaient ses amis, et qui avaient été ses collègues au cours d'opérations qui ne devaient pas être soumises à un examen scrupuleux. Surtout pas par un flic.

— Je ne vois pas d'autre moyen de retrouver Victor, dit Fletcher d'un ton doucereux. A moins que vous ne coopériez davantage, professeur.

— Bon Dieu, lieutenant! explosa Cassidy en enfreignant la règle inflexible qu'il s'était imposée de ne jamais jurer devant Lucia. Je ne veux pas être mêlé à cette affaire. Je ne veux plus jamais revoir le petit Latinos avec son flingue. Il est terriblement dangereux, et j'ai une enfant de treize ans à charge.

— Dans ce cas... dit Fletcher en glissant le carnet dans sa poche.

— Espèce de salopard!

— C'est ce qu'ils disent tous, convint le lieutenant Fletcher. Mes meilleurs amis, et souvent, aussi, ma femme.

Une demi-heure plus tard, Cassidy, une valise à la main, se rendait chez Deborah en compagnie de Lucia. Deborah habitait deux pâtés de maisons plus loin, de l'autre côté de la 5e Avenue, le côté riche.

Lucia se plaignait avec amertume :

— A chaque fois que les choses deviennent intéressantes, on me fait déménager pour aller chez Deborah.

— Cette fois-ci, je viens aussi. C'est très gentil à Deborah de nous recevoir comme ça sur-le-champ.

— Elle est folle de toi. Tu ne l'as pas remarqué?

— Dès que tu arrives là-bas, tu te mets à tes devoirs, dit Cassidy.

— Vous allez pouvoir m'aider tous les deux avec mes verbes irréguliers. Deux professeurs pour mes verbes irréguliers. Qu'est-ce qu'on va rigoler !

A la porte d'entrée, Deborah les reçut avec son large sourire et ses cuisses épaisses (un peu trop épaisses au goût de Cassidy, d'ailleurs), aida Lucia pour ses verbes irréguliers, et servit le dîner sans poser de questions.

Ce fut Lucia qui les posa.

— C'est très marrant d'être là tous les trois, mais *pourquoi* ?

— Toute aventure est un commencement, une incursion dans l'inexprimable avec un matériel minable qui ne cesse de se détériorer dans le désordre général de l'imprécision des sentiments, assena Cassidy.

— Qu'est-ce que c'est que ce charabia ? s'exclama Lucia.

Deborah le savait, elle. Elle avait suivi les cours de Cassidy à la New School, avant de devenir à son tour professeur d'histoire.

— Quand il veut te jeter de la poudre aux yeux, il te cite T.S. Eliot pour changer de sujet. C'est un extrait des *Quatre quatuors*.

— Je voulais simplement m'assurer que ton minuscule cerveau avait retenu quelque chose de tout ce que je lui ai enseigné.

Dans sa poche de poitrine se trouvait la grosse enveloppe bulle qu'il avait retirée de la veste d'Armand. C'était pour elle que les malfrats étaient venus (en plus de descendre Armand, ce qu'ils n'avaient pas non plus réussi), et ils allaient revenir la chercher. Voilà pourquoi il se trouvait avec Lucia chez Deborah, mais si Lucia l'avait su, l'excitation l'aurait empêchée de dormir.

Il n'avait pas parlé de l'enveloppe au lieutenant

Fletcher. Il n'avait promis que sa coopération — mais pas tant que Lucia ne serait pas couchée en sécurité.

Lorsque ceci fut fait, il rechargea son 357 et le glissa dans son holster d'épaule sous le regard nerveux de Deborah.

— Quand reviens-tu ? demanda-t-elle.

— Ne m'attends pas.

Il l'embrassa légèrement sur les lèvres. C'était le moins qu'il pouvait faire en échange d'un bon dîner et du fait qu'elle posait si peu de questions.

L'église était toujours ouverte tard, à l'arrière du bâtiment où les pères tenaient une petite cafétéria pour les fumeurs d'herbe et les intellectuels. Au fond de la cafétéria, Cassidy connaissait le chemin des escaliers qui menaient à une longue pièce basse sous l'avant-toit, où les pères entreposaient les ballons de basket, les uniformes de majorettes et les sifflets d'arbitres. (De temps en temps, on abordait aussi la religion, dans cet endroit.)

Cassidy espérait se faufiler dans la cafétéria mal éclairée et passer inaperçu jusqu'à l'escalier. Le père Flaherty, installé à une table avec trois chevelus, dissertait de sa voix riche et onctueuse des Dodgers de 1953 — Peewee Reese, Jackie Robinson, Gil Hodges, Duke Snider, récitant comme une litanie les grands noms et les scores. Mais il aperçut Cassidy, et le rejoignit instantanément, enveloppé d'une odeur de tabac à pipe.

— J'ai vu l'ambulance et les voitures de police, professeur. Je peux faire quelque chose pour vous ?

Pour rien au monde, Cassidy ne voulait de son aide, mais il ne pouvait pas le lui dire.

— Mon père, si vous pouviez tenir ces shootés à l'écart de mon chemin, je vous en serais reconnaissant. Je voudrais utiliser la pièce sous l'avant-toit pour une enquête en cours, expliqua-t-il en reprenant l'expression de Fletcher. (Participer à une enquête en cours, le père Flaherty allait adorer ça.) Il se peut que je reste là-haut très tard, continua-t-il. Je vous promets de ne pas mêler l'église à quoi que ce soit.

Un quoi que ce soit auquel l'église — ou en tout cas le père Flaherty — adorerait se retrouver mêlée.

— Continuez de parler base-ball avec ces infidèles ; vous me rendrez un très grand service, conclut-il en s'esquivant dans l'escalier.

Il espérait que son discours calmerait le père Flaherty, mais sans trop y croire. Pourvu qu'il ne s'agisse pas de théologie, Flaherty aimait fourrer son grain de sel partout.

La pièce là-haut était encombrée et sentait le moisi. Cassidy ne pouvait se tenir droit debout qu'en son milieu. Du côté de la 13e Rue, une grande fenêtre ronde s'ouvrait du sol au plafond, éclairée par la lueur des lampadaires de la rue. Cassidy se fraya un chemin à travers les débris divers et s'assit en tailleur à côté de la fenêtre, qui surplombait son appartement. Il posa sur un coffre qui contenait des uniformes de base-ball son appareil photo, un Kluge qui prenait de si jolis clichés dans l'obscurité.

Reculant un peu, il scruta l'extérieur, examinant le territoire. La vieille Chrysler de Fletcher, probablement un modèle de 1969, était garée à une dizaine de mètres de chez lui. Fletcher et Hazelwood devaient se trouver dedans, sans doute sur la banquette arrière. Cassidy pria pour qu'ils aient amené des renforts. Il avait fait son possible pour faire comprendre à Fletcher à quel point le malfrat était dangereux, mais il avait bien peur d'avoir échoué. Fletcher était un homme difficile à inquiéter.

Mais le territoire était bien circonscrit. La rue semblait vide et endormie, ce qui était normal. Minuit vingt. Les truands ne viendraient que bien plus tard.

Il s'appuya contre le coffre de bois qui contenait les uniformes de base-ball et sortit l'enveloppe bulle qui portait ses empreintes magnifiquement gravées dans le sang. Il ôta le gros élastique qui l'entourait et en sortit un document épais qui semblait être demeuré plié pendant des années.

CONTRAT

Cassidy se fraya un chemin à travers le jargon juridique.

Ce contrat est conclu ce vingt-septième jour de mai 1981 entre le donateur (concédant), Armand Shotover (ici l'emprunteur), et Philip J. Cantor, administrateur de la Commonwealth Bank & Trust, une société structurée et régie suivant les lois de l'État de Virginie, dont l'adresse est à Marietta, Virginie, dans le comté d'Alester.

L'emprunteur, ayant pris en considération la dette ici exposée et l'acte ici créé, accorde de façon irrévocable et transfère à l'administrateur ici désigné (« Ah, les avocats ! » pensa Cassidy) *le pouvoir de vendre la propriété ci-après désignée établie dans le comté d'Alester, en Virginie : l'ensemble de cette étendue particulière ou parcelle de terrain avec les améliorations qui y ont été apportées et toutes les servitudes qui y sont attachées, située dans le district de la magistrature Hunter's Ridge d'Alester, Virginie, sur le côté nord de la route nationale 822, et mesurant 27 642 acres.*

Cassidy tira la langue et contempla le plafond — 27 642 acres. Et pas dans le Colorado ou dans l'un de ces autres États gigantesques, non, dans cette bonne vieille petite Virginie, où 27 642 acres représentaient une sacrée étendue ou parcelle de terrain.

Il est ici fait référence au plan afférent pour description supplémentaire et plus particulière de la propriété ici cédée et pour toute affaire s'y rapportant...

Cassidy examina la carte accompagnant le contrat. A peu près au centre était dessinée la maison principale, qui paraissait énorme. Les dépendances éparpillées autour portaient toutes une légende — « écuries », « granges », « haras », « piscine » —, ainsi que les terres, désignées comme « champs », « pâturages », « bois », et un long rectangle, baptisé « piste d'atterrissage ».

Une piste d'atterrissage !

Cassidy revint au document principal.

Pour servir d'assurance au Prêteur (a) du remboursement de la dette prouvée par la note de l'Emprunteur datée du 17 mai 1981 (Note ici jointe) d'un montant principal de Un Million Cinq Cent Mille Dollars.

Eh bien ! Des avocats qui avaient capitalisé un million cinq cent mille dollars ! C'était une bonne petite somme pour le gentil petit Armand Shotover, qui reposait en ce moment à l'hôpital Saint-Vincent, gravement blessé.

Cassidy se souvint du « Ah ! ah ! » du lieutenant Fletcher lorsqu'il lui avait demandé combien d'argent contenait le portefeuille d'Armand. Sûrement pas un million cinq cent mille dollars, mais peut-être quelques billets de mille princiers.

Un prêt d'un montant renversant sur la demeure ancestrale, mais néanmoins un papier tout ce qu'il y avait de respectable, semblable à des milliers d'autres contrats de prêt. Quel rapport entre l'hypothèque sur la vieille maison, et la férocité d'une arme ? Cela paraissait aussi déplacé que le 9 mm garni d'un silencieux dans la main d'Armand Shotover. Toute cette affaire débordait d'invraisemblances.

Pensif, Cassidy baissa la tête, ferma les yeux, et se mit à somnoler.

Il fit de mauvais rêves, mais c'était toujours le cas lorsqu'il s'endormait en position assise. Il était de nouveau en Bulgarie, et tentait de faire ralentir un train de dessin animé qui fonçait droit sur lui — en vain. Il devait impérativement se trouver à un endroit précis, et il n'y parvenait pas. Un vieux rêve répété à maintes et maintes reprises...

— Horatio, je crois que vous êtes en train de tout rater, lui murmura à l'oreille le père Flaherty en le secouant violemment.

Cassidy se réveilla en sursaut, se demandant où il était, et *pourquoi,* résonnant d'inquiétude.

— La rue vibre de malfaiteurs, continua le père Flaherty.

Même lorsqu'il chuchotait, sa prose était toujours baroque.

Le silence était impressionnant. Cassidy lui intima : « Chut ! », et s'empara de son appareil photo.

La 13e Rue grouillait de silhouettes indistinctes qui évitaient les réverbères, se tenaient par paires sous les portes d'immeubles, près des voitures, pour se fondre dans leurs contours et demeurer invisibles, mais sans y parvenir parce que l'éclairage public était trop efficace. Cassidy s'éloigna de la fenêtre et compta les corps deux par deux (parce qu'ils étaient partout en couple, et qu'est-ce que cela pouvait signifier ?) — deux, quatre, six, huit —

Seigneur, *vingt* ! Al Capone n'avait pas eu besoin d'autant de monde pour le massacre de la Saint-Valentin ! Vingt malfrats éparpillés de la 6ᵉ à la 7ᵉ Avenue, et peut-être plus au-delà.

Pas de voitures. Cassidy examina la rue sur toute sa longueur ; les véhicules garés ne semblaient pas avoir changé. S'ils étaient venus en voiture, celles-ci ne se trouvaient pas dans la 13ᵉ Rue.

Tous les hommes de main portaient de longs trench-coats informes, ce qui était très bizarre, étant donné la douceur de la température.

Deux d'entre eux grimpaient maintenant le seuil de pierre du 124 — celui de Cassidy — et se penchaient sur la porte de l'immeuble, qui n'était pas celle de Cassidy, mais une porte extérieure. L'entrée de son propre appartement se situait à l'intérieur du vestibule.

Maintenant, Cassidy prenait des photos, essayant de se rapprocher au plus près avec son merveilleux petit appareil, mais ne se faisant guère d'illusions sur le résultat. Les malfrats prenaient soin de garder leurs visages dans l'ombre, le corps voûté comme si on les avait prévenus contre les photos.

Cassidy pria le Dieu auquel il ne croyait pas pour que le père Flaherty ait le bon sens de se tenir à l'écart de tout ceci. Il ne pouvait pas affronter cette bande sans le secours de l'ensemble du poste de police de la 14ᵉ Rue. Cassidy regretta de ne pas avoir accepté l'émetteur radio que Fletcher avait essayé de lui fourguer. Lui avait une vue bien meilleure que celle du lieutenant depuis sa vieille Chrysler pourrie. Fletcher avait-il une idée du nombre d'hommes qui se trouvaient là ?

Quel pouvait donc bien être l'enjeu qui justifiait une telle puissance de feu ?

Les deux hommes sur le seuil du 124 avaient

maintenant forcé la porte d'entrée et disparu à l'intérieur.

Cassidy consulta sa montre. 2 heures du matin. Il avait dormi deux heures. Quel gâchis !

Une faible lueur perça à travers les stores vénitiens de l'appartement de Cassidy. Munis d'une torche, ils devaient les rechercher, lui et Lucia, et s'ils avaient tous les deux eu le malheur de se trouver là... Les malfrats venaient d'allumer la lumière. Maintenant, ils allaient fouiller tout l'appartement, et tout flanquer en l'air. Il allait retrouver le bazar intégral.

— Qu'est-ce qu'ils font chez vous, Cassidy ? chuchota le père Flaherty.

— Chuut !

Le silence était terrifiant. Il n'avait jamais connu New York aussi silencieux.

Fletcher, ne bougez pas, supplia-t-il. Ne vous en mêlez pas, cette fois-ci, nous ne pouvons pas gagner la partie.

Les silhouettes indistinctes semblaient changées en statues de pierre. Pas un bruit, pas un mouvement.

Cassidy utilisa le viseur du Kluge pour faire le point sur la vieille Chrysler. Il ne distinguait rien. Pas l'ombre d'un mouvement à l'intérieur, ce qui était bon signe. Ne vous en mêlez pas, Fletcher ! Ne bougez pas !

Une allumette flamboya dans l'obscurité. Quelqu'un avait désobéi aux ordres qui interdisaient d'allumer une cigarette, et Cassidy eut le temps d'entrevoir parfaitement un mince visage latino-américain — jeune, beau et cruel — avant que le partenaire de l'homme n'éteigne la flamme et ne jette la cigarette dans le caniveau.

Cassidy distingua du mouvement dans son appartement. Ils devaient être en train de tout retourner, de tirer tous ses précieux livres, de les jeter par terre, de vider tous les tiroirs. Il lui faudrait des semaines pour tout remettre en ordre.

Le père Flaherty s'étira sur le sol près de lui. Ses lèvres remuaient ; il priait, bien sûr, dans son style baroque très personnel. Oh, Notre Bienheureux Père à tous qui êtes aux Cieux... C'était généralement comme ça qu'il commençait. Très musical...

Une demi-heure passa en se traînant comme une éternité.

Lorsqu'il perçut le bruit, ce fut d'abord un distant *ush ush ush ush.* Parfaitement identifiable, même dans le lointain. Un hélicoptère. Et d'habitude, les hélicoptères ne se promenaient pas à 2 heures du matin au-dessus de Manhattan.

Cassidy observa les malfrats pour voir s'ils avaient entendu. C'était le cas. L'un d'entre eux grimpa les marches du 124 à toute vitesse et s'engouffra dans l'immeuble.

L'hélicoptère se rapprochait maintenant, avec un *chuff, chuff, chuff,* qui se transformait en *ack, ack, ack*, des voyelles plus fortes et plus coupantes.

Fletcher, couché dans sa Chrysler, disposait d'une radio. Avait-il fait venir un hélicoptère ? Il faudrait plus d'un appareil pour venir à bout de cette bande-là.

La porte du 124 s'ouvrit, deux types sortirent et levèrent la tête vers le ciel en direction de l'hélicoptère, qui approchait, plein nord, depuis la baie. Ils se trouvèrent dans la lumière, et Cassidy prit un instantané des deux visages bruns levés — l'un d'entre eux était le visage démoniaque du sauvage qui avait abattu Armand.

L'hélicoptère était désormais très près, et Cassidy se demanda qui d'autre Fletcher avait appelé en renfort. Peut-être une demi-douzaine de voitures de patrouille arrivaient-elles en silence sur la 6e ou la 7e Avenue. Ou même les deux.

Le sauvage faisait maintenant signe à ses hommes, levant un bras au poing fermé et formant un T avec son autre bras. Qu'est-ce que cela pouvait bien signifier ?

Les hommes fourrageaient sous leurs ridicules trench-coats, en sortaient des objets longs et bosselés, que Cassidy ne put discerner dans l'obscurité.

L'hélicoptère se trouvait maintenant juste au-dessus de la rue et faisait un boucan du diable. Son projecteur s'alluma et transforma la nuit en plein jour. D'autres phares s'allumèrent en provenance de la 6e et la 7e Avenue, les voitures de patrouille firent irruption en rugissant puis s'arrêtèrent — deux d'entre elles bloquant l'entrée de la 13e Rue par la 6e Avenue, deux autres l'entrée par la 7e Avenue.

Opération magnifiquement minutée.

Sous la flamboyante lumière blanche, Cassidy reconnut ce que les malfrats avaient sorti de leurs trench-coats.

— Des roquettes ! cria-t-il.

L'écho de l'hélicoptère noyait tout, et le silence était maintenant inutile. Ils opéraient par deux — un homme avec le projectile, l'autre avec le lance-roquettes sur l'épaule.

La voix qui tomba du mégaphone résonna comme le tonnerre :

— Personne ne bouge ! Laissez tomber vos armes ou nous tirons !

Tous ces trucs idiots qu'un flic devait dire avant d'agir parce que des imbéciles de juges l'y obligeaient.

Les malfrats, qui n'avaient pas ce genre de

contrainte, ouvrirent le feu dès qu'ils furent prêts : un S.A.M. emboutit l'hélicoptère, qui explosa presque exactement au-dessus de l'église et s'abattit en une boule de feu sur quatre voitures garées tout à côté.

Avant même que l'hélicoptère eût touché le sol, les autres missiles S.A.M. furent lancés à bout portant sur les quatre voitures de police, qui explosèrent dans un ronflement de brasier.

Des pistolets-mitrailleurs se mirent de la partie, *ratatatatatatatata...*

Cassidy les vit effectuer leur danse de mort dans les mains des truands — c'étaient des MP5 d'Allemagne de l'Ouest (où diable les avaient-ils dénichés, ceux-là ?).

— Seigneur ! articula le père Flaherty, dont la prose se trouva pour une fois réduite à l'essentiel, c'est l'Armageddon !

— Baissez la tête, mon père.

Les malfrats avançaient à pied vers les voitures de police... *ratatatatata...* achevaient le travail... Ils étaient bien entraînés. Et maintenant, ils se dirigeaient tous, toute la foutue bande, vers la 7e Avenue, et dépassaient la vieille Chrysler qu'une rangée d'impacts de balles traversait d'un bout à l'autre.

Cassidy était déjà debout, dévalait les escaliers, traversait la cafétéria, déboulait dans l'allée, puis dans la 13e Rue, le père Flaherty à sa suite.

L'hélicoptère flambait joyeusement sur les quatre infortunées voitures. Des fenêtres s'éclairaient maintenant, d'où jaillissaient de brefs glapissements au registre très aigu, de ce timbre si particulier que confère la peur. La chaleur était suffocante.

La 13e Rue était jonchée de flics morts.

Sans s'en préoccuper, Cassidy se dirigea vers la Chrysler. Avant qu'il ait pu l'atteindre, il vit la portière arrière de la voiture s'ouvrir lentement du côté du trottoir. Fletcher en sortit en boitant, effondré, le visage en feu.

Il portait un gilet pare-balles dont les MP5 avaient décoré le tissu d'une rangée de trous.

— Qu'est-ce qui vous a pris de mettre un gilet pare-balles ? demanda Cassidy.

— Vous, dit Fletcher à voix basse, très basse. C'est vous. Vous avez dit qu'il était dangereux. Je n'ai pas pu convaincre Hazelwood d'en enfiler un.

Celui-ci gisait sur le dos à l'arrière de la voiture, les yeux écarquillés et la bouche grande ouverte, comme s'il allait en sortir des points d'exclamation.

Le père Flaherty s'agenouilla pour administrer les derniers sacrements à la lueur de l'hélicoptère en flammes.

Cassidy et Fletcher se dirigèrent lentement vers la 7e Avenue ; ils n'éprouvaient aucun désir de rattraper les truands.

— On n'en a pas eu un seul ?

Ils n'en trouvèrent qu'un — un Latino-Américain, jeune, le visage brun, mort au milieu d'un monceau de flics au bout de la rue.

Cassidy prit une photo de lui avec son Kluge.

Les autres malfrats s'étaient évanouis dans la nature.

— Où sont-ils passés ? Et comment ? demanda Fletcher.

— Le métro, expliqua Cassidy. Il y a une entrée juste au coin de la rue. Vous changez à la 42e Rue et vous allez n'importe où dans New York.

— Bon Dieu, Cassidy ! Des roquettes ! Des pistolets-mitrailleurs ! Qu'est-ce qu'ils veulent, putain ?

— Si seulement je le savais.

3

Cassidy s'échappa à 4 heures du matin, aussi épuisé que les enquêteurs par l'interrogatoire. Deux flics en uniforme se tenaient au pied des marches de grès brun de son immeuble, et deux autres montaient la garde dans le vestibule devant sa porte. L'hélicoptère incendié, les épaves des voitures de police et les cadavres avaient disparu, mais la rue était encore jonchée de verre brisé et de voitures brûlées.

Cassidy montra son permis de conduire à un des flics en uniforme. « C'est mon appartement », expliqua-t-il. A contrecœur, ils le laissèrent franchir sa porte fracturée. (Et le propriétaire, qu'est-ce qu'il allait dire de ça ?) Chaque centimètre carré de plancher était recouvert de livres, il n'en restait pas un sur les étagères. Cassidy se pencha et ramassa la Bible reçue pour sa première communion, qu'il avait à peine ouverte depuis. Aujourd'hui, il l'ouvrit au hasard et lut : « Et le glaive de David les frappa de l'aube naissante jusqu'au soir du jour suivant, et pas un seul d'entre eux n'en réchappa. » Mauvais présage.

Il se fraya un chemin jusqu'au téléphone et composa le numéro de tête, car les enquêteurs lui avaient pris son carnet noir. Le plus confidentiel des quatre numéros confidentiels d'Alison. Il sonnait au chevet de son lit dans son élégant hôtel particulier de Georgetown.

— Oui ?

Alison ne disait jamais « Allô », sur ce téléphone. Simplement « Oui ».

— C'est moi.

— Il est 4 heures du matin, espèce de fumier !

Cassidy sourit. Pour la première fois de la soirée, il s'amusait.

— Hugh, je ne suis pas d'humeur à écouter vos mots doux. Ils m'ont pris mon petit carnet noir, celui qui contient tous ces merveilleux numéros de téléphone, vous savez. Celui-ci, notamment.

— Qui a fait ça ?

— La police.

Cassidy lui fit un bref exposé des événements.

— Onze cadavres de flics. Tout ça va remonter jusqu'à la Maison-Blanche. Vous êtes dans la merde jusqu'au cou, Alison.

Alison était maintenant bien réveillé.

— L'Agence n'a rien à voir là-dedans, je vous le jure, Horatio ! Je suis horrifié ! Qui pourrait faire une chose pareille ?

— Quelqu'un a effacé cet appel longue distance passé de mon appartement, et je ne connais personne qui puisse faire disparaître un appel des registres téléphoniques aussi vite que la CIA. Pas vous ?

Alison, le numéro trois de la CIA.

Le silence s'établit à l'autre bout du fil. Cassidy imagina Alison, vêtu de son pyjama de soie Sulka, dans son lit de style Campagne française, avec sa riche épouse, Grace, endormie près de lui. (D'ailleurs, dormaient-ils encore ensemble ? Probablement pas.) Cassidy n'aimait rien tant que déstabiliser Alison, qui, imperturbable et éternel, avait survécu à une douzaine d'opérations de ménage interne à la CIA.

— Alison, vous devez battre le rappel et les arrêter. Fletcher menace d'appeler tous les numéros de ce carnet. En plus des quatre vôtres, il y a celui d'Illitch à Moscou, celui de Piotr à Stockholm, George à Prague...

— Pas d'énumérations, Cassidy. Pas même sur cette ligne !

Cassidy eut un sourire d'écolière ravie. Maintenant, il avait bien la main.

— Fletcher va demander à chacun, l'un après l'autre, si son cryptonyme est Victor. D'ailleurs, à ce propos, qui est Victor ?

— *Je ne sais pas !*

Ça, c'était une dénégation explosive. Cassidy insista :

— Des Latino-Américains, Alison. Dans quel sale boulot l'Agence est-elle fourrée là-bas dans la pampa ?

— Je serai chez vous le plus rapidement possible, siffla Alison.

— Ça ne suffit pas, Hugh. Vous devez vous remuer sur ce téléphone avant qu'ils ne foutent en l'air votre réseau, de Belgrade à Vladivostok. Il y a là de bons éléments, et c'est leur peau que vous risquez.

Non qu'Alison se souciât une seconde d'une autre peau que la sienne, mais si ses agents perdaient la leur, il y passait ensuite. Cassidy n'avait jamais su comment Alison se sortait de ces situations, mais le fait était qu'il s'en sortait. Il tirait des ficelles qui n'étaient connues que de lui seul. Des enquêtes en cours s'interrompaient net. Des district attorneys, des chefs de la police, des maires, des gouverneurs se trouvaient réduits au silence. C'était de la magie noire. Très noire. Cassidy n'approuvait pas la magie noire d'Alison, mais dans ce cas précis...

Il poussa les livres éparpillés sur son lit, ôta ses chaussures et tira sur lui les couvertures. Que Dieu ait pitié de leurs âmes, pria-t-il, alors qu'il ne croyait ni à la prière, ni en Dieu, mais il éprouvait le sentiment qu'il devait dire un mot pour ceux qui étaient morts ce soir. Une dernière pensée lui traversa l'esprit.

CONTRAT.

Où diable... ? Les flics l'avaient fouillé, avaient fouillé l'appartement sans le trouver, et il ne leur en avait pas parlé. Ah oui, il l'avait laissé sur le sol dans la pièce basse sous le toit de l'église. Il ne faudrait pas qu'il oublie de le récupérer.

Alison réveilla Cassidy en le secouant à 11 heures du matin. Celui-ci grogna et cligna des paupières, les yeux pas très en face des trous. Alison se tenait devant lui, impeccable dans son costume italien bien coupé aux revers étroits, appuyé sur sa canne noire de chez Kismet dont le pommeau d'argent dissimulait un 38 spécial à un coup.

Il passa en revue le désordre de la pièce.

— Ainsi, c'est ici que vous habitez, Horatio ? Comme c'est... pittoresque !

— Tout le monde ne peut pas avoir une riche épouse, Hugh ! rétorqua Cassidy d'une voix enrouée en s'asseyant sur le lit et en enfilant ses chaussures. A votre avis, que cherchaient-ils ?

Alison demeura de marbre.

— Allons prendre un rafraîchissement chez *Spumi*, suggéra-t-il, ce qui était chez lui la forme de réponse la plus directe.

Le *Spumi* était le restaurant et le bar juste en dessous de l'appartement de Cassidy, dont l'entrée se situait en contrebas des marches de grès brun. Il n'était pas encore ouvert, mais Cassidy était un vieux client, qui pouvait se permettre de contourner le règlement. Henry, le propriétaire et barman, essuyait les verres derrière son bar d'un air morne.

— Des cordons de police, dit-il. Il n'y aura pas quatre clients de la journée. Qu'est-ce que vous avez encore fait, Cassidy, pour nous amener cette malédiction ?

— Vous vivez en Amérique depuis quarante ans, et vous n'avez toujours pas compris les Américains. Ils vont débouler de Duluth juste pour prendre un verre dans votre bar, dans la rue où tous ces flics se sont fait descendre. On écrira des chansons sur notre rue, Henry. Est-ce qu'on peut avoir un café et un Perrier dans l'arrière-salle ?

— Un Perrier ?

— Mr. Alison ne boit rien de plus fort que du Perrier, de peur que cela ne lui affecte le jugement.

Les deux hommes se frayèrent un chemin à travers les serveurs qui dressaient les tables pour le déjeuner.

— Toujours à m'asticoter, se plaignit Alison. Je fais tout ce chemin depuis Washington pour vous sortir de la panade, et je n'ai en retour que de l'hostilité.

— Une hostilité *non déguisée*, précisa Cassidy. La meilleure sorte. Celle qui vous tue, c'est l'hostilité cachée, Hugh.

Ils s'installèrent dans l'arrière-salle très sombre.

— L'homme a débarqué en me récitant mon dossier, qui est enfoui à Langley sous dix tonnes de secrets. Qui d'autre que l'une de vos âmes damnées serait susceptible de connaître ça, Hugh ? De connaître mon adresse ? Mon carnet noir ?

Un silence de tombe. Alison détestait divulguer *quoi que ce soit.*

— Armand Shotover ne fait plus partie de la Compagnie depuis des années, dit-il enfin à regret.

Cassidy grogna et sirota son café. Personne ne quittait jamais vraiment la CIA (à moins d'en être viré, comme lui). Ils rôdaient toujours tous aux alentours — en tant que consultants, experts non-résidents, associés — jusqu'à ce que la mort les expédie dans un au-delà où ils continuaient à se réunir dans un coin pour se chuchoter de sales petits secrets.

— Quelle était sa spécialité ? demanda Cassidy.

— Je ne peux pas vous le dire.

— Il le faudra bien, si vous voulez que je vous rende des services.

Alison ne se serait pas trouvé là s'il n'avait pas eu de services à demander. Alison ne donnait jamais rien gratuitement.

Il lança à Cassidy le long regard calme qui était sa marque de fabrique et prit son temps. Puis il dit :

— Colombie. Venezuela.

— Ah, ah.

— Pourquoi dites-vous « Ah, ah » sur ce ton sinistre ?

— L'argent. Ce truc pue le fric à plein nez. Vingt hommes juste pour flanquer en l'air mon appartement. Des hommes armés de lance-roquettes qui coûtent soixante-quinze mille dollars pièce, et trois fois plus au marché noir. Des pistolets-mitrailleurs allemands. Qui a ce genre de fric ? Les trafiquants de cocaïne, voilà qui. Et ceux-là ne connaissent pas les règles du jeu. Votre petit voyou local de la Mafia n'irait jamais tuer un flic, encore moins onze flics, mais ces cinglés s'en foutent royalement. Qu'est-ce qui se mijote dans les Andes, mon petit vieux ?

Alison fronça le nez, comme si l'expression sentait mauvais.

— Je veux voir les photos que vous avez prises.

— Comment savez-vous que j'ai pris des photos ?

Bien sûr, il avait été en contact avec les flics. De toute façon, Alison ne répondait jamais aux questions ; il *posait* des questions comme si c'était là sa fonction première, comme le représentant d'une nouvelle sous-espèce qui dévorait l'information et pouvait mourir si elle en était privée, ne serait-ce qu'une journée.

— Avec un Kluge que vous avez volé à l'Agence, dit-il d'un ton doux. Vous vous êtes conduit comme un vilain garçon, Cassidy. Je pourrais en faire tout un plat, si je le voulais, mais je ne le ferai pas si vous me donnez les photos.

— Les flics les ont toutes récupérées.

Cassidy en avait marre de se faire bousculer par tout le monde — d'abord les flics, et maintenant Alison.

— Pourquoi les voulez-vous ? Un Latinos ressemble à un autre Latinos. Qu'est-ce que c'est que cette entourloupe ?

— Je ne m'inquiète que d'Armand. Il a été des nôtres. Nous devons observer les règles d'une conduite civilisée.

— Une conduite civilisée, c'est ça. La CIA est connue pour répandre la civilisation dans les coins les plus reculés de notre planète torturée.

Impavide, Alison but son Perrier. Il tira sa pince en or Cartier, en détacha la liasse de dollars et se mit à compter des billets de cent.

— Non, dit Cassidy avec violence. Je ne veux plus entendre parler de cette affaire. Je ne veux plus revoir ce Latinos de ma vie. C'est un tueur psychopathe, et je suis un lâche patenté. De plus, j'ai une fille de treize ans et ces déments tuent les enfants pour s'amuser.

— Vous pouvez emmener Lucia avec vous, dit Alison en continuant de compter des billets de cent dollars. Ce serait pour elle un agréable voyage, et Shotover Hall est une des plus belles demeures des États-Unis. Conçue par Thomas Jefferson...

— Shotover Hall, répéta Cassidy.

Voilà pourquoi cela lui rappelait quelque chose. Ainsi donc, Armand faisait partie de ces Shotover-là. Une résidence célèbre, chargée d'histoire, mais laquelle, Cassidy n'en savait rien. Historique parce que chargée d'histoire, ce genre-là.

— Shotover Hall vous changerait agréablement de ça... dit Alison d'un ton peste en pointant du doigt vers le plafond, en direction de l'appartement dévasté de Cassidy. Pendant votre absence, nous pouvons envoyer nos gens pour ranger et réparer la porte...

Et passer l'endroit au peigne fin, songea Cassidy, à la recherche de ce que les truands n'avaient pas trouvé.

— Simplement pour quelques jours, jusqu'à ce que nous mettions un autre homme en place...

En place. Encore une de ces expressions de la Compagnie. Il ne s'agissait jamais d'un travail, il s'agissait d'être *en place* — comme une pièce de jeu d'échecs. De se couler dans le moule.

— Remplacer un homme qui s'est retiré du jeu par un homme qui a été éjecté. Bravo, Hugh ! Et quand un comité sénatorial vient renifler vos petites affaires en vous demandant ce que vous fabriquez dans la forêt vierge, vous pouvez répondre sérieusement que vous n'avez pas un seul agent sur place. Les ex-agents ne sont rien. Nous sommes des non-entités que vous utilisez pour blanchir votre linge sale...

— N'employez pas ce mot ! explosa Alison.

— Lequel ? Linge sale ? Ou bien blanchir ? Oh, *blanchir* ! C'est de ça qu'il s'agit...

— Si vous voulez récupérer votre carnet noir... menaça Alison, furieux, le regard perçant.

L'affrontement s'arrêta là, car Fletcher apparut à l'improviste dans l'obscurité. Debout près de la table, il contempla la pile de billets de cent dollars avec le soupçon inné à tous les flics que des piles de billets de cent ne peuvent être qu'une preuve de malhonnêteté, et doivent entraîner une arrestation immédiate.

— Vous avez une tête de mort, Fletcher, gémit Cassidy, et, dans cette pénombre, c'est assez pour faire perdre l'esprit à n'importe qui. Voici Hugh Alison, ajouta-t-il en pointant sur celui-ci un doigt dédaigneux. Il travaille pour l'Oncle Sam, si vous voyez ce que je veux dire. Je crois que vous voyez.

— On vous demande, Cassidy. Et vous aussi, Mr. Alison.

— Qui ça, on ?

— Tous les gens que vous adorez — le maire, le district attorney, l'assistant de l'attorney général pour ce district, le chef de la police, le FBI, le service secret, les impôts. Voyons, qui ai-je oublié ? Ah oui, Alan Muir...

— Qui est-ce ?

— DEA, Drug Enforcement Administration.

— Ah, le mystère s'éclaircit. Et le gouverneur ? Il n'a pas pu venir ?

— Il a envoyé ses excuses. Allons-y, Horatio. Vous aussi, Mr. Alison, puisque c'est vous l'organisateur de la sauterie.

Alison réagit au quart de tour :

— Les médias vont y être. Aucune photo de moi, aucune mention de mon nom ne doit être faite en rapport avec tout ceci.

— Pas de médias, dit Fletcher d'un ton que Cassidy ne lui avait jamais entendu, un mélange de dégoût et de respect — si tant est qu'une telle chose puisse exister. Vous avez bien fait les choses, Mr. Alison. Ils ont fait entrer toutes ces huiles par la porte de derrière, et ils sont réunis au sous-sol de l'hôtel de ville dans une pièce dont personne ne connaissait l'existence.

Celle-ci avait été conçue comme un abri antiatomique, à l'époque où l'on considérait que ceux-ci étaient faisables. L'élément essentiel du mobilier consistait en une longue table autour de laquelle les survivants étaient censés discuter de leur avenir comme s'ils en avaient un.

Quasiment toutes les chaises étaient occupées par des bureaucrates. Cassidy reconnut le district attorney, le FBI, le chef de la police et le maire, mais aucun des autres. Le maire, Forbush, un extraverti grande gueule qui n'avait pas de plus grand admirateur que lui-même, était installé à un bout de la table et tonnait : « ... des forces de police que j'ai personnellement contribué à rendre parmi les plus efficaces de ce pays, trahies, prises au piège... »

Sur la table devant le maire étaient posés le carnet noir de Cassidy et les photos qu'il avait prises avec le Kluge. Alison s'avança et enfourna le carnet noir dans la poche intérieure de sa veste. Cassidy se dit avec amertume que ce carnet passait son temps à disparaître dans les poches des autres.

— Ceci a été classé n° 4 en secret-défense, expliqua Alison. Le degré le plus élevé du classement à l'échelon national. Si l'un d'entre vous l'a regardé, je lui demande d'oublier ce qu'il a vu. Si des copies en ont été faites, je dois exiger qu'elles me soient remises ici même.

Un concert de protestations s'éleva tout autour de la table — le district attorney, le FBI, le service secret, ils s'y mirent tous, mais ce fut le chef de la police qui domina le vacarme. Il s'appelait Henry Jefferson, il était noir et énorme, et donnait l'impression de couver un gigantesque brasier que rien ne parviendrait jamais à éteindre.

— Ce carnet est le seul indice dont nous disposions dans le plus grand crime jamais commis contre une force de police dans ce pays, et vous me dites qu'on ne peut pas l'utiliser ?

— Oui, c'est exactement ce que je dis, rétorqua Alison avec son air pincé. Nous sommes en guerre, Mr. Jefferson, avec un ennemi si pervers et diabolique que le moindre de nos mouvements, la moindre de nos méthodes, le moindre de nos agents doit demeurer totalement dans l'ombre, ou bien nous serons défaits. Si ces noms et ces numéros tombent entre de mauvaises mains, nous pourrions nous retrouver dix ans en arrière, et nous ne disposons pas de dix années supplémentaires pour réparer les dégâts. Nous pourrions perdre la guerre.

Cassidy était abasourdi. C'était de la foutaise, d'un bout à l'autre. Mais de la foutaise d'excellente qualité, débitée avec un panache et une autorité stupéfiants. Alison, le survivant.

— Eh bien... crachota le maire, eh bien... vous ne nous laissez pas d'autre solution...

Son discours fut noyé sous les autres — le FBI, le district attorney, l'assistant de l'attorney général, la DEA, ils étaient tous furieux. L'assassinat de onze flics était le plus merveilleux prétexte qui soit pour convoquer la presse et les caméras de télévision, devant lesquelles on pouvait exprimer son indignation, s'arracher les cheveux, faire des rodomontades. C'était la tragédie idéale pour rameuter des voix, faire augmenter des crédits, mettre en première page des noms et des visages. Et voilà que ce type venait leur dire qu'il fallait disparaître du décor !

Le chef de la police mit un terme au brouhaha d'un geste de son énorme main noire.

— Vous voulez dire que ces hommes ne seront pas traduits en justice ?

— La justice sera rendue, ne vous inquiétez pas, répondit Alison, et de façon bien plus efficace que vous et vos tribunaux ne le feront jamais.

Vos tribunaux, songea Cassidy. Il dit *vos* plutôt que *nos*. Cassidy était obligé de le reconnaître contre son gré, mais Alison avait raison. Ce que voulaient tous ces gens, ce n'était pas la justice, mais les rouages de la justice : le baratin, le clinquant, la publicité, la mise en scène. Ils se battraient tous pour une petite place dans le cirque de cette belle tragédie, et il se gaspillerait dix fois plus de temps et d'argent dans la guéguerre interne entre les bureaucrates que dans la recherche effective des coupables. Et même s'ils mettaient la main sur les malfaiteurs (ce dont doutait Cassidy), la superbe absurdité plus connue sous le nom de jurisprudence américaine viendrait à bout de la justice. Un juge stupide découvrirait qu'il manquait une barre à un T sur l'acte d'accusation, et toutes les poursuites seraient abandonnées.

Qu'est-ce que je fais là ? se demanda Cassidy. Je devrais être en classe, en train d'enseigner l'histoire médiévale, cette époque où la vie était austère, belle et simple, et dont la seule complexité consistait à déterminer combien d'anges pouvaient danser sur la tête d'une épingle — controverses aussi stupides que celles débattues dans les tribunaux américains de nos jours. Combien s'écoulerait-il de siècles avant qu'on ne considère le système judiciaire américain de la fin du xxe siècle comme l'équivalent exact, dans sa stupidité sans nom, de la théologie médiévale ?

— Cela signifie-t-il que nous ne pouvons interroger Mr. Cassidy sur son rôle dans cette affaire ? demanda le district attorney, un nommé Henry Bates à qui Cassidy avait déjà eu affaire et qu'il n'aimait pas.

— J'ai été interrogé hier pendant deux heures, Mr. Bates. Je crois avoir répété « je ne sais pas » un certain nombre de fois. Vous voulez que je recommence ? Alors que je quittais mon appartement pour aller donner un cours, j'y ai été retenu par un homme que je ne connais pas, qui a ensuite appelé un numéro que je ne connais pas, qu'il a trouvé dans mon carnet noir, et il a parlé à un homme que je ne connais pas. Deux hommes que je ne connais pas ont fait irruption et ont tué le premier. Que puis-je vous dire d'autre ?

— Nous avons déjà entendu tout cela, Mr. Cassidy. Le problème, c'est que nous n'y croyons pas. On a retrouvé chez vous trois armes, pour lesquelles vous n'avez aucun permis.

— Une seule m'appartenait.

— C'est ce que vous dites. L'une d'entre elles — un Frank 9 mm — est la même qui a tué un homme dans Grand Central Station hier à midi.

— Quoi ? dit Cassidy avec un sursaut de surprise.

— On a un autre macchabée, intervint Fletcher. Comme si ça ne suffisait pas.

Là, on entamait une autre partie, pensa Cassidy.

— Latino-Américain ? demanda-t-il à Fletcher.

— Oui.

— Quel 9 mm ? Celui d'Armand ou celui du Latinos ?

Il les avait soigneusement étiquetés pour le lieutenant.

— Celui d'Armand.

— Tiens, tiens ! dit doucement Cassidy.

Il avait sous-estimé le petit homme.

Alison examinait les photos prises avec le Kluge. La plupart étaient noires et inutilisables, mais trois d'entre elles étaient tout à fait nettes : l'une montrait le Latinos démoniaque au visage levé en direction de l'hélicoptère, une autre le mort à l'extrémité de la rue, et la troisième le beau visage de l'homme qui avait allumé une cigarette.

— Des copies de ces photos sont entre les mains du FBI, dit le chef de la police, et des douzaines ont été montrées à nos informateurs — particulièrement ceux qui connaissent le milieu de la drogue et des Latino-Américains. Les empreintes du mort ont été rentrées dans nos fichiers et ceux du FBI. Ces hommes n'ont pas de dossier criminel ; les Douanes et l'Immigration n'ont rien sur eux. Il est très étrange que nous ne dénichions aucune information sur ces gens. Cela vous suggère-t-il quelque chose, Mr. Cassidy ?

Celui-ci eut une grimace.

— Pourquoi me poser la question, à *moi*, alors que vous avez tous ces experts à votre disposition ?

— Parce que tout ceci a démarré dans votre appartement. Vous êtes le seul que nous ayons sous la main. Vous êtes le centre de cette enquête.

— Non, intervint Alison d'un ton ferme. Le

nom de Mr. Cassidy, ainsi que le mien et celui de la CIA, ne doit apparaître en aucune façon. Mr. Cassidy est en mission spéciale pour le compte du Président des États-Unis.

Cassidy demeura de marbre au prix d'un gros effort. Non, vraiment ? Depuis quand ?

La réunion prit fin assez rapidement après cette déclaration. Une fois que le nom du Grand Visage Pâle avait été prononcé, il ne restait plus grand-chose à dire.

Cassidy réussit à coincer Fletcher dans un coin, le temps de lui demander des nouvelles d'Armand.

— Nous ne l'avons plus, déclara le lieutenant avec amertume en montrant Alison. Votre copain espion l'a fait embarquer dans un hôpital secret de la CIA par un hélicoptère de la CIA. Je peux vous dire que si la police avait à sa disposition les moyens de la CIA, on nettoierait cette ville en cinq jours.

— Oh ! non, sûrement pas. Vous ne feriez qu'aggraver les choses.

En définitive, Cassidy ne rencontra pas le Grand Visage Pâle qui racontait des plaisanteries si drôles avec son accent irlandais, et qui avait un sourire si avantageux — c'est pour ça qu'on les élit, pour leur sourire, leur dentition, tellement plus importants que leur politique. Au lieu de cela, il vit Harriet Van Fleet, qui était le bras droit du Président (et même beaucoup plus, disaient certains, mais bien entendu, ce genre de rumeurs courait toujours). C'était une sacrée bonne femme, mince comme un crayon et dure comme l'acier, disait-on, un faucon qui faisait honte de leur lâcheté aux chefs d'états-majors, le numéro un de la triade qui manipulait réellement le Grand Visage Pâle.

Cassidy en avait beaucoup entendu parler, et jamais en bien. Elle était plus jeune qu'il ne l'avait cru, arborait un agréable sourire, mais se montra brève et précise.

« Les intérêts vitaux du pays sont en jeu : le canal de Panama, l'accès au Pacifique. Nous sommes en danger d'être coupés de nos alliés en Amérique du Sud. Ceci est une tentative des pays communistes d'Amérique centrale pour nous prendre en tenaille et nous séparer de nos amis d'Amérique du Sud », etc. Cassidy n'en crut pas un traître mot, et alla droit au but.

— Que faisaient-ils à New York ?

— C'est ce que vous devez découvrir, n'est-ce pas ? Shotover Hall est un point de communication de la plus grande importance pour le Président, et il doit demeurer secret. S'il est envahi par la presse, il perdra toute son utilité. Je suis sûre que vous comprenez.

Cassidy ne comprenait rien, mais que pouvait-il en dire à cette impressionnante et jolie femme qui était censée coucher avec le Président en personne, et le pousser toujours à de plus hauts faits d'armes au cœur même de leurs transports sexuels...

4

Cassidy dégustait un café dans la petite cafétéria de l'église, tout en se demandant s'il ne faisait pas une bêtise.

— Je ne veux pas que vous vous mêliez de quoi que ce soit, mon père. Simplement, ouvrez l'œil...

— Je ne dormirai pas ! déclara le père Flaherty, rayonnant de joie.

C'était la dernière chose au monde que désirait Cassidy.

— Non, non, mon père. Je vous en supplie, pas d'excès de zèle, cela provoquerait plus de mal que de bien. Remplissez vos fonctions quotidiennes. S'il se trouve que vous jouez au ballon dans la rue avec vos petits délinquants, ou que vous dirigez votre pièce de rue (les tâches du père Flaherty étaient fort variées, et peu d'entre elles avaient un caractère religieux), et si quelqu'un d'autre que mon propriétaire, que vous connaissez, pénètre dans la maison...

Il lui tendit le Kluge avec réticence.

— C'est un bijou. Il est quasiment impossible de faire une fausse manœuvre avec. Prenez juste un instantané — clic, comme ça — puis glissez-le de nouveau sous votre soutane.

Une lueur intérieure illuminait le père Flaherty.

— Ce sera avec le plus grand plaisir. J'éviterai le zèle, mais vous ne pouvez pas me demander de me priver du plaisir.

— Cela pourrait être dangereux. Si vous attirez l'attention sur vous, vous pourriez vous faire tuer.

— Je mourrai pour mon pays, dit le père Flaherty, radieux de bonheur.

— Vivre pour votre pays serait bien préférable. Comme ça, nous aurions des photos.

Le père Flaherty eut un rugissement de rire.

— Ne vous inquiétez pas, Cassidy. Je serai encore là pour danser sur votre tombe.

— Il faudra patienter, mon père. Ceux qui attendent de danser sur ma tombe feront la queue tout autour du pâté de maisons.

Au volant de la Mercedes de la CIA, Cassidy traversait le nord du New Jersey, une étendue dénuée de végétation, envahie de brouillard et de fumées d'usines, de raffineries de pétrole et de détritus. Lucia était assise à côté de lui, le ravissement peint sur son petit visage.

— Pas d'école ! glapit-elle. Génial !

— Je vais t'infliger latin, maths, anglais et français tous les jours, prévint Cassidy. Alors, attention ! Je serai beaucoup plus sévère que tes professeurs.

— C'est ça, dit Lucia, qui n'était pas dupe, en posant sa tête sur son épaule. Je sais tout de Shotover Hall. Conçue par Thomas Jefferson, c'est une des dernières demeures de ce genre qui soit encore aux mains de la même famille, les Shotover, qui n'ont pas vraiment signé la Déclaration d'Indépendance, mais qui ont accompli des tas d'autres trucs.

— Du genre ?

— Eh bien... Un des premiers a été sénateur, ils étaient dans le commerce maritime, puis la banque et...

Elle réfléchit en silence.

— Enfin, des trucs comme... les œuvres de charité et, tu sais, des trucs sociaux. Il y en a un qui a été grand veneur, mais c'était déjà il y a longtemps... Les plus récents, bon sang, je ne sais pas, mais ce sont des gens éminents..

Éminents parce qu'ils étaient éminents. L'évolution classique du rêve américain : du Sénat à la compagnie maritime, puis à la banque, puis à la chasse au renard, pour aboutir à quoi — à rien — si on peut appeler rien la CIA.

— Où as-tu appris tout ça ?

— Le *Dictionnaire biographique américain* de la bibliothèque de l'école. Papa, tout le monde a visité cette maison, John Quincy Adams, le général Sheridan, Jefferson, bien sûr...

Et Jefferson serait horrifié de voir l'usage qu'en faisait la CIA, pensa Cassidy.

— ... Mais pourquoi sommes-nous invités là-bas ?

— Parce que tu as eu un A en latin. C'est revenu aux oreilles d'Amanda Shotover, qui a insisté pour que tu viennes faire un tour chez elle et monter à cheval.

— Je déteste quand tu te dérobes aux questions, professeur.

Lucia l'appelait toujours « professeur » lorsqu'elle n'était pas contente, et sinon, Papa.

— Je me dérobe à la question parce que je ne connais pas la réponse, comtesse.

« Comtesse » était la riposte de Cassidy au « professeur ». Lucia avait été autrefois une comtesse italienne. A la veille de mourir, une princesse l'avait léguée à Cassidy, qui l'avait adoptée. C'était maintenant une petite Américaine qui détestait qu'on l'appelle « comtesse ».

— Je ne suis pas montée à cheval depuis l'Italie, dit Lucia d'un ton posé. Quand il faisait beau, je montais tous les jours.

Elle parlait comme si elle n'y croyait pas elle-même, comme si son propre passé ne relevait pas du domaine du possible. Sa vie ressemblait à un film projeté à l'envers : elle avait d'abord été une malheureuse comtesse italienne, une pauvre petite fille riche. Ayant finalement atteint l'état de pauvreté après de nombreuses tribulations et vicissitudes, elle était maintenant heureuse comme un jeune chiot. Voilà qui violait toutes les lois de la fiction hollywoodienne, mais c'était comme ça.

— Est-ce qu'on va garder la voiture ?

— Non.

C'était un véhicule à la James Bond, plein de merveilles électroniques qui le reliaient par radio à Langley, qui appellerait l'Armée, la Navy et l'Air Force si jamais il avait besoin de l'Armée, de la Navy ou de l'Air Force. Il disposait de compartiments secrets dans lesquels étaient dissimulés des mitraillettes, des lunettes à infrarouge, des explosifs, au cas où...

— Au cas où quoi ? avait demandé Cassidy à Alison avant son départ. Je croyais que ce devait être une semaine de repos à la campagne, à respirer le parfum des fleurs.

— On ne sait jamais.

— J'emmène Lucia là-bas pour l'éloigner du front, pas pour l'envoyer sur un autre front.

— Il ne se passera rien, dit doucement Alison. Calmez-vous.

— Je ne sais même pas en quoi consiste la mission.

— A faire ce pour quoi vous êtes très doué : attendre.

Le discours d'Alison évoquait à Cassidy la poésie moderne. L'essentiel était ce qui manquait, et il fallait remplir les blancs tout seul.

— Harburg doit rentrer dans trois jours. Vous avez connu Harburg... au Guatemala, non ?

Cassidy sourit. Pas seulement au Guatemala. Également en Bulgarie et en Chine, et après chacune de ces missions, Harburg avait dit qu'il lâchait tout... Voici qu'il réapparaissait, toujours dans les salades de la CIA.

Alison examina ses ongles, qui étaient, comme d'habitude, parfaitement manucurés.

— L'émetteur se trouve dans la chambre d'Armand. Inutile de régler la longueur d'ondes, elle est présélectionnée. Par contre, le code...

Il soupira.

— Ce n'est pas l'un des nôtres. Harburg et lui avaient leur propre code, qu'ils avaient mis au point quand ils travaillaient dans la Compagnie.

— D'où Harburg revient-il ?

— Du Balisario. (Comme si l'information n'avait aucune importance.) Quelqu'un a déchiffré le code, Cassidy. C'est la seule explication.

— L'explication de quoi ?

— De tout ça.

— Vous voulez dire le massacre des flics, l'assassinat d'Armand ?

— Vous oubliez le plus important : pourquoi se trouvait-il dans *votre* appartement ?

— Oh, je ne l'oublie pas. C'est même ma préoccupation principale, Hugh. Le cœur du problème est là. Dites-moi, celui qui a déchiffré le code, il est de leur côté ou du nôtre ?

Alison regarda de nouveau ses ongles et évita la

question comme s'il s'agissait d'un serpent à sonnettes.

— Transmettez ma plus profonde sympathie à Amanda Shotover, qui est une amie très chère. Expliquez-lui que je n'avais rien à voir dans ce malheureux événement, et que nous faisons tout ce qui est en notre pouvoir pour sauver son fils. C'est une grande dame, Horatio.

Alison collectionnait les grandes dames, du moins celles qui se laissaient collectionner. C'était une forme de snobisme. Cassidy se demandait quelquefois si même la carrière d'Alison dans la CIA ne représentait pas une forme de snobisme. Moi-je-sais-des-choses-que-tu-ne-sais-pas.

Ils avaient maintenant quitté la laideur du New Jersey, et traversaient les paysages à couper le souffle de la Virginie.

— C'est magnifique ! souffla Lucia.

— Le New Jersey est fait pour ça — apprécier la beauté de la Virginie, expliqua Cassidy.

— Je n'ai jamais vu autant de chevaux. Je vais te mettre sur un cheval, Papa.

— Oh non, pas moi. J'ai une peur bleue des chevaux. Ils ne sont pas encore parfaitement au point.

— Tu n'as peur de rien. Tu es l'homme le plus courageux que je connaisse.

— C'est parce que tu n'en connais pas beaucoup. Tout me terrifie : l'avenir, le présent, ma propre nature...

— Tu te déprécies très bien, Papa. C'est ta façon d'attirer l'attention.

— Je pensais me montrer modeste.

— En fait, tu n'es pas du tout modeste. Et tu n'as aucune raison de l'être. Tu es un sacré type, Papa. La plupart du temps, je suis très contente de toi.

— Si tu continues comme ça, tu vas me tourner la tête, et j'ai besoin de garder la tête froide dans cette affaire.

Lucia sauta sur l'occasion.

— Quelle affaire ? Tu es à nouveau sur une de tes missions fantômes ! Je le savais ! Et tu ne veux pas me dire de quoi il s'agit !

Je ne sais pas moi-même de quoi il retourne. Mais il ne le dit pas.

Longue de plus de un kilomètre, l'allée principale était un magnifique chemin de terre aux longs virages ondoyants sous de gigantesques érables de Norvège. D'un côté les champs étaient pleins de chevaux, de l'autre, de vaches de Jersey, qui paissaient à l'intérieur d'un enclos de pin monté comme le faisaient les premiers colons, les palissades se chevauchant. Il y avait quelque chose d'ostentatoire dans l'absence de macadam, de gravier, de clous, ou de quoi que ce soit qui aurait pu évoquer le XXe ou même le XIXe siècle. C'était une allée du XVIIIe, et la conserver telle quelle avait dû coûter une fortune.

C'était une vaste demeure de brique rouge, comme presque toutes les maisons de Jefferson, qui comportait sa marque, les fenêtres rondes en imposte très haut sous le portique blanc. Cassidy n'avait pas eu le temps de couper le contact qu'un homme noir aux cheveux blancs vêtu d'une veste blanche descendit les marches et ouvrit la portière de la voiture comme s'il avait été là à les attendre.

— Bonsoir, professeur Cassidy. Bonsoir, Miss Lucia.

Il n'était que 4 heures, mais en Virginie, c'était déjà le soir. L'homme s'exprimait d'une voix lente et profonde, aussi douce que le miel, et ses mouvements avaient l'élégance de ceux d'un courtisan à la cour de Charles X.

— Mrs. Shotover vous attend. Par ici.

Ils traversèrent à pas feutrés un énorme salon meublé d'un océan de canapés profonds tapissés de chintz fleuri, dont les murs étaient recouverts de tableaux, scènes de chasse anglaises, portraits de cavaliers, d'hommes avec des fusils et des chiens à leurs pieds, de cerfs forcés, de chasses au renard. Au-dessus de la cheminée, un portrait en pied de Thomas Jefferson. Jamais aucun Américain n'avait été autant portraituré que Jefferson, et il n'existait pas deux tableaux qui se ressemblaient, comme s'il avait eu des doublures pour poser à sa place tandis que lui vaquait aux occupations de sa vie bien remplie, l'exploitation du tabac, l'architecture, la rédaction de la Déclaration d'Indépendance, l'invention de pendules, sa fonction de Président.

Derrière le salon se trouvait le salon de musique, dominé par un piano à queue doré, aux murs ornés de gravures de la Rome antique, et plein de petites chaises dorées. On accédait à la bibliothèque par deux larges portes coulissantes situées de part et d'autre de la cheminée. Cette pièce-ci était tapissée de livres reliés et le sol garni de tapis moelleux (à l'inverse du salon de musique, dont le plancher était simplement recouvert d'un vernis clair). Au-delà se trouvait la salle d'armes, avec des vitrines pleines de carabines, de fusils, de pistolets, qui, même derrière leurs vitres, avaient l'air poussiéreux et inutilisés.

D'ailleurs, tout avait l'air inutilisé.

Une porte vitrée menait à une véranda fermée, sur le côté, pleine de plantes vertes suspendues au plafond ou bien disposées tout autour dans d'énormes pots. Amanda Shotover était installée là sur une chaise d'osier peinte, et regardait la télévision. Elle éteignit le récepteur lorsqu'ils entrèrent et se leva, redressant son mètre quarante.

— Que c'est aimable à vous d'être venu, professeur Cassidy. Et toi, Lucia. Assieds-toi là à côté de moi, que je te voie, et vous, professeur, là.

C'était une de ces aristocrates autoritaires qui dirigent tout d'une main de fer efficace.

— Vous m'avez surprise au beau milieu du dernier vice qui me reste, les feuilletons télévisés.

Elle se tourna vers le maître d'hôtel avec un éclair joyeux dans le regard.

— Geoffrey, Robert a surpris sa femme dans les bras du garçon d'écurie. Demain, ce sera l'enfer.

Un large sourire fendit le visage noir de Geoffrey et il se frotta les mains avec allégresse, de connivence avec sa maîtresse, de toute évidence.

Ce ne fut que lorsqu'il eut quitté la pièce qu'elle demanda :

— Comment va mon fils, professeur? Vous a-t-on envoyé ici pour m'annoncer sa mort?

— Il est vivant, répondit Cassidy, sachant qu'il était inutile d'essayer de tromper cette redoutable vieille dame. Il est dans le coma, mais il y a de l'espoir. Pas beaucoup, mais un peu.

— Mes trois autres fils sont morts, dit Amanda Shotover sans le moindre apitoiement sur elle-même, mais fournissant simplement des informations. La Seconde Guerre, la Corée, le Viêt-nam. Armand est tout ce qui me reste. S'il me reste.

Elle était bien entendu beaucoup trop âgée pour être la mère d'Armand. Il avait dû être le bébé de la famille, ce qui expliquait chez lui une certaine douceur et une certaine gentillesse, ces excuses répétées pour s'être fait abattre.

Cassidy débita le discours qu'on lui avait demandé de débiter :

— Mr. Alison m'a demandé de vous exprimer scs plus vifs regrets. Personne n'a la moindre idée...

La vieille dame l'interrompit, son regard bleu perçant chargé de mépris.

— Alison a dit ça, n'est-ce pas ? C'est lui qui a fourré mon fils dans cette situation, et il essaye maintenant de s'en laver les mains. Comme cela lui ressemble !

De toute évidence, Amanda Shotover avait refusé de se laisser ajouter à la liste des grandes dames de la collection d'Alison.

Geoffrey entra, poussant une desserte chargée d'un service à thé en argent, de gâteaux et de tranches de pain grillées sur de la porcelaine de Minton. La vieille dame se transforma en maîtresse de maison.

— Lucia, nous allons te servir en premier, car tu as l'air affamée. Ce gâteau-là ? Ou bien celui-ci ? Parle-moi un peu de toi. En quelle classe es-tu ? Et tu es la première de ta classe ? La seconde ? Bravo ! J'aime les enfants intelligents. Il est tellement difficile de discuter avec ceux qui sont bêtes. Tiens, voilà. Mange bien, car le dîner n'est pas servi avant 8 heures.

Geoffrey réapparut.

— J'ai installé Miss Lucia dans la vieille chambre de Mr. George en haut de l'escalier, et le professeur dans la chambre de Mr. Armand, comme vous l'aviez suggéré.

Voilà qui était presque trop pratique.

Cassidy fixa un moment la vieille dame aux yeux perçants, qui tendait à Lucia un nouveau gâteau. Elle déclara sans lui jeter un regard :

— Si vous cherchez quelque chose, professeur, autant remonter tout de suite à la source. Ainsi, vous n'aurez pas à agir derrière notre dos.

5

C'était une chambre gigantesque, aux proportions parfaites, au plafond très haut avec deux grandes fenêtres donnant sur la pelouse du côté sud et sur le devant de la maison. (Les architectes du XVIIIe siècle dotaient leurs grandes demeures de fenêtres immenses pour dissimuler l'échelle de la maison. La Maison-Blanche, qui est beaucoup plus grande qu'elle n'en a l'air, en est un exemple des plus flagrants.)

Il était 23 heures. La maisonnée s'était retirée tôt, après un dîner simple et reconstituant composé de poulet rôti avec des pommes sautées, d'une salade et de poires cuites. La vieille dame avait entretenu avec Lucia pendant les trois quarts du repas une vive conversation centrée sur les chevaux, sujet qui faisait pleurer d'ennui Cassidy, bien qu'il fût ébloui par la maîtrise qu'en avait Lucia. Avant que ces deux-là ne se lancent sur les chevaux, il avait tenté un effort de conversation, et demandé à Amanda Shotover si elle ne préférerait pas se trouver à New York avec son fils, mais la réponse de la vieille dame lui avait coupé tous ses effets : « Je *suis* avec mon fils, professeur. Je suis avec tous mes fils, tout le temps. »

Après cela, il avait abandonné le débat à la gent féminine, tout en se livrant à un peu de calcul mental. Le fils tué durant la Seconde Guerre mondiale aurait eu — s'il avait vécu — dans les soixante ans. Celui tué en Corée, dans les cinquante ou cinquante-cinq. Ça, c'étaient de vieux conflits. Celui qui avait été tué au Viêt-nam pouvait avoir à peu près le même âge qu'Armand. Celui-ci avait une quarantaine d'années, et pourquoi n'avait-il pas été au Viêt-nam ? Il avait l'air bien trop jeune pour être issu de cette impressionnante vieille dame, qui devait avoir quatre-vingt-cinq ans.

Après dîner, celle-ci s'était excusée puis retirée dans sa chambre. Cassidy avait arraché sa fille à la télévision, l'avait bordée, lui avait souhaité bonne nuit en caressant doucement sa joue veloutée, puis avait regagné sa propre gigantesque chambre démodée.

L'émetteur radio, lui, n'avait rien de démodé. Il ressemblait à une machine à écrire avec un clavier tout à fait conventionnel. Les messages arrivaient à toute vitesse et étaient décodés par la machine. Ils partaient à une vitesse encore plus élevée, pour que l'ennemi ne puisse pas repérer votre position — *blip*, comme ça, chaque blip représentant deux cent cinquante mots. Cassidy se souvint de son instructeur, qui disait toujours que si l'on n'était pas capable de transmettre un message en moins de deux cent cinquante mots, ce n'était même pas la peine d'essayer.

Cassidy s'assit au bureau et tripota la machine. Il avait reçu pour instruction de ne rien faire. Uniquement attendre. Mais attendre était étranger à sa nature, et également tout à fait contraire à ce qu'Alison attendait de lui. De toute évidence, quelque chose avait dérapé dans cette affaire, et Alison espérait que Cassidy découvrirait quoi. Mais Alison ne voulait pas donner d'ordres. En cas de succès, il en assumerait la responsabilité. En cas d'échec, ou d'un quelconque désastre, il se laverait les mains de toute l'opération et ferait payer cher à Cassidy ses initiatives.

Le rôle de Cassidy consistait à jouer les paratonnerres, et, bien entendu, ils allaient le surveiller comme le lait sur le feu. C'était un vieux truc de la Compagnie, ça, utiliser les rebuts, ceux qui étaient sacrifiables, comme lui, pour déclencher l'incendie. Mais quelle sorte d'incendie, et pourquoi ? Alison aurait vendu sa propre grand-mère à la traite des Blanches, mais il était certain qu'il n'avait pas prévu le massacre qui s'était produit à New York. Quelque chose avait déraillé. Armand, peut-être...

Et puis, qui était Victor ?

Cassidy sortit son carnet noir (qu'il avait arraché a Alison en le menaçant de ne pas se rendre en Virginie) et commença par le commencement, les « A ». Joe Aaron. Ce n'était pas Joe, pour la bonne raison que Joe était mort depuis longtemps au Biafra, coupé en deux par une mine. Un Juif élancé et toujours plein de rires et de plaisanteries, d'une vitalité à toute épreuve, jusqu'au jour où la mine l'avait déchiqueté. Cassidy n'avait pas rayé le nom d'Aaron pour la même raison que la vieille dame disait qu'elle se trouvait avec ses fils. Personne ne pouvait rayer Joe Aaron, il continuait à vivre.

Ensuite venait Abe Zweig (Cassidy les inscrivait souvent sous leur prénom, si c'était ainsi qu'il pensait à eux). Non, Victor n'était pas Abe. Abe était vivant, quelque part en Chine, probablement à Canton, en train d'escroquer les Chinois, de trop boire et de vomir tous les matins parce qu'il prétendait que cela lui faisait perdre du poids.

C'était le retour en arrière, la réunion des anciens. Tous les vieux copains. Sauf que certains n'étaient pas vraiment des copains. Eleu Assad, par exemple. La dernière fois qu'il avait vu Eleu, celui-ci avait essayé de le poignarder. Et où pouvait-il bien se trouver, maintenant ? Il était sans doute mort, à Beyrouth.

Cassidy accéléra le rythme. Victor devait avoir un rapport avec l'Amérique du Sud — une sorte d'inclination. Il s'agissait d'une embrouille sud-américaine, ça il en était sûr. D'abord, chercher du côté du plus probable, même si ce n'était pas nécessairement avec ça qu'on faisait mouche. Il y avait des gens des deux côtés de la partie — Eux et Nous — et ce pouvait être l'un ou l'autre. Avec les télécommunications modernes, ce pouvait être un numéro n'importe où — Londres, Paris, ou même derrière le rideau de fer. Quelqu'un comme Rodney Peters, enterré sous l'étiquette d'attaché culturel à Vienne ? A moins que ce ne fût à Balisario même ? Non. Le téléphone ne marchait pas si bien que ça en Amérique centrale. En Amérique centrale, rien ne marchait sauf les mitraillettes.

Au bout d'une heure, Cassidy renonça, et nota l'endroit où il s'était arrêté dans son carnet. Il avait d'autres choses à faire. Il sortit le contrat de prêt et l'examina. Inutile de le lire, les contrats de ce genre se ressemblaient tous, vingt-deux pages d'attendus. Pourquoi Armand transportait-il ça sur lui ? On ne se trimbalait pas avec son contrat de prêt, à moins de vouloir appeler son banquier ou son avocat.

Cassidy posa l'acte sur l'émetteur en forme de machine à écrire et le regarda.

Le chiffre.

Il commença par le lit, arrachant les draps et les

couvertures, tâtonnant entre le matelas et le sommier, se glissant sous le lit et examinant les montants, les assemblages. Il ne pouvait pas être cousu dans le matelas, car Armand devait pouvoir y accéder facilement. Après le lit, Cassidy passa au grand dressing débordant des vêtements d'Armand. Il en avait beaucoup trop — vêtements d'équitation, de chasse, vestes sport, habits de cérémonie, costumes croisés — et les chaussures coordonnées. Il passa en revue les souliers, les poches, tâta toutes les coutures, regarda sur les étagères entre les plis des couvertures en réserve.

Rien.

Ensuite, le bureau. Le tiroir du milieu était plein de carnets, tous vides. De jolis carnets et cahiers à ressorts, et que des pages vierges. Pas un mot. Pourquoi ? Il y avait des crayons, des stylos, tous bien rangés (mais c'était peut-être la femme de ménage). Armand était prêt à retranscrire des informations intéressantes en provenance d'Amérique du Sud — mais où se trouvaient ces informations ? Les autres tiroirs étaient emplis de livres — archéologie, histoire de l'art —, que Cassidy feuilleta, à la recherche du moindre indice, du moindre trait de crayon, de quelque chose.

Rien.

Tout en dessous, il trouva un mince volume : *Les Confessions d'un opiomane anglais*, de Thomas de Quincey, qu'il parcourut. En plein dans le mille. Enfin, un peu. Armand avait souligné quelques passages : « Le secret du bonheur... le bonheur peut s'acheter pour un penny. » Armand avait écrit au crayon dans la marge : « Le bonheur était bien meilleur marché en 1821. » Vers la fin des *Confessions*, le bonheur s'était transformé en épouvante.

Là, Armand avait souligné : « Je fuyais la colère

de Brahma à travers toutes les forêts d'Asie ; Vishnou me haïssait, et Shiva me guettait. Je fus enterré pendant mille ans dans des cercueils de pierre, avec les momies et les sphinx, dans les chambres étroites au cœur des pyramides éternelles, je reçus le baiser cancéreux des crocodiles, et confondu avec toutes les choses indicibles et visqueuses, je reposai au sein des roseaux et de la boue du Nil. »

Il s'attaqua ensuite à l'énorme commode peinte, qui était tellement gigantesque qu'elle avait l'air d'avoir été construite directement dans la pièce. Tiroir après tiroir, il passa en revue l'incroyable collection de chemises, chaussettes et sous-vêtements d'Armand. Il sortit tout et passa la main partout dans les tiroirs vides, à la recherche d'une cachette, puis remit tout en place quand il eut terminé.

Une autre idée lui vint ensuite. Il retira de nouveau les tiroirs de la commode, et passant la main dans l'ouverture, palpa l'arrière du meuble. Ah, ah ! Il y trouva un carnet scotché au panneau.

Un carnet bien propre, comme tout ce qui se trouvait dans la chambre d'Armand.

Sur la première page, de la belle écriture précise que Cassidy identifiait maintenant comme celle d'Armand, il était inscrit :

Premier jour : servitudes, droits et appartenances.

Deuxième jour : loyers cependant sujets à ces droits.

Et ainsi de suite par décompte. Toujours le mot entier.

Qu'est-ce que cela signifiait ? Et où avait-il déjà vu ces phrases ?

Cassidy prit le contrat de prêt, et passa en revue les premières pages : « L'ensemble de cette étendue particulière ou parcelle de terrain... Référence est faite ici à... cet acte de cession est fait à condition... », etc., etc.

« Avec les améliorations qui sont ou qui seront apportées à la propriété, et *toutes les servitudes, droits, et appartenances, loyers cependant sujets à ces droits* et autorités ici conférés au Prêteur... »

Cassidy compta les lettres du message du Premier jour — trente et une, puis celles du message du Deuxième jour — trente et une.

Tiens, tiens !

L'alphabet comportait vingt-six lettres. Chaque jour, ils avançaient d'un mot dans le contrat. Ce qui signifiait que le code changeait chaque jour — ces lettres se substituaient à celles de l'alphabet.

Cassidy feuilleta le carnet : il y avait là des pages de messages de Harburg à propos de transferts d'argent depuis et sur des comptes en Suisse, d'énormes sommes, avec les numéros de comptes, mais pas de noms. D'où venait tout ce fric ? La CIA ? La cocaïne ? Les messages étaient accompagnés de croquis de la maison de Roberto Garcia — étage, rez-de-chaussée, caves —, où se trouvait le fameux donjon, et qui avaient dû être expédiés par courrier.

Certains des messages étaient à nouveau chiffrés, un code se superposant à l'autre :

« BANANES ARRIVERONT PAR PIGEON PATRICIA DOIT CONTRÔLER TOUTE LA LISTE AVEC ELEANOR SOIXANTE MÈTRES DE CALICOT BOUTONS FOURNIS SEIGLE SUR BLÉ JASPER. »

Harburg était-il Jasper ?

Cassidy continua son examen. Sur la page qui suivait les instructions de chiffrage se trouvait quelque chose qui ressemblait à des messages — mais reçus ou envoyés, il n'aurait su le dire.

Il chercha la clé du deuxième chiffre, sans la trouver. Celui-ci devait être simple, presque idiot. Ils devaient en garder la solution en tête. Les bananes devaient représenter... quoi ? La cocaïne ? Pigeon devait signifier avion. Patricia et Eleanor étaient des cryptogrammes pour des maillons dans la chaîne de communication. Soixante mètres de calicot. Un mètre, c'était mille, soixante mètres, soixante mille ? « Boutons », c'était le mot des gangs pour désigner les *pistoleros*, les tueurs, les exécutants. Cassidy n'avait aucune idée de la signification de « seigle sur blé », mais il s'agissait probablement d'une date, et peut-être d'une destination. Miami le 14, quel que chose dans ce genre-là.

Il parcourut du regard les douzaines de messages, tous baptisés Premier jour, Deuxième, Troisième et ainsi de suite, quel que soit le nombre, pour qu'Armand sache quels mots du code devaient être utilisés, à la fois pour l'envoi et la réception.

Cassidy consulta sa montre. 2 heures du matin. Cela suffisait !

Il était très fatigué.

Pas suffisamment cependant pour ne pas se livrer à un dernier petit jeu (qu'il devait regretter plus tard).

Il composa un message qui allait peut-être amuser Harburg, qui devait se trouver quelque part là-bas et se préparer à rentrer. Il n'avait pas vu ce vieux George depuis douze ans, mais ils avaient une fois été très proches sur une mission en Bulgarie.

BANANES BLETTES. ELEANOR DOIT RENTRER AU PLUS TÔT. JELLYROLL.

Jellyroll avait été le cryptonyme de Cassidy en Bulgarie. Il lui fallait chiffrer ça, ce qui signifiait qu'il lui fallait compter tous ces mots jusqu'au Vingt-Huitième Jour. Cependant, lorsqu'il examina de près le contrat, il découvrit que le décompte avait déjà été effectué. Armand avait compté vingt-huit segments de vingt-six mots, marquant chacun d'entre eux d'un trait de crayon minuscule, presque invisible. Cassidy compta vingt-huit de ces petits ensembles de prose juridique, ce qui l'amena à : « conventions non uniformes à variations ». Ce qui signifiait que la première lettre de l'alphabet chiffré serait « c » pour « a », la seconde « o » pour « b », et ainsi de suite. Cassidy enfourna dans l'émetteur les vingt-six lettres de ce bout du contrat, puis tapa son message. La machine le chiffrerait automatiquement, et si celle de Harburg était préréglée, elle le déchiffrerait automatiquement. Il poussa le bouton TRANSMISSION. *Blip*, fit la machine, et son message deux fois codé s'envola en direction de Balisario.

Puis Cassidy alla se coucher.

6

L'homme au visage démoniaque était attablé au bar du *Diablo*. Il lisait son journal en prenant son café. Derrière le comptoir, Pedro, qui n'avait que seize ans, faisait la vaisselle sans rien dire. Il avait une fois tenté d'engager la conversation avec Arguello (c'était le nom de l'homme au visage démoniaque), mais n'avait jamais répété cette erreur. Arguello n'aimait pas être dérangé lorsqu'il prenait son petit déjeuner et lisait son journal. La rage l'habitait, cet Arguello. Tout le temps, et particulièrement depuis qu'il avait le bras en écharpe.

Martinez descendit l'escalier de bois qui menait au bar et vint s'asseoir à côté d'Arguello, bien que Pedro eût essayé de le prévenir, en levant les yeux au ciel, que celui-ci était d'humeur massacrante.

Arguello baissa son journal et lança à Martinez son regard furibond. L'autre, guère rebuté, lui dit :

— Un message sur la machine. Je crois que tu devrais venir.

Arguello posa son journal et suivit Martinez dans l'escalier de bois brut dont chaque marche grinçait de façon abominable. La chambre se trouvait au troisième étage, au sommet, là où la réception était la meilleure ; à l'extrémité d'un long couloir lui aussi plein de poussière et puant l'huile rance.

C'était une pièce tout à fait banale, avec un lit dans un coin et une table dans l'autre. Sur la table se trouvait la machine, une réplique exacte de celle qui se trouvait dans la chambre d'Armand. Le message était inscrit sur un rouleau de papier.

— Je voulais que tu le voies tel quel, dit Martinez.

BANANES BLETTES. ELEANOR DOIT RENTRER AU PLUS TÔT. JELLYROLL, disait le message. En anglais, que les deux hommes ne parlaient pas très bien. Arguello regarda le message comme s'il s'agissait d'une vipère.

— Quand est-ce arrivé ?

— La nuit dernière.

— Ça ne veut rien dire. « Bananes blettes. » Bananes, c'est la cocaïne. Qu'est-ce que c'est, « blettes » ? Qu'est-ce que ça veut dire en espagnol ?

— *Excesivamente maduro.*

— La cocaïne ne devient pas *excesivamente maduro.* Et cet « Eleanor doit rentrer ». Eleanor, c'est Miami. Comment est-ce que Miami peut rentrer ?

Martinez haussa les épaules.

— C'est signé « Jellyroll ». Qui c'est, ça ? La machine ne peut décoder que le bon chiffre. Le mauvais chiffre ne sort que du charabia.

Arguello arracha le message de la machine.

— Viens.

Les deux hommes descendirent les marches qui grinçaient et sortirent sous le soleil éclatant de Balisario, une cité bâtie en 1649 par des Espagnols très cruels. C'était une ville pleine d'odeurs et d'églises vieilles de trois siècles. Les maisons de pierre et d'adobe étaient jaunes et ocre, ornées de nombreux balcons de fer forgé ; il y avait également beaucoup de pauvreté et encore beaucoup de cruauté.

La maison de Roberto Garcia se trouvait sur l'Avenida Estrada, la plus grande avenue, derrière un haut mur de pierre peint en rose et surmonté de verre brisé et de fil de fer barbelé. Le portail, très ouvragé et qui paraissait en fer forgé, était en réalité d'un acier à haute limite élastique très résistant et peint en noir. Le gardien, qui se tenait dans une petite guérite de pierre derrière une vitre à l'épreuve des balles, leur adressa un signe de la main car il les connaissait bien. Les deux hommes trouvèrent Roberto Garcia tout seul, en train de prendre son petit déjeuner dans sa magnifique et immense salle à manger, qui pouvait accueillir cinquante convives, et dont les murs étaient ornés de portraits espagnols des ancêtres de Roberto.

Celui-ci était un homme calme d'une extraordinaire assurance, aux cheveux gris et au corps trapu. Il mangeait un melon en buvant son café et en lisant la *Nación*, qui ne racontait que des mensonges, mais comme Roberto se plaisait à le dire, on pouvait toujours lire entre les mensonges. (Le jeu de mots ne marchait qu'en anglais, avec *lies* et *lines*, mais Roberto avait de l'esprit dans les deux langues.)

— Toi ici de si bon matin, Chico, dit-il aimablement. Les nouvelles doivent être mauvaises.

Il replia son journal avec soin et le posa à côté de lui sur la table. Il n'offrit pas aux hommes de s'asseoir parce qu'il était leur *comendador* et qu'ils étaient des soldats. S'asseoir avec le *comendador* ne pouvait que mettre les hommes mal à l'aise.

Roberto lut le message et sourit.

— Très drôle, dit-il. Ce qui signifie qu'il n'a pas été envoyé par Victor, car Victor n'a aucun sens de l'humour.

— L'homme qui l'a envoyé doit connaître l'autre code, car c'est arrivé chiffré. Il n'y a pas eu de message sur cette machine depuis qu'Armand a été tué.

Roberto savoura son café et laissa le silence s'installer là comme une présence dans cette magnifique salle à manger.

— J'ai des nouvelles pour toi, Chico, dit-il enfin. Armand n'est pas mort. Il est gravement blessé, mais vivant. Pas mort.

— Hou ! cracha Arguello.

Une remontrance.

— Et qui raconte ça ?

— C'est vrai, Chico. Nous avons nos sources.

Le *comendador* regarda bien en face Arguello, qui était, et il le savait, le meilleur de sa spécialité, c'est-à-dire le meurtre.

— Chico, tu avais vraiment besoin de tuer onze flics ?

— On m'a dit de prendre des mesures radicales, s'écria Arguello avec passion. Draconiennes. « Écarter tous les obstacles », c'est vous qui l'avez dit.

Roberto eut une petite grimace. Il l'avait effectivement dit.

— Cela ne signifiait pas tuer onze policiers, Chico. Les Américains sont fous de rage. Les Américains prennent la mort très au sérieux, Chico, surtout celle des policiers. Ils sont très spéciaux, ces Américains. Ils ne sont pas comme nous. Ils ne prennent pas au sérieux ce qui est important pour nous — la chasteté, l'honneur, la virilité, Dieu.

Mais d'un autre côté, la mort les bouleverse. Je ne sais pas *pourquoi*. Tout le monde meurt, ils devraient le savoir. Pourtant, ce n'est pas le cas. Ils s'énervent beaucoup quand quelques flics sont assassinés. Je te dis tout cela, Chico, parce que tu dois y retourner, et que je ne veux plus de flics morts.

— Je retourne là-bas ! Pourquoi ?

Roberto sirota son café et prit son temps.

— Vingt-six millions de dollars, Chico. Où sont-ils ?

— Je vous ai dit, *comendador*. Nous avons fouillé *el cuarto* de Cassidy, tout mis sens dessus dessous. Il n'y a pas vingt-six millions là-bas. Il n'y a même pas vingt-six pesos.

Le *comendador* avait déjà entendu tout cela, ce qui n'expliquait rien de ce qu'il voulait voir expliquer. Il reprit son café et laissa à Arguello le temps de se sentir coupable.

— Comment va ton bras ? demanda-t-il enfin C'est douloureux ?

— Ça va.

— Non, ça ne va pas, Chico. Si tu as le bras en écharpe, tu ne peux pas te servir d'une arme, n'est-ce pas ? Quelqu'un doit retourner en Amérique et rapporter les vingt-six millions. Que dit le médecin ? Quand peux-tu ôter ça ?

— Dans trois jours. Mais je l'enlève maintenant, si vous voulez.

— Non, non, suivons les ordres du docteur.

Arguello éclata :

— Nous avons fouillé l'appartement de Cassidy. L'argent n'y est pas. Peut-être la police...

— Nous avons des informateurs dans la police. La police ne sait rien des vingt-six millions de dollars. S'ils les avaient, ils s'en vanteraient dans les journaux. Ils ne sont pas au courant.

Roberto demeura silencieux, retournant en tous sens le papier avec le message, qu'il relut de nouveau avec soin.

— Cet homme, Cassidy, il a le sens de l'humour ?

— Comment est-ce que je le saurais ?

— C'est un Irlandais. Ce sont tous des comiques, dit le *comendador*. Je pense que c'est peut-être Cassidy qui a envoyé ce message amusant.

Il réfléchit avec un petit sourire.

— Nous devons répondre à cet amusant message avec un amusement de notre composition.

— Qu'est-ce qu'on peut répondre à ces bêtises ?

— Laissez-moi y travailler. Entre-temps, prends soin de ton bras, Chico, parce que tu dois y retourner par le chemin habituel — Panama, Floride, Virginie.

— On est couverts en Virginie ? Armand n'y est plus.

— Kaska est toujours en surveillance à Shotover Hall, dit Roberto.

Après s'être enquis avec sollicitude de la santé de Martinez, de ses enfants et de son chien, Garcia donna congé aux deux hommes. Roberto avait toujours d'excellentes manières. Il finit ensuite son café et acheva la lecture de son journal. Il emporta sa tasse dans la grande cuisine baignée de la lumière du matin et la donna à Ernestina, une jeune fille brune et sèche à qui il demandait tous les matins des nouvelles de sa santé et de son moral, et dont il écoutait toujours avec soin le récital des afflictions avec des gloussements de sympathie.

L'escalier qui menait à la cave se trouvait près de la grande cuisinière. Roberto descendit à la cave, qui sentait la terre et les légumes, et emprunta le long couloir qui menait à la grande porte de bois. Il frappa trois fois, le garde déverrouilla la porte et le laissa rentrer. Cette porte donnait dans un autre long couloir, où les odeurs n'étaient plus aussi agréables — là, il s'agissait d'odeurs d'égout et de végétation en décomposition. A l'extrémité de ce couloir qui s'enfonçait dans les profondeurs de la terre, il y avait une porte d'acier avec un vantail. Le *comendador* frappa et le vantail s'ouvrit.

— Bonjour, Juan. Comment vas-tu ?

Le garde le fit pénétrer dans la petite cellule. Harburg était étendu sur le lit, la poitrine et les jambes liées au matelas, les pieds enveloppés de bandages sales. Il avait le menton couvert d'une barbe de plusieurs jours.

— Señor Harburg, dit Roberto d'un air affable. Comment allez-vous ce matin ?

Roberto avait passé un certain temps aux États-Unis, et se flattait d'en maîtriser parfaitement la langue.

Harburg tourna vers le *comendador* des yeux rougis, puis les referma et détourna la tête.

— Réponds au *comendador* ! hurla le geôlier en lui balançant un coup de pied à la tête.

Harburg n'ouvrit même pas les yeux.

— Branche-le, Juan. J'ai quelques questions à lui poser.

Harburg ouvrit les yeux. Il tenta de se soulever, mais les cordes qui le maintenaient au matelas étaient serrées, et il parvint à peine à décoller ses épaules du lit.

— Espèce de salopard ! Qu'est-ce que vous voulez encore ? Je vous ai dit tout ce que je savais. Vous n'obtiendrez rien d'autre que des cris — et je n'arrive même plus à crier, ajouta-t-il à voix basse, presque pour lui-même.

Roberto approcha une chaise et s'assit tandis que le garde fixait les fils électriques aux parties génitales de Harburg.

— Mais vous nous avez dit très peu de choses, George, au regard de la quantité d'électricité que nous avons dépensée avec vous. Savez-vous combien l'électricité est chère au Balisario ?

— Je suis prêt, dit le geôlier.

— Ce qui m'intéresse aujourd'hui, George, c'est un homme nommé Cassidy, qui a été envoyé à Shotover Hall, pour une raison quelconque. C'est un comique, qui envoie des messages radio comiques, et je dois lui répondre — de façon comique, bien sûr. Parlez-moi de ce Cassidy, George. Qui est son contrôle, et pourquoi l'envoie-t-on exactement ?

— Je ne connais pas de Cassidy. Pour l'amour de Dieu, Garcia, vous savez bien comment marche une mission d'espionnage ! On ne me dit que...

Ses paroles se transformèrent en un cri strident lorsque Juan brancha le courant. Roberto écouta le hurlement d'un air appréciateur, comme si c'était du Beethoven.

— Mais vous criez encore très bien, George. Ça, c'était un cri *haut* très bon. Le cri haut, c'est le Stradivarius des cris, que le connaisseur apprécie. Alors, qui est le contrôle de Cassidy ? Victor ? Juan, encore un soupçon de cette précieuse électricité.

Cette fois-ci, le cri fut plus faible et s'acheva dans un gargouillis étranglé.

— Oh, ça, je n'aime pas ça, dit Garcia. Je crois que tu as forcé la dose. George, parlez-moi !

Harburg demeura raide comme un bout de bois, les yeux grands ouverts.

Roberto se pencha pour écouter son cœur, lui tâta le pouls.

— Quel dommage ! Un homme très bien, Juan. Il ne nous a rien dit. Il me manquera.

Il se leva.

— Il doit finir à la rivière ce soir, Juan, mais seulement après le couvre-feu, lorsqu'il n'y aura plus personne dans les rues. Les crocodiles se chargeront de son évacuation. Tu ne dois rien dire de Harburg à personne — ta femme, ta maîtresse, ta mère, ton meilleur ami. Tu as compris ?

— J'ai compris.

Roberto reprit le couloir nauséabond en sens inverse, plein de la tristesse qui l'étreignait toujours en ces instants. Il se sentait très proche des torturés, il se tissait entre lui et eux un lien émotionnel qui ne ressemblait à rien d'autre. L'instant final était toujours merveilleux, mais comme dans un orgasme, il y avait toujours cette *tristesse* post-coïtale qui l'habitait parfois pendant des heures.

Il se rendit dans son bureau concocter une réponse pour Cassidy, en s'adressant à lui sous le nom de Jellyroll, bien sûr. Cela lui prit un moment, car la réponse devait être drôle, et il ne se sentait pas d'humeur badine.

Après cela, il appela El Presidente au palais, et fit de son mieux pour apaiser celui-ci. Si jamais ils remettaient la main sur les vingt-six millions, c'était El Presidente qui en récolterait la plus grosse part. El Presidente était toujours furieux, et Roberto dut user de tout son charme pour le calmer.

7

Lucia, les cheveux ramenés en une longue queue de cheval, portait des jeans, une chemise à carreaux et des tennis. Amanda Shotover la regarda d'un air consterné.

— Nous avons des malles pleines de vêtements d'équitation, dit-elle. De toutes les tailles.

— Demain, répliqua Lucia d'un ton tranchant. Nous ferons tout cela demain, Mrs. Shotover.

Elle sanglait elle-même son cheval, repoussant Joseph, le garçon d'écurie noir qui travaillait là depuis plus de quarante-cinq ans et qui l'aidait plus qu'elle ne désirait être aidée.

— Non, non, je peux le faire ! cria-t-elle en lui prenant la mentonnière des mains et en la resserrant.

Le cheval paraissait énorme à Cassidy, bien trop énorme pour sa fille de treize ans.

— Sandpiper est doux comme un chaton, dit gentiment Joseph. Il prendra bien soin de votre petite fille, professeur.

— Je n'ai pas besoin qu'on prenne soin de moi, se récria Lucia, qui se hissa sur la selle en ignorant les deux mains jointes que lui proposait Joseph.

A quelques mètres de là, Anne Falk était déjà

sur sa monture, Faun. Lorsque Cassidy était descendu pour le petit déjeuner — bien plus tard que les autres — Amanda la lui avait présentée : « Anne Falk. Ma dame de compagnie. » En insistant sur ce dernier mot. « A mon âge, on doit payer pour avoir de la compagnie. » Une remarque acerbe qui ricocha sur Anne Falk comme si elle n'avait rien entendu. C'était une belle jeune femme blonde de vingt-neuf ans qui semblait sculptée dans la glace, pensa Cassidy. Elle n'avait pas dit plus de trois mots en sa présence.

— Vous monterez avec cette enfant, Anne, avait ordonné Amanda Shotover, et vous lui montrerez le chemin.

— Oui, avait dit Anne Falk. Excusez-moi.

Sur ces trois mots, elle avait immédiatement quitté la table. Elle était maintenant revêtue de la tenue adéquate, jodhpurs, veste d'équitation et bombe — tout ce que Lucia avait refusé de porter.

Les deux femmes s'éloignèrent au trot sur l'allée magnifiquement entretenue, en direction de la montagne, et sans s'adresser la parole ni se regarder.

— Faites-lui faire le tour du lac, cria Amanda Shotover. C'est très joli.

Anne Falk ne se retourna même pas, mais eut un très léger hochement de tête.

— Est-ce qu'elle parle de temps en temps ? demanda Cassidy. Elle articule des mots ?

— Oh ! elle en connaît quelques-uns, répliqua Amanda en écartant le sujet d'un ton péremptoire.

Étrange compagnonnage, où chacune supportait l'autre. Anne Falk se trouvait maintenant à deux cents mètres, et se présentait de profil sur son cheval — belle, mince, les yeux bleus, froide comme le marbre. Cassidy se demanda si Lucia parviendrait à percer son silence.

— Venez, je vais vous montrer les écuries.

— Je ne connais rien aux chevaux, protesta-t-il.

— Il est grand temps que vous vous y mettiez.

Amanda Shotover lui présenta les autres chevaux de l'écurie, six grands et forts hanovriens qui sautaient des haies de deux mètres et pouvaient courir toute la journée, lui dit-elle.

— Qui monte tous ces chevaux ? demanda-t-il.

Amanda fit la moue et ne répondit pas. Joseph, qui balayait le sol, ne dit rien non plus, mais avait l'air de connaître la réponse.

La sellerie renfermait suffisamment de selles et de brides — toutes magnifiquement entretenues — pour équiper un régiment de cavalerie.

A côté se trouvait la remise, qui contenait huit voitures de toutes les tailles, elles aussi briquées et prêtes à partir. Une des voitures était aussi haute qu'un train.

— C'était l'équipage express qui reliait Londres à Douvres au XVIIIe siècle. Le grand-père de mon mari l'a fait venir d'Angleterre, et avait pour habitude de la conduire sur le domaine, avec un attelage de six chevaux. Elle est magnifique, n'est-ce pas ?

La lumière dansait dessus comme si elle était vivante, et elle était effectivement magnifique.

La voiture suivante était beaucoup plus petite.

— Celle-ci a été construite pour un cirque anglais. Regardez comme l'intérieur est minuscule ! Elle était pleine de nains, dedans et sur les sièges extérieurs, qui lui faisaient faire le tour de la piste en saluant la foule de leurs chapeaux, dans les années 1840.

Le passé, toujours le passé.

— Quand ont-elles été utilisées pour la dernière fois ?

La vieille dame devint très vague.

— Oh, nous les sortions tous les ans pour Halloween. Mon fils aîné, Francesco, conduisait la diligence de Douvres avec quatre chevaux. Il était très fort. Mon second fils, Dominick, conduisait la voiture des nains avec un attelage de deux chevaux, et mon troisième fils, Averell, le brougham Lancia avec deux chevaux. Moi, je conduisais le cabriolet irlandais à un seul cheval, il y a bien longtemps de cela.

Sans aucun doute. Le fils aîné (quels drôles de noms ils avaient tous !) avait été tué presque quarante ans auparavant.

— Et Armand ?

Amanda fit comme si elle n'avait rien entendu. Elle montrait à Cassidy une vitrine (et il y avait tant de choses en vitrine à Shotover Hall. C'était un véritable musée !) pleine de harnais pour les voitures, dont les cuivres brillaient comme s'ils avaient été astiqués le matin même.

— C'était moi qui attelais les chevaux, dit-elle. Je connaissais la moindre boucle, la moindre lanière de tout ce harnachement. C'est un art qui est en train de se perdre. Lorsque Joseph disparaîtra, je ne sais tout simplement pas ce qu'il en adviendra...

Plus tard, tandis qu'ils se rendaient en voiture des écuries au haras où les pur-sang étaient conçus et élevés, Amanda Shotover dit distraitement, comme si la question lui trottait dans la tête depuis un moment :

— Armand n'a jamais conduit d'attelage. J'ai essayé de lui apprendre. Joseph a essayé. Mais il n'avait aucun don pour cela. Car il s'agit d'un don, vous savez.

Quelques instants plus tard, elle ajouta d'un ton aigre :

— Anne Falk est douée, elle. C'est une très bonne conductrice d'attelage.

Cassidy conduisait la Mercedes de la CIA le long de kilomètres de barrières blanches, qui se transformaient de temps en temps en doubles barrières blanches pour empêcher les étalons d'approcher les juments de trop près. Ils passèrent devant des douzaines de maisons de pierre blanche où vivaient les garçons d'écurie, les palefreniers et les ouvriers agricoles. Les juments et leurs poulains parsemaient les pâturages, séparées des étalons.

— Comment Armand a-t-il eu la grande chance d'échapper au Viêt-nam, Mrs. Shotover?

Elle prit son temps pour lui répondre.

— Il avait des problèmes cardiaques. Les mêmes que son père. Cet état de santé l'a tenu à l'écart de nombre d'activités auxquelles excellaient ses frères — le football, le ski, le tennis. Aujourd'hui, les médecins disent que l'exercice est bon pour le cœur, mais ce n'était pas le cas lorsque Armand était enfant. On lui a fait mener une vie très calme. Il observait les autres. Il a passé sa vie à cela. C'était un très bon observateur. Il regardait beaucoup la télévision. Toutes ces bêtises!

Les mêmes problèmes cardiaques que son père. C'était quasiment la première fois qu'elle mentionnait le père de ces quatre garçons. Le grand-père, l'arrière-grand-père, oui. Mais le père et l'époux, non. Il n'y avait même pas une photo de lui.

Ils visitèrent le haras, discutèrent avec le régisseur, un Gallois énigmatique qui n'aimait pas être dérangé, et admirèrent les yearlings qui devaient être vendus à Keeneland. Ensuite, Amanda Shotover l'emmena directement à la maison au bord du lac, qui était un lac artificiel. La maison, elle, était une énorme structure moderne tout en cubes, en rectangles et en baies vitrées, conçue pour les réceptions, lui expliqua la vieille dame. Gigantesque, la pièce principale devait mesurer neuf mètres de long et autant de large, et contenait un piano à queue, des tas de larges canapés, et une énorme cheminée de pierre. Il y avait six chambres à coucher, toutes petites et fonctionnelles, avec des lits d'une personne, des commodes et des miroirs. Plusieurs de ces chambres paraissaient occupées, avec des valises sur le sol et des lits faits à la va-vite. Dans l'une d'entre elles, il y avait également un cendrier, qui contenait un mégot. Cassidy attendit qu'Amanda Shotover lui explique qui résidait là, mais elle n'en fit rien.

Combien pouvait-il y avoir de gens pour s'occuper du domaine ? Ils avaient vu des jardiniers qui travaillaient aux plates-bandes, des hommes sur des tracteurs transportant du fumier, trois hommes qui creusaient une rigole d'écoulement. La maison grouillait de femmes de chambre, de cuisinières, d'un maître d'hôtel, une dame de compagnie, un secrétaire. Tout cela sentait la fortune. Mais s'il y avait autant d'argent, pourquoi Armand avait-il emprunté un million et demi de dollars ?

— Vous ne parlez pas beaucoup, Mr. Cassidy.

Celui-ci eut un sourire.

— Quelquefois, on a du mal à m'arrêter.

— Pourquoi êtes-vous aussi calme avec moi ?

— Parce que je vous trouve très intéressante, Mrs. Shotover. Je ne veux pas vous interrompre.

— Moi, je me trouve ennuyeuse. En tout cas, je m'ennuie moi-même. Dites-moi donc quelque chose que je ne sais pas. Que faisait mon fils dans la CIA ?

— Je ne le sais pas. Je n'ai rencontré votre fils qu'une fois. Il a essayé de me tenir en respect avec une arme, puis il a été abattu par des inconnus.

— Mr. Alison m'a raconté cela.

— Vous n'aimez pas Alison, n'est-ce pas ?

— Non, et vous ?

— Nous avons vécu beaucoup de choses ensemble. Cela crée des liens.

Cassidy guida la voiture de la CIA le long du lac, et pénétra dans la forêt profonde qui couvrait le flanc dc la montagne.

— Maintenant que je ne monte plus à cheval, il y a des années que je ne suis pas allée dans ces bois. J'ai oublié ce qui s'y trouvait. Je crois que nous y avions quelques chalets où les garçons passaient la nuit lorsqu'ils étaient jeunes.

Également une piste d'atterrissage, pensa Cassidy. Est-il possible d'oublier une piste d'atterrissage ? Elle n'en avait pas parlé.

Les bois étaient sillonnés de sentiers et de quelques routes de terre, tous bien entretenus. Cassidy prit la direction de ce qu'il pensait être le terrain d'atterrissage, mais il n'atteignit jamais celui-ci. La route était barrée sur toute sa largeur par un tas de végétation, dont l'essentiel consistait en deux grands arbres, un pin et un érable avec des troncs de vingt centimètres d'épaisseur, trop volumineux pour être déplacés. Impossible de passer ou de les contourner en voiture.

— Quel dommage ! soupira Amanda Shotover. La promenade me plaisait. Vous allez devoir faire demi-tour, Mr. Cassidy.

Celui-ci ne voulait pas rebrousser chemin ; il avait très envie de voir la piste d'atterrissage.

— Pour quelle raison barrer la route de cette façon ?

— Je ne sais pas.

— C'est votre propriété, Mrs. Shotover. Pourquoi ne posez-vous pas la question ?

— Ce n'est pas ma propriété. Elle est à Armand. Leur père avait laissé quatre parts égales à ses fils. Il ne reste plus qu'un seul garçon.

— Il est dans le coma. C'est vous qui êtes responsable de ce domaine, maintenant.

— Oh, je n'aimerais pas me mêler des affaires d'Armand, quelles qu'elles soient. Armand n'a jamais apprécié que je m'en mêle...

Cassidy observa de la fenêtre de sa chambre l'arrivée de Lucia et Anne Falk, qui descendirent de cheval sur la pelouse devant, où les attendait Joseph. Lucia avait les joues rouges et les yeux brillants, quant à Anne Falk, elle souriait, et parlait même. Cassidy n'entendait rien, mais voyait remuer ses lèvres. Elles disparurent toutes les deux dans la maison en bavardant.

Cassidy descendit et les trouva dans la véranda où il avait fait la connaissance de Mrs. Shotover.

— Leçon de latin, annonça-t-il.

— Oh ! dit Lucia avec chagrin. Virgile ! Je hais Virgile ! Il n'a rien de commun avec moi.

— C'est pour cela que nous l'étudions : pour nous sortir un peu de nos misérables petites personnes et nous ouvrir l'esprit.

— Au revoir, Anne. Merci pour la promenade. A plus tard.

— Au revoir, Lucia.

La jeune femme gratifia Lucia d'un autre de ses sourires, sans même jeter un coup d'œil à Cassidy, ce que celui-ci n'apprécia guère. Il apprécia encore moins le bavardage de Lucia à propos d'Anne.

— C'est une fantastique cavalière, Papa, et elle connaît tout des chevaux, les races, les capacités, leurs particularités, tout. Nous avons parlé, parlé et nous nous sommes drôlement promenées. Il y a des kilomètres de pistes. Nous sommes allées dans la montagne. Là-haut, il y a un chalet en rondins qui est censé être un authentique chalet du XVIIIe, avec les chaises et les tables d'origine. Il y a même quelqu'un qui y habite !

Plus des gens dans la maison au bord du lac. Cela faisait beaucoup de monde...

— Tu as vu quelque chose qui ressemblait à un terrain d'atterrissage ?

— Non. Nous avons toujours été dans les bois. Je demanderai demain à Anne, lorsque nous irons nous promener.

— Non ! intima Cassidy avec violence. Ne parle pas de la piste d'atterrissage à Anne ou à Mrs. Shotover. Fais bien attention.

— Je vais te mettre sur un cheval, Papa. Demain, ou, en tout cas, bientôt.

— Je plains le cheval. Allons, retournons à Virgile.

Ils en étaient au Livre IV, au moment où Jupiter envoie son fils Mercure dire à Énée qu'il doit quitter Didon — et tout ce marivaudage — pour s'atteler à une tâche plus sérieuse, fonder Rome, et changer le cours de l'histoire. Cassidy fit lire le passage à voix haute à Lucia, non pas tant pour l'instruction de sa fille que pour la sienne. Lucia lisait le latin comme si c'était sa propre langue, sa langue maternelle.

Ce fut au milieu de la lecture que cela se produisit. La machine fit *blip*. Ils l'entendirent tous les deux et levèrent la tête. La machine se mit automatiquement à déchiffrer et transcrire le message, les touches continuant leur office.

Lucia lut le message sur le rouleau de papier : JELLYROLL URGENT ENVOYER PÊCHES AU LIEU BANANES BLETTES ELEANOR TROP MALADE POUR VOYAGER VOUDRAIS QUE VOS SOYEZ LÀ HARBURG.

Cassidy inspira profondément, puis expira lentement.

— Qu'est-ce qui se passe, Papa ? On dirait que tu viens de voir un fantôme.

— Écoute, Lucia, j'ai un coup de téléphone à passer. Tu crois qu'Anne Falk peut continuer le latin cinq minutes avec toi ?

— Oh oui ! dit-elle ravie.

Beaucoup trop ravie, pensa Cassidy avec amertume. Il ressentit un accès de jalousie comme un coup de poignard.

11 heures du matin. Où se trouvait Alison à cette heure-ci ? Sûrement pas chez lui, mais Cassidy essaya quand même le numéro ultrasecret (les numéros d'Alison étaient tous confidentiels, mais certains encore plus que d'autres), car s'il n'y était pas, personne ne répondrait...

Sauf que quelqu'un décrocha.

Grace, la femme riche et glaciale d'Alison.

— Cassidy, dit-elle de son ton très vieille Angleterre, le transperçant comme d'une flèche de son propre nom. Vous n'êtes pas le bon. Je suis censée attendre un coup de téléphone du *bon* individu, et ce n'est pas vous.

— De qui s'agit-il ?

— Je ne dois pas le dire, mais je vais vous donner un indice. C'est un appel très longue distance, de Balisario. Très, très important ! Y a-t-il quelque chose que fasse mon fichu mari qui ne soit pas *très*, très important ? J'aimerais quelquefois le surprendre dans une activité triviale, comme de m'emmener au théâtre, par exemple...

Cassidy la laissa déverser sa rancœur.

— Grace, voulez-vous dire qu'on vous a contrainte à attendre un coup de téléphone pour votre seigneur et maître, Hugh Alison ? Je ne peux pas y croire.

— Moi non plus, mais c'est le cas. Une fois de temps en temps, je me laisse convaincre d'effectuer une de ces petites tâches dégradantes simplement pour me rassurer sur le fait que ses activités sont bien aussi méprisables que je le crois.

— Et elles le sont ?

— Bien entendu. C'est la seule logique de mon mari : être méprisable. Il ferait honte à Iago lui-même. Que diable voulez-vous, Cassidy ? Pourquoi appelez-vous sur ce poste ultrasecret, uniquement utilisé par les premiers ministres et les gens malfaisants ? Vous n'êtes pas assez malfaisant pour ce numéro-là.

— Oh si, je le suis. Où est-il, Grace ? C'est très, *très* important.

Il aurait préféré se mordre la langue pour ses paroles, qui provoquèrent un hurlement de rire chez Grace.

— Encore cette phrase ! rouspéta-t-elle. Très, *très* important ! Mon foutu mari ! Il n'a pas une goutte de sang dans les veines. Il n'a que de l'importance. C'est de l'importance qui se répand sur le tapis, qu'on ne peut plus enlever et qui sent le vieux scoop. C'est une ordure d'importance. Une vraie puanteur !

Cassidy la laissa parler, puis répéta :

— Où est-il, Grace ?

Elle lui cracha le numéro — un autre de ses numéros confidentiels que Cassidy possédait dans son carnet noir —, comme si elle venait de mordre dans une pomme pourrie.

— Venez me voir un de ces jours, petit salopard. Nous ferons cocu mon foutu mari sur le tapis du salon et nous rirons comme des fous...

Cassidy l'abandonna et appela Alison, qui se trouvait en réunion très, très importante. Il rappellerait dès que possible, ce qu'il fit presque immédiatement. Cassidy lui lut le message et le laissa en tirer les conséquences, ce qui ne fut pas long. Ils savaient tous deux que Harburg n'aurait jamais envoyé son nom de cette façon, même chiffré, n'aurait jamais commencé son texte par Jellyroll, et jamais employé le mot *urgent.* (Ce genre de message était toujours urgent, comme les coups de téléphone très, *très* importants d'Alison.) BANANES BLETTES était un gag pour lequel on n'avait pas besoin d'enfoncer le clou. ELEANOR TROP MALADE POUR VOYAGER les glaça. C'était de l'humour noir. Beaucoup trop noir.

— Je vous avais dit de ne pas bouger, dit Alison d'un ton sec. Pourquoi avoir envoyé ce message idiot ?

— Harburg et moi, nous sommes de vieux copains. Je voulais obtenir une réponse de lui. Voir s'il allait bien. Et il ne va pas bien, Hugh. Il y a quelque chose qui sent mauvais au Balisario. Qui d'autre avez-vous sur place ?

Mais bien sûr, Alison ne répondit pas.

— Vous devez y aller, Horatio. Découvrir ce qui se passe.

— Je vous ai dit que je ne quittais pas Lucia. Je ne sais pas ce que vous fabriquiez ici avec Armand, sur ces 27 642 acres avec piste d'atterrissage...

— Pas au téléphone ! l'interrompit Alison dans un murmure désespéré.

Cassidy avait visé dans le mille.

— Envoyez Keefe. Il n'a rien à faire et meurt d'envie de partir en mission.

— Keefe n'a aucune logique.

Alison utilisait une sorte de langage à double sens, à l'image de la double cohérence d'Orwell, qui consistait à dire exactement l'inverse de ce que signifiaient les mots employés. Keefe était un as de la logique. Il avait étudié à Trinity College, à Dublin, et ne cessait de faire montre de son savoir. Avec de grands mots.

— Il boit, rectifia Alison.

— Eh bien, ne l'envoyez pas tout seul.

— *Vous*, allez avec lui.

La discussion fut longue et passionnée. L'enjeu ne résidait pas seulement dans la sécurité de Lucia. Il y avait beaucoup de choses à explorer à Shotover Hall, beaucoup à apprendre. Cassidy tenait à rester dans le coin.

— Pourquoi pas Rattigan ? Vous aurez besoin de deux, sinon trois personnes là-bas, s'il y a de gros problèmes.

— Je ne sais même pas où ils peuvent bien se trouver, protesta Alison dans une dernière tentative.

— Moi, je le sais. Vous ne pouvez pas avoir des types de ce niveau en claquant des doigts — pas en dehors de l'Agence — et je sais que vous voulez rester en dehors de l'Agence.

Alison n'aimait pas ça, mais il n'avait pas le choix. Il savait qu'il ne pouvait pas obtenir dans les cinq minutes des hommes aussi entraînés que Keefe et Rattigan, tous les deux ex-agents, des hommes qui connaissaient le langage, les procédures, les codes.

— Ils vont devoir arriver par Shotover Hall, dit Alison à contrecœur, obligé de divulguer l'office que remplissait celui-ci. Juste pour une nuit, ce n'est qu'une halte, Horatio. Je ne veux pas de vos foutaises de petit malin, hein !

— On s'assiéra autour du feu en se racontant le bon vieux temps, ne vous inquiétez pas.

— Pas dans la grande maison ! ordonna Alison d'un ton tranchant. Ils doivent descendre à la maison près du lac. Ils ne doivent pas voir la vieille dame. Compris, Cassidy ?

— O.K., O.K. !

Voilà donc à quoi servait la maison du lac.

C'était la CIA qui dirigeait le domaine ? Et le terrain d'atterrissage ? En échange d'un million et demi de dollars. À deux heures de route de Langley. Comme c'était pratique.

— Comment va Armand ? demanda-t-il.

— Pareil, ni mieux, ni plus mal. Transmettez à Amanda, ainsi que mon affection. Et tenez-vous correctement.

Alison raccrocha.

Ce soir-là, tandis que Lucia se préparait à se coucher, elle continuait de parler d'Anne.

— Demain, nous irons nous promener dans un autre coin — par là — surtout des champs et des pâturages, où nous pourrons faire un bon galop. Nous irons jusqu'en haut de la montagne. Il y a une grande tour de signalisation là-haut.

— Qui signale quoi ?

— Qui sait ? Il y a quelqu'un qui s'en occupe, un homme qui s'appelle Kaska. Un Russe. Tu aimes les Russes, hein, Papa ? Tu dis toujours qu'ils ressemblent beaucoup aux Américains.

— Certains. D'autres pas.

Cette nuit-là, il se réveilla à 3 heures du matin et entendit des rafales d'armes automatiques dans la forêt, au-dessus de la maison, qui durèrent un bon moment.

8

Keefe et Rattigan arrivèrent le lendemain dans une voiture de la CIA qui déposa Alison devant la grande demeure et les deux ex-agents dans la maison du lac, où les attendait Cassidy. Keefe donna de la voix comme une meute de chiens de chasse.

— Eh bien, quel luxueux aménagement tu as là, Cassidy ! Toute cette consommation manifeste va te ruiner le caractère. Je vois déjà ta détermination s'affaiblir gravement au coin de tes paupières, qui sont le siège de la fermeté.

Rattigan ne dit rien, selon son habitude, et se contenta de son petit sourire de clown. Il savait parfaitement écouter, tandis que Keefe était un bavard impénitent. Cassidy les installa devant la grande cheminée de la pièce principale, fit circuler le Wild Turkey, et les mit au courant de certaines choses.

— Ils ont mis mon appartement sens dessus dessous, à la recherche de quoi ? De l'argent ? Rien que de mettre sur pied cette opération — amener vingt hommes équipés de mitraillettes et de lance-roquettes — a dû coûter deux cent mille dollars. Ils doivent être à la recherche de millions. Et personne ne manipule ce genre d'argent, à l'exception des types de la cocaïne.

Keefe prit une longue gorgée de Wild Turkey, passa la bouteille à Rattigan et dit :

— Je ne peux pas croire qu'Alison soit mouillé dans le trafic de drogue. Il a une femme riche. Il n'a pas besoin de courir ce genre de risques.

— Ça, c'est un indice, dit Cassidy. Alison ne se mêlerait jamais de ce genre de chose, et ne laisserait jamais y mêler l'Agence non plus. Le Balisario est pourri par la corruption, et l'Agence ferme les yeux en échange d'un coup de main pour ce qu'ils peuvent bien traficoter là-bas, et ça, je ne sais pas ce que c'est.

— Quel est le rôle d'Armand là-dedans ? intervint Rattigan. Je ne comprends pas du tout Armand.

— Personne ne comprend Armand, y compris sa mère. Il déboule dans mon appartement un pistolet à la main en disant « c'est une question de vie ou de mort ». Il appelle Victor, dont il trouve le numéro dans mon carnet noir, dans lequel il n'y a pas de Victor, et dit « Coucou, c'est moi ». Comme s'il était censé être mort. Puis il dit qu'il va balancer Victor au *New York Times*, et qu'il a les documents pour le prouver. Arrivent deux truands qui essayent de l'expédier au septième ciel. Alison débarque et étouffe toute l'affaire — il réduit au silence le maire, le chef de la police, la DEA — ce qui n'est quand même pas de la petite bière. En plus, je ne peux pas m'empêcher de penser qu'Alison ne sait pas très bien *pourquoi* il fait taire tous ces gens. Il a reçu des ordres, et il n'y a pas beaucoup de gens qui donnent des ordres à Alison. Pour qu'Alison dise « oui, monsieur », « non, monsieur » sans demander d'explication, il faut remonter au moins jusqu'au bureau du Président.

— Que fabriquait Harburg au Balisario? demanda Keefe.

— Comme d'habitude — le double jeu. Il était censé être l'agent de liaison avec Roberto Garcia, organiser les transports, ce genre de chose, mais je crois que la CIA lui faisait aussi surveiller ce qui se passait au Balisario. Harburg est analyste financier, et ils devaient lui faire suivre les flux d'argent, pour une raison quelconque. Les autres l'ont peut-être surpris à mettre son nez là où ils ne le voulaient pas. Ce dernier message signé de son cryptonyme n'est pas de Harburg. Il n'aurait jamais envoyé ce genre de chose.

Ils avaient apporté deux émetteurs, et Cassidy leur montra celui d'Armand.

— Je vais le laisser sur la fréquence présélectionnée, pour voir ce qui pourrait venir du type qui a envoyé cet autre message.

Il prit pour lui un des deux autres émetteurs.

— Alison a dit de se mettre sur 26.2, dit Keefe. Ah, ah!

Cassidy sourit et régla les deux appareils sur 21.7.

— Nous ne voulons pas qu'Alison puisse surprendre nos petites plaisanteries, n'est-ce pas? Ils connaissent mon ancien nom de code, Jellyroll, donc pour cette opération, je serai Aspic et vous Scarabée. D'accord? Tu connais Balisario?

Keefe acquiesça.

— Contrebande d'armes pour contrer les communistes en 1974. Je connais bien, et je n'ai jamais mis les pieds dans une ville aussi répugnante. La corruption est partout, depuis El Presidente Hermanos Fuentes jusqu'à la moindre serveuse de bar. C'est un égout, Cassidy. Je suis content que tu ne viennes pas là-bas avec nous; ce n'est pas un endroit pour un idéaliste planqué comme toi.

— Harburg est — ou était — descendu dans un trou à rats du nom de *Diablo*. Tu connais ?

— Mon cher, Balisario est à peu près aussi grand qu'Oconomowoc, Wisconsin. Je connais tous les trous à rats du coin. J'étais très copain avec Pedro, le serveur du bar du *Diablo*. Je lui ai appris à tirer au pistolet, ce que je regretterai peut-être un jour puisque son ambition était de devenir homme de main d'El Presidente, et que je suppose que nous ne sommes pas du même côté que celui-ci.

— Je ne descendrais pas au *Diablo*, si j'étais toi. Trouve-toi une autre gargote. Quelle est ta couverture ?

— Trafic d'armes. Nous avons une jolie cargaison de kalachnikovs que nous avons volées à ces foutus Druses à Beyrouth.

Il avala une énorme lampée de Wild Turkey.

— El Presidente aimerait bien récupérer quelques kalachnikovs de plus. Il ne possède que la moitié du pays, et aimerait bien le posséder tout entier. Mais posséder tout le Balisario apportera-t-il le bonheur au Presidente ? En un mot comme en cent, non. Comme Alexandre, il gémira parce qu'il n'a plus de victimes à torturer.

Le téléphone sonna et Cassidy décrocha.

— Mr. Alison et moi vous attendons pour dîner, professeur, l'informa Amanda Shotover en insistant lourdement sur le *Mr. Alison* de son ton sarcastique, et sans dissimuler son déplaisir.

— Commencez sans moi, Mrs. Shotover. Je suis là dans quelques minutes.

— Je dois donc supporter Mr. Alison toute seule, professeur ? Ce n'est guère aimable à vous, ajouta-t-elle en lui raccrochant au nez.

— Je ne sais pas pourquoi on ne tient pas à vous

montrer, remarqua Cassidy. Alison prépare un sale coup, comme d'habitude. Il y a des steaks et de la bière dans le réfrigérateur. Vous devrez faire votre tambouille, mais ce ne sera sans doute pas la première fois. Parlez-moi du père Flaherty.

Keefe lui montra les photos prises par celui-ci.

— Un clown, mais pas trop nul avec un objectif. En voilà une bonne de Wolff.

Un instantané de celui-ci sur le seuil de l'immeuble de Cassidy. Wolff était un des spécialistes de la surveillance électronique de l'Agence.

— Je suis sur écoute, n'est-ce pas ? commenta amèrement Cassidy.

— Impossible de pisser chez toi sans être pris sous toutes les coutures, en couleurs et avec le son. Enfin, l'Agence a nettoyé à ta place. L'appartement est plus propre que je ne l'ai jamais vu. Ils ont même fait les lits.

Cassidy examinait une autre des photos de Flaherty.

— Ce voyou-là, je ne le connais pas. C'est vrai que je ne connais pas grand monde. Il pourrait être un invité de mon propriétaire, qui vit à l'étage au-dessus.

Un homme trapu avec une mâchoire de bouledogue, lui aussi sur le seuil de l'immeuble.

Keefe et Rattigan secouèrent la tête. Ils ne connaissaient pas l'individu. Cassidy consulta sa montre.

— Il faut que j'y aille. Quand partez-vous ?

— Minuit, dit Keefe. L'heure que préfère Alison, comme ça, il se sent une âme de conspirateur. Tu ne savais pas ?

— Il ne vient pas avec vous ?

— Ça ne risque pas. Alison se tient toujours à l'écart. Il nous accompagne à l'avion, pour vérifier que nous n'allons pas faire de bêtises.

Cassidy leur raconta que, depuis son arrivée à Shotover Hall, il avait essayé de trouver la piste d'atterrissage.

— On ne peut pas l'atteindre d'ici, expliqua-t-il. Si l'un de vous a une idée, peut-il me laisser une petite trace de son passage ?

Avec son léger sourire de clown, Rattigan intervint. Il avait le gadget adéquat, et le montra à Cassidy.

— Ça marche ?

— J'espère bien.

Le téléphone sonna de nouveau, et Cassidy bondit.

— C'est sûrement Mrs. Shotover qui me prévient que le rôti est froid. Dites-lui que j'arrive.

Keefe transmit le message.

Cassidy se préparait à sortir lorsqu'il se souvint d'Armand.

— Comment va-t-il ? Quelles sont les nouvelles ?

Keefe leva les mains dans un geste de désespoir très irlandais :

— Le pouls est stable, l'esprit absent, les yeux fermés.

— Il est né et a grandi ici, dans cette... prison. Vous n'avez pas idée des privations endurées par un petit garçon sensible isolé sur 27 642 acres en compagnie de trois grands frères qui skiaient, jouaient au football et montaient à cheval pendant qu'il lisait et regardait la télévision. Ah, les malheurs des gens riches !

— Que fabriquiez-vous à la maison du lac ? demanda Amanda Shotover.

— Je jouais au billard à trois bandes avec moi-même.

— Je ne me souvenais pas qu'il y avait un billard à la maison du lac.

— Un billard mental. Tout dans la tête, expliqua Cassidy.

— Comme c'est amusant ! Et qui a gagné ?

— Moi. Mais j'ai aussi perdu. J'ai été transporté par ma victoire, et déprimé par ma défaite, simultanément.

— Ce doit être très perturbant, émotionnellement, remarqua Amanda Shotover.

— Les perturbations émotionnelles sont une des caractéristiques du XXe siècle. Chaque défaite est une victoire. Nos ennemis sont nos amis.

Et ainsi de suite — Cassidy et Amanda Shotover pratiquant l'art de la conversation tandis que les autres écoutaient — Alison, le visage fermé, Anne Falk impassible, et Lucia les yeux brillants.

Cela les mena jusqu'à la salade, moment que choisit Alison pour se lancer dans la bataille comme un tank de l'armée en observant que la salle à manger où ils se trouvaient était la réplique exacte de la salle à manger conçue par Adam à Fenster Hall, dans le Suffolk, qui appartenait à son grand ami lord Inchkellen.

— Nous savons que Jefferson a été extrêmement influencé par Adam, et l'imitation est la forme la plus sincère de la flatterie, Mrs. Shotover. Celle-ci est une des plus belles salles à manger de Jefferson que j'aie jamais vues.

— Je ne parle jamais de l'architecture de Jefferson au dîner, Mr. Alison. C'est un sujet trop lourd pour le dîner, et pour le café aussi, d'ailleurs. Le thé constitue le moment le plus approprié.

Pauvre Alison, pensa Cassidy. Vous ne devriez pas jouer les snobs avec de vrais aristocrates. A tous les coups, vous vous ferez ramasser.

Après dîner, Amanda Shotover redressa son mètre quarante et annonça qu'elle allait se coucher. Bonne nuit. Bonne nuit. Bonne nuit. Chaque bonsoir adressé à une personne spécifique en la regardant bien en face, avec une inflexion bien distincte, observa Cassidy : de l'affection pour Lucia, un mépris total pour Alison, une froideur hautaine pour Anne Falk (mais que diable se passait-il entre ces deux-là ?), et pour lui, une sorte de clin d'œil de conspirateur signifiant, « nous sommes dans le même bain ».

Cassidy accompagna Lucia se coucher tout de suite après parce qu'il était 9 h 30, et qu'elle avait eu une dure journée, sans parler de ce qui l'attendait.

— Je vais te faire ingurgiter un peu de culture demain matin très tôt avant que tu ne montes sur ce cheval.

— Arrgh ! protesta-t-elle d'un ton rauque, insolent mais affectueux.

— Et je vais me promener avec toi, annonça-t-il.

— Papa ! dit-elle dans un hoquet. Pourquoi ?

— J'ai mes raisons. Je pensais que tu serais ravie. Depuis notre arrivée, tu n'as pas cessé d'essayer de me faire monter sur un cheval.

— Oui, mais maintenant que j'ai réussi, j'ai peur.

— Nous allons faire ça sans nous presser. Pas de galop le premier jour.

— Anne te donnera une leçon. Elle est très bonne.

— Oh, Anne.

Il n'avait pas compté sur Anne. Voilà qui changeait la donne.

— On ne peut pas la laisser à la maison et se promener tout seuls ?

— Oh ! non, Papa. Je me perdrais.

— Hum, marmonna-t-il.

Il l'embrassa sur le front, effleura sa joue veloutée du bout de ses doigts, et la laissa.

A l'extrémité de l'un des couloirs caverneux de Mr. Jefferson, Cassidy remarqua Alison et Anne Falk en pleine discussion. Il les observa en silence sans se montrer. C'était Alison qui parlait, et Anne Falk avait l'air en colère. (Mais elle avait souvent l'air en colère, il est vrai.) Elle eut un hochement de tête cassant et laissa Alison planté là, se dirigeant vers Cassidy, qu'elle dépassa sans l'ombre d'une étincelle dans le regard ou la moindre expression — comme la fille qui passait devant Joseph Cotten dans la dernière scène du *Troisième Homme*.

— Bonsoir, dit-il doucement.

Pas de réponse.

Cassidy rejoignit Alison.

— Un dernier verre, mon cher ?

— Vous parlez comme dans un vaudeville de 1928, marmonna Alison.

— J'essaie de me fondre dans le décor.

— Inutile, vous n'y arriverez pas.

Ils descendirent dans le salon et se servirent un cognac.

— Je ne savais pas que Miss Falk et vous étiez tellement amis.

— Je la connais depuis des années. C'est une des Falk de Boston, vous savez. La compagnie maritime. Vous avez sûrement entendu parler des Falk Lines. La famille a eu quelques revers de fortune, alors... dit Alison sans achever sa phrase.

— Hélas, nous en sommes tous là. Y compris les Shotover, une autre vieille famille d'armateurs. Quelle proportion de Shotover Hall la CIA possède-t-elle ?

Alison ne daigna pas répondre.

— Je dois rentrer, dit-il au lieu de cela.

— Ce soir ?

— Tôt demain matin. Je ne vous reverrai pas, Cassidy. Gardez l'émetteur sur la même fréquence, et prévenez-moi instantanément s'il se passe quelque chose. C'est important.

Cassidy eut un sourire carnassier.

— Mais vous êtes un homme important, Hugh.

— Toujours à m'asticoter, hein, Horatio ?

— C'est parce que je me sens concerné. Vraiment, dit Cassidy sans préciser par *quoi* il se sentait concerné.

Alison prit l'air exaspéré.

— Rien d'autre à me transmettre avant mon départ ?

— Des coups de feu dans la nuit.

— Des braconniers à la chasse au cerf, renifla Alison.

— Avec des mitraillettes ? La CIA ne serait pas en train de préparer une petite invasion sur ces vingt-sept mille acres, n'est-ce pas ?

— Bonne nuit, Horatio, conclut Alison en avalant son cognac.

— Dormez bien, mon cher. J'espère que les coups de feu ne vous réveilleront pas.

Cassidy se coucha et lut Emily Dickinson, dont il avait trouvé un recueil de poèmes dans la bibliothèque en bas.

Le remords — c'est le souvenir — éveillé
Ses membres en mouvement —
Une présence d'actes défunts —
A la fenêtre et à la porte —
C'est le passé — énoncé avec l'âme
Et enflammé avec une allumette

Une lecture pour faciliter
Et élargir la foi —
Le remords est incurable — c'est la maladie
Que même Dieu ne peut guérir —
Car il est de sa création — et
L'équivalent de l'Enfer —

Un peu après minuit, il perçut le bruit qu'il attendait — un moteur d'avion et son ronflement caractéristique. Pas un avion à hélice, mais un jet. L'Agence voyageait toujours en première classe.

A l'intérieur du petit appareil de la CIA, tout était très calme. Il ne transportait que deux passagers, Keefe et Rattigan. Keefe avait étendu ses grandes jambes devant lui, une bouteille de Wild Turkey à la main, et dissertait avec allégresse.

— Ah, Balisario ! Quelle expérience en perspective, Rattigan ! C'est véritablement une ville du diable, mon garçon, et de celles-là, il n'en reste plus beaucoup. A Balisario, il y a les riches, les très riches — des salopards qui volent, tuent et torturent, du premier au dernier — et les pauvres, les très pauvres, qui rêvent de l'au-delà promis par l'Église catholique, qui leur fait payer le privilège d'entendre qu'ils seront rôtis pour l'éternité en lieu et place de leur misère présente. Et puis, entre les riches et les pauvres, à Balisario, il y a les classes moyennes, exclusivement composées de trafiquants, d'ex-nazis, de déserteurs, de maquereaux, de prostituées, d'assassins, de violeurs... Des gens positivement *délicieux* ! Si on se fait prendre, la *policía* nous suspendra par les pieds pour nous chatouiller les couilles à l'électricité. Je te le dis, mon ami, Balisario, c'est le jardin du diable.

Rattigan s'était endormi avec son petit sourire, comme s'il lui tardait d'arriver là-bas.

9

La convocation au palais avait arraché Roberto Garcia à son déjeuner, outrage qui ne lui avait jamais été infligé auparavant.

Il grimpa à la hâte les grandes marches rectangulaires, tandis qu'il était assailli de crampes d'estomac dues à tout cet empressement par-dessus sa chèvre rôtie. Mauvais présage.

La *guardia* le salua et il répondit distraitement, l'esprit ailleurs. Il pénétra dans une grande cour intérieure à colonnades, dont les hautes fenêtres projetaient une lumière éblouissante sur le sol de pierre. Roberto passa sans la voir devant la Vierge à l'Enfant (qu'Hermanos Fuentes avait volée à Valerta après cette brève guerre désastreuse dix ans auparavant), devant le saint Sébastien percé de flèches du Greco (un faux, à coup sûr), puis devant quatre *guardia* au garde-à-vous dans leurs uniformes mal coupés.

Le bureau du Presidente était énorme, carré, surchargé d'armures espagnoles et d'un Christ en croix tous couverts d'une poussière que plus rien ne pouvait enlever. La table était immense, un vaste océan de noyer derrière lequel se tenait El Presidente, un homme trapu et court sur pattes, aux airs de brute, avec une petite moustache à la Fu Manchu. Assis devant le bureau se trouvait un autre homme, que Roberto reconnut instantanément.

— Vous connaissez le señor Quarimiento, dit El Presidente sans salutation d'aucune sorte.

El Presidente manquait totalement de manières.

— Il arrive de Bogota.

Roberto eut un aimable hochement de tête. Il méprisait l'individu, mais il fallait bien respecter les convenances.

— Avec la marchandise?

— Non, sans la marchandise, aboya El Presidente.

Quarimiento, qui avait les dents gâtées et des yeux torpides, toujours à demi fermés, expliqua :

— Valdez ne donnera pas la marchandise tant qu'il ne sera pas payé de ses deux dernières livraisons. Quatre millions de dollars américains.

Les transactions s'effectuaient toujours en dollars américains. C'était la seule monnaie valable.

— Il s'est produit à New York un regrettable accident.

— Nous lisons les journaux en Colombie, *comendador*. Valdez a dit...

Cette brute d'El Presidente l'interrompit.

— Señor Quarimiento, si vous voulez bien sortir un moment. Je dois dire un mot au *comendador*.

Celui-ci essuya en privé un des plus beaux savons qu'il ait jamais reçus. Il l'écouta, impassible. Lui, Roberto, l'aristocrate, élevé en Espagne, écouta les délires analphabètes de ce paysan arriéré. L'essence du « savon » résidait dans le fait que vingt-six millions de dollars s'étaient évanouis, d'une façon ou d'une autre, et qu'une nouvelle livraison de la même valeur ne serait pas effectuée, avec pour conséquence qu'il manquait cinquante-deux millions dans les poches d'El Presidente, ce qui signifiait qu'il ne pouvait pas payer les *soldados.*

Roberto songea que le Balisario, qui avait réussi à survivre pendant trois siècles sans les revenus exagérés de la cocaïne, était maintenant totalement dépendant de cet argent. Au lieu de rouler sur l'or, le pays se roulait encore plus dans la pauvreté. Il y avait là un fabuleux paradoxe qui enflammait son âme latine, et lui permettait de passer le temps tandis qu'El Presidente épuisait les épithètes de son peu de vocabulaire.

— Roberto Garcia, vous irez aux États-Unis. Vous, personnellement, cette fois-ci, pour récupérer cet argent. Compris ?

— Oui, *presidente*, compris.

Keefe et Rattigan faisaient le tour de la grande place qui constituait le centre de Balisario, en tous points semblable aux centres de toutes les villes sud-américaines de cette taille. La cathédrale était immense, flanquée de deux tours carrées qui ressemblaient à des remparts.

— La Vierge grandeur nature qui se trouve dans la cathédrale est en or massif, expliqua Keefe. Les paysans n'ont rien à manger, mais la cathédrale renferme une Vierge en or massif. Voilà qui en dit plus long que n'importe quoi sur l'Amérique du Sud.

Ils passèrent devant le *palacio* avec sa *guardia*, dont chaque représentant berçait une mitraillette dans ses bras, devant le mur de pierre du *comendador*, avec son fil de fer barbelé et son verre pilé, puis devant la résidence de l'archevêque.

— Dans la plupart des villes espagnoles, la plus grosse demeure est celle du *comendador*, et la deuxième plus grosse demeure celle de l'archevêque. Elles sont même quelquefois voisines. Mais, en ce moment, les ecclésiastiques et les militaires ne sont pas tout à fait d'accord. Ils ont même carrément fusillé le dernier archevêque qui avait essayé de mettre une petite dose de conscience sociale dans sa foi, preuve d'une monstrueuse hérésie.

Un peu plus tard, les deux hommes s'installèrent sur la place au café *Rodrigo*, à boire de la *cerveza*. Keefe attira l'attention de Rattigan sur les lampadaires en fer forgé très ouvragés.

— Balisario a toujours eu de très beaux lampadaires très solides. Quand les munitions leur font défaut, ils y pendent les politiciens éjectés.

Rattigan ouvrit la bouche pour la première fois.

— Arguello vient juste d'entrer chez le *comendador*.

— Ah, ah. Pas de repos pour les braves. Viens, allons au *Diablo* en l'absence d'Arguello.

Au *Diablo*, Keefe fut accueilli avec des cris de joie par Pedro, le garçon du bar. L'endroit était vide, et Pedro ravi d'avoir de la compagnie. Il les mit au courant des dernières nouvelles — la *cerveza* venait du Pérou, où on la corsait d'un peu de cyanure, juste un soupçon, très bon pour la digestion. Angelina, la pute préférée du coin, avait pris sa retraite avec ses millions, et s'était acheté une maison sur la côte, où il avait entendu dire qu'elle faisait dans le trafic d'armes et autres activités profitables moins éprouvantes pour ses vertèbres. Et ainsi de suite. Keefe et Rattigan furent mis au courant de tout, sauf de Harburg, la seule personne qui les intéressait. Bien entendu, ils ne pouvaient pas en parler. Au lieu de cela, ils jouèrent aux allumettes, tapant du poing sur la table et hurlant « Deux » et « Trois » à grand renfort de grimaces et de roulements d'yeux.

Pedro finit par mordre à l'hameçon.

— Il y avait un autre type ici qui jouait à ça — il s'appelait Harburg.

— Amène-le, Pedro ! rugit Keefe. Je vais le défier. A ce jeu, je suis le champion du monde occidental.

Pedro se fit discret. Il s'approcha et baissa la voix, bien qu'il n'y eût personne.

— Ils l'ont emmené au *sótano*. C'est ce qu'ont dit les *soldados*.

— Pauvre type, commenta Keefe sans remuer un cil.

Puis, avec un regard féroce, il lança à Rattigan : « Trois ! », tout en ayant le cœur lourd. Personne ne ressortait du *sótano* de Roberto Garcia. Personne n'en était jamais ressorti. Le *sótano*, c'était fatal.

Ils continuèrent à jouer pendant une demi-heure, car il n'aurait guère été crédible de ficher le camp après avoir appris la mauvaise nouvelle.

Plus tard, en retournant au *Moldavia*, ils passèrent devant une pile de cadavres qui pourrissaient sous le soleil radieux de cet après-midi au coin d'une petite place. Certains étaient habillés, d'autres nus — hommes, femmes, enfants, tous entassés, les mouches tournoyant au-dessus des bouches ouvertes.

— Des *comunistas*, expliqua Keefe. On les reconnaît à leurs cornes et à leurs queues. Ils n'auront pas le droit de rôtir pour l'éternité, car ce sont des *comunistas*. Ils n'ont pas droit à l'éternité, eux. Quelle honte !

De retour au *Moldavia*, ils se déshabillèrent et se couchèrent car ils avaient beaucoup à faire cette nuit-là.

10

Cassidy montait Sandpiper, le plus doux des chevaux de l'écurie Shotover. Lucia le précédait sur Ariel, à demi retournée sur sa selle pour garder un œil sur son père. Derrière lui se trouvait Anne Falk, sur Faun. Comme d'habitude, elle était tirée à quatre épingles — le genre de fille qui s'habillerait pour dîner en prison, pensa-t-il.

Le soleil filtrait à travers la végétation touffue, tachetant la piste d'un mélange de lumière aveuglante et d'ombre profonde. Ils suivaient le chemin du lac, qui croisait de nombreux autres sentiers et, de temps en temps, une route de terre au cœur de l'énorme forêt. Dans la poche de Cassidy se trouvait le capteur électronique.

— Tu te débrouilles très bien, Papa, mais tu ne peux pas passer ta vie au pas. Tu dois apprendre à trotter.

— Pourquoi ?

— Parce que c'est ennuyeux, sinon.

— Je ne m'ennuie pas, je suis tétanisé.

— Vous n'en avez pas l'air, remarqua Anne Falk.

C'était la première fois qu'elle lui adressait la parole, et Cassidy en fut abasourdi. Elle paraissait toujours aussi froide que le marbre, mais elle lui avait véritablement parlé. Parce que je suis monté sur un cheval, pensa-t-il. Je suis passé dans la catégorie des gens à qui l'on adresse la parole.

Le sentier traversait un chemin de terre. Cassidy sortit son capteur et le dirigea sur la base d'un arbre. A environ un mètre du sol, avait dit Rattigan. Le capteur ne réagit pas. Cassidy le pointa sur d'autres arbres. Rien.

— Papa, qu'est-ce que c'est que ce truc ?

— Un flugelkind. Il distingue la réalité de la fiction. Tu vois, si c'était un faux arbre, il émettrait un bip.

— Papa ! Ce n'est même pas drôle !

— Tu verras, c'est très drôle — si ça marche.

Si ça marchait. Au croisement suivant, Cassidy essaya encore une fois son capteur, sans aucun résultat. Rattigan avait-il oublié ? Au troisième essai, en croisant un chemin qui avait l'air un peu plus large que les autres, Cassidy récolta un bip, et guida immédiatement Sandpiper sur la gauche.

— Essayons ce chemin-là. Il me plaît.

— Non, non ! C'est le mauvais chemin ! cria Anne Falk.

— Mauvais pourquoi ? demanda Cassidy, qui enfonça les talons dans les flancs de Sandpiper.

Le cheval, qui n'attendait que cela, bondit en avant, Cassidy penché sur son encolure.

— Papa ! gémit Lucia. Tu as dit pas de galop le premier jour !

Sandpiper dévala au petit galop le large chemin de terre, Cassidy tenant les rênes d'une main et le capteur de l'autre. Heureusement, car le chemin en croisait encore un autre, et Cassidy devait se décider. Le capteur indiqua : droit devant, et il se retrouva au grand galop, ce à quoi il ne s'attendait pas tout à fait.

— Papa !

Le cri résonna assez loin derrière lui ; les deux cavalières, prises par surprise, se trouvaient distancées.

Un autre chemin, un autre essai avec le capteur, qui indiqua : à droite. Cassidy faillit rater le virage, perdit un étrier et se cramponna.

Il déboucha sur ce qui ressemblait à un bivouac. Sandpiper passa en trombe devant des hommes en treillis de l'armée qui coupaient des branches et se pétrifièrent à la vue du cheval. Il y avait là des douzaines de tentes camouflées, aux toiles relevées, dans lesquelles on distinguait des hommes étendus sur des lits de camp de l'armée.

Cassidy se retourna sur sa selle pour bien regarder le campement, ce qui provoqua un désastre.

Sandpiper fonça dans un léger virage. En avant se trouvait la guérite d'une sentinelle, et une sentinelle qui flânait au soleil. En travers de la route était installée une barrière, une perche de bois qui pouvait se relever ou s'abaisser. En l'occurrence, elle était abaissée, et Cassidy, retourné sur sa selle, ne la vit pas. Sandpiper, lui, la vit, et s'arrêta net. Cassidy effectua un vol plané par-dessus la barrière, atterrit dans l'herbe molle, et roula plusieurs fois sur lui-même, étourdi mais tout à fait conscient, les yeux fermés. (Eh quoi ! Un peu de sollicitude ne lui ferait pas de mal.)

Lucia l'atteignit la première, après avoir sauté la barrière sur Ariel, et malgré les avertissements de la sentinelle, qui criait « *No ! No ! Es prohibido !* ».

— Papa ! Papa !

Elle était à côté de lui, et lui tâtait le visage. Cassidy ouvrit gravement les yeux.

— Ce train s'arrête-t-il à Weehawken ? demanda-t-il.

— Papa, tu vas bien ?

— Je ne passerai pas la nuit.

Il vit Anne Falk, qui était descendue de cheval et se tenait à quelques mètres. Il lui adressa un clin d'œil, qu'elle ne lui rendit pas.

— Vous savez très bien monter à cheval, n'est-ce pas ? lui dit-elle.

— Je ne suis pas monté depuis l'âge de quinze ans, et il est passé beaucoup d'eau sous les ponts depuis.

Il se redressa maladroitement, et se tâta les membres.

— Voici donc le terrain d'atterrissage. Pourquoi est-il *prohibido* ? Si j'avais une belle piste comme ça, je la montrerais à tous mes amis.

Cassidy se releva et marcha au milieu de la bande d'envol, entièrement en herbe, et qui devait faire un kilomètre de long. Certains de ces nouveaux jets étaient capables d'atterrir sur l'herbe et n'avaient plus besoin de kilomètres pour s'envoler. Où se trouvaient la tour de contrôle, les hangars, tous les accessoires des aérodromes ? Probablement sous les arbres. La piste paraissait avoir été taillée dans la forêt de chênes et de pins (aux frais du contribuable). C'était un rectangle bien délimité et très plat, pour la Virginie.

Anne Falk essayait d'amadouer la sentinelle :

— *El caballo desbocado.*

La sentinelle disait que le *caballo* ne lui paraissait pas vraiment s'enfuir, et criait à Cassidy :

— *Prohibido ! Prohibido ! Vuelve !*

Cassidy l'ignora, jusqu'au moment où l'homme tira en l'air une rafale de pistolet-mitrailleur. Cassidy s'arrêta net.

— Si vous y tenez vraiment... dit-il en revenant sur ses pas.

Anne Falk protestait en espagnol auprès de la sentinelle qu'il n'était pas nécessaire de tirer, tout en foudroyant Cassidy du regard. Celui-ci, qui avait passé un bras autour des épaules de Lucia, lui adressa son plus beau sourire.

Son cheval broutait de l'autre côté de la barrière. Les membres un peu raides, il remonta en selle et retourna dans la direction d'où ils venaient. Il tâta dans sa poche pour vérifier que le capteur s'y trouvait bien.

Il entendit l'écho des sabots qui déboulaient derrière lui, et retint Sandpiper. Anne Falk s'arrêta à côté de lui.

— Vous ne devez pas souffler mot de tout ça à Amanda Shotover, haleta-t-elle. Elle en serait bouleversée.

— Et pourquoi n'en saurait-elle rien ? C'est son domaine.

— Non. C'est le domaine d'Armand.

Armand, et pas Mr. Shotover. Il y avait là une familiarité qui modifia toutes ses idées préconçues.

Lucia arriva au galop sur Ariel.

— Papa, tu sais monter à cheval. Pourquoi tu ne l'as pas dit ?

— Je suis un cavalier déchu. Je ne suis pas monté sur un cheval depuis trente ans.

Ils progressaient maintenant tous les trois de front sur le large chemin de terre.

— Miss Falk ne veut pas que nous parlions de la piste d'atterrissage à Amanda Shotover. Elle en serait bouleversée, dit-il en tâchant de ne pas avoir l'air trop ironique.

— Ni des soldats, ajouta Anne Falk avec raideur. Si vous le voulez bien. C'est une vieille dame. Cela ne lui plairait pas, et elle ne peut rien y faire, alors pourquoi l'ennuyer avec ça ?

Personne ne répondit rien.

Ils atteignirent le croisement du chemin et du sentier du lac. Anne Falk tourna à droite, et Lucia la suivit.

— Je vous rejoins tout de suite, dit Cassidy, qui talonna Sandpiper.

Le cheval dévala le chemin de terre au galop, Cassidy penché en avant. Il entendit l'écho de sabots derrière lui.

Le chemin débouchait cinq cents mètres plus loin sur la route principale. A l'abri de grands arbres, son entrée, qui semblait avoir été ouverte récemment, n'était signalée par aucun panneau. Cassidy tourna à droite et remonta la route goudronnée vers l'entrée principale de Shotover Hall, à un kilomètre. Les autres le rattrapèrent et marchèrent à côté de lui.

— Qu'est-ce que tu vas inventer maintenant, Papa ? Tu vas jouer au polo ?

— J'ai dit mon dernier mot. Je n'ai que deux vitesses sur un cheval, le pas et le galop. Comme les cow-boys dans les westerns. Avez-vous déjà remarqué, Miss Falk, que personne ne trotte, dans un western ? Ils vont toujours au pas, ou bien au galop. L'avez-vous déjà remarqué ?

— Je ne vois pas beaucoup de westerns.

— Dommage.

Ce soir-là, à 22 heures, Cassidy était installé au bureau d'Armand, et travaillait sur le carnet qu'il avait repêché derrière la commode, lorsque la porte s'ouvrit. Anne Falk entra, vêtue d'une longue robe de chambre rouge. Elle referma la porte derrière elle.

— Je crois que nous devrions avoir une petite conversation, déclara-t-elle.

— Ce serait fort agréable. Asseyez-vous.

Elle s'assit sur le lit, les mains dans les poches de sa robe de chambre, et garda les yeux fixés au sol.

— De quoi aimeriez-vous parler ? J'ai le postérieur extrêmement douloureux. Cela vous intéresse-t-il ?

Elle promena un orteil sur le tapis, sans le regarder.

— Comment saviez-vous, pour la piste d'atterrissage ? C'est un secret bien gardé.

Cassidy utilisa un des trucs d'Alison, répondre à une question par une autre question.

— Vous travaillez pour Alison, n'est-ce pas ?

Elle l'ignora, poursuivant son idée.

— Une autre chose que vous savez, parce que vous l'avez utilisé, et que vous ne devriez pas connaître, c'est le code d'Armand.

Elle leva les yeux, et le transperça du regard.

— La seule façon que vous ayez de le connaître, c'est de détenir le contrat de prêt, que vous avez dû prendre dans la poche d'Armand lorsqu'il a été abattu. Vous devez le rendre.

— Je crois qu'Alison a détaché Armand des opérations paramilitaires pour que des sénateurs fouineurs ne viennent pas mettre leur nez dans ce qui se passait à Shotover Hall. Je me contente de délirer, Miss Falk, mais il m'est venu à l'idée qu'Armand était un petit garçon solitaire qui jouait sur ces grands 27 642 acres. Et à quarante ans, il était toujours un petit garçon avec de grands rêves. Les opérations clandestines, c'était la réponse à ces rêves.

Il essayait de la provoquer, mais n'obtint en retour qu'un rire :

— Cela vous va bien ! Et vous, professeur, comment vous êtes-vous retrouvé dans ces opérations clandestines ? Vous aussi, vous étiez un petit garçon solitaire ?

— Il y a bien longtemps de cela, dit Cassidy d'un ton sec. Aujourd'hui, je suis professeur d'histoire médiévale. J'ai grandi.

— C'est pour cela que vous galopez à travers bois comme un fou, et que vous tombez sur les fesses ?

— J'ai été expédié ici à mon corps défendant, par votre patron, Hugh Alison. Peut-être pouvez-vous me dire ce que je suis censé y faire. Vous êtes un des pigeons apprivoisés d'Alison.

Elle se rebiffa pour la première fois :

— Je ne suis pas le pigeon apprivoisé d'Alison ! Je suis la fiancée d'Armand !

Voilà qui changeait tout.

Cassidy quitta son siège, marcha jusqu'à la fenêtre, et fixa la nuit veloutée en tentant de rassembler ses hypothèses de façon qu'elles coïncident avec ce fait nouveau. Voilà qui expliquait l'hostilité d'Amanda ; Anne Falk lui avait pris son dernier fils.

Celle-ci se mordit la lèvre et fixa le plancher. Pour la première fois, elle paraissait sans défense.

— Je vois, commenta-t-il.

— J'en doute.

Il la gratifia de l'un de ses sourires carnassiers.

— Ça commence à ressembler à du Emily Brontë. La dame de compagnie de la vieille dame tombe amoureuse du maître...

— Je n'étais *pas* la dame de compagnie. Je dirige cet endroit. Je paie les domestiques, je renvoie les jardiniers et je répare le toit parce que Armand ne peut pas et que la vieille dame ne veut pas ! Je le fais parce que personne d'autre ne le fait. Il n'y avait plus d'argent dans la maison...

— Alors vous avez invité la CIA ?

— Pas moi ! Armand ! Il était mouillé jusqu'au cou. Il ne pouvait pas s'occuper des chiffres et j'ai...

Elle s'interrompit parce qu'elle abordait des choses qu'elle ne voulait pas révéler.

Il tenta de combler quelques trous :

— Alison a exercé quelques pressions, ce qui est sa spécialité, et vous a persuadée de rejoindre le club pour sauver la vieille demeure, c'est ça ?

Elle examina ses ongles, se mordit la lèvre et fronça les sourcils.

— Une Falk de Boston, des Falk Lines, dit Cassidy avec ironie. Alison a toujours adoré utiliser la haute société dans son organisation. Ça donne du vernis à l'Agence.

— Je travaille pour vivre, dit-elle d'un ton las. Les Falk ne possèdent plus les Falk Lines depuis des décennies. Les Falk Lines appartiennent à la Gulf and Western, comme tout le reste. Je suis venue m'occuper des chevaux. C'était mon premier emploi ici. Toutes les autres tâches, je les ai accomplies parce qu'il n'y avait personne d'autre, et qu'il fallait bien les remplir.

Elle se leva, les mains dans les poches de sa longue robe de chambre, et lui fit face.

— Mais c'est beaucoup plus sérieux que cela.

— Armand était mouillé jusqu'au cou. Maintenant, c'est vous qui l'êtes.

Elle eut un sourire triste.

— Et Alison aussi.

— Le sait-il ?

— Il ne veut pas le reconnaître, mais je crois qu'il le sait.

La complicité entre eux s'établit exactement à ce moment-là. Ils avaient été adversaires. Maintenant, ils partageaient de l'inquiétude. Le climat de la pièce changea, et passa de l'hostilité à l'anxiété. Une anxiété commune. Cassidy s'assit sur le lit et Anne Falk se planta devant la fenêtre, à regarder les grands arbres que la lune teintait d'argent.

Elle lui raconta un certain nombre de choses. Tout avait commencé par la station radio sur la colline. Des communications avec les agents en opération en Amérique centrale. Puis était venu le terrain d'atterrissage pour transporter les troupes paramilitaires là où elles le désiraient, en Amérique centrale et du Sud. A deux heures de Washington, un endroit très secret, très pratique.

— L'étape suivante a été... catastrophique. Ils ont commencé à faire venir des guérilleros latino-américains, pour les entraîner en matière d'armement de pointe et de communications. Armand n'aimait pas ça, et l'a dit.

— Et il y avait de l'argent en jeu?

— Oui.

— Quand la drogue a-t-elle commencé à arriver?

Anne Falk s'écarta de la fenêtre.

— Nous ne le savons pas. Comment le pouvions-nous? Les soldats l'apportaient par avion dans leurs havresacs, et Dieu sait comment ils la faisaient passer à New York. Mais c'est comme ça que ça marchait. Et l'argent a commencé à couler à flots de New York.

— L'argent?

— Lorsque les hommes retournaient là-bas, ils ramenaient l'argent par avion. Cela, nous ne l'avons découvert qu'il y a deux semaines. Des tonnes d'argent! Des millions! L'argent est pire que la cocaïne, il corrompt tout le monde! Je ne fais plus confiance à personne!

— Y compris Armand ?

Son instinct protecteur se réveilla.

— Pour rien au monde, Armand ne se mêlerait de cocaïne.

— Ils ont retourné mon appartement pour y trouver quelque chose. Quoi ? De l'argent ?

— Peut-être. Je ne sais pas.

— Armand a débarqué chez moi à la recherche d'un numéro de téléphone, celui d'un nommé Victor. Il n'y a pas de Victor dans mon carnet, il doit donc s'agir d'un cryptonyme. Il a appelé ce Victor et lui a dit qu'il allait tout déballer au *New York Times*. Puis les truands sont arrivés et l'ont descendu. Qui est Victor ?

Anne Falk n'eut pas l'occasion de répondre. L'émetteur sur le bureau d'Armand émit un grand *blip*, suivi d'un silence pesant tandis que l'appareil rassemblait ses esprits pour décoder le message. Puis les touches cliquetèrent à toute vitesse, et imprimèrent le message suivant :

JELLYROLL URGENT NOIX DE COCO ARRIVENT WISHBONE TROIS PENNIES DIX EXPÉDIER PERSONNELLEMENT HARBURG.

Anne Falk arracha le message du rouleau et le tendit à Cassidy.

— Harburg n'enverrait jamais un message de ce genre.

— Je sais, dit-il.

— Il ne signerait jamais de son propre nom, ni ne mettrait *urgent*. Et jamais, au grand jamais il ne dirait *expédier personnellement* à ce Jellyroll, qui que cela puisse être.

— Wishbone, qu'est-ce que c'est ? Shotover Hall ?

— Oui.

— Et les noix de coco ?

— Des soldats. Trois pennies, c'est jeudi, et dix, 10 heures du soir, car ils n'arrivent jamais en plein jour.

— Prévenaient-ils toujours par radio?

— Toujours. Nous devions éclairer la piste et tenir des camions prêts à emmener les hommes au campement.

— Armand était disponible à chaque arrivée?

— Pas toujours. Quelquefois, nous envoyions... quelqu'un d'autre.

— Kaska?

Elle n'avait pas l'air ravie, comme si elle avait peur de trop en révéler, mais finit par hocher la tête et fronça les sourcils.

— Pourquoi demandent-ils à Jellyroll d'expédier personnellement?

Cassidy se posait intérieurement la question. Il s'allongea sur le lit et fixa le plafond un long moment en réfléchissant.

— Je crois qu'ils savent qui est Jellyroll.

— Et qui est-ce?

— Moi.

Il poussa un soupir.

— Ils veulent que je sois là en personne pour me poser des questions très impolies.

— A quel propos?

— Ce qu'ils cherchaient dans mon appartement. De l'argent, je suppose. Nous allons devoir mettre en place un petit comité d'accueil.

— Il a intérêt à être gros, votre comité d'accueil. En général, il y a vingt-quatre soldats dans chaque avion, tous armés jusqu'aux dents.

— Charmant, dit-il en bâillant.

Ce fut un énorme bâillement.

— Dans ce cas, nous ferions mieux de dormir, dit-elle.

Il lui sourit, mais elle ne lui rendit pas son sourire. Elle se dirigea vers la porte, les mains dans les poches de sa longue robe de chambre rouge.

— Ils ont tué onze flics à New York, dit-elle d'un ton monotone. Nous ne pouvons pas maîtriser la situation tout seuls, Cassidy. Je vais appeler Alison.

Il eut un grognement de dérision.

— Si vous comptez sur Alison pour vous sortir du pétrin, vous êtes cinglée. Alison ne sort pas les gens du pétrin, il les y fourre. En sortir, c'est votre problème.

Elle rit, montrant ses dents blanches et plissant les yeux. Le rire la rendait humaine, et Cassidy décida qu'il aimait ce rire.

— Merci, dit-elle en ouvrant la porte.

Cassidy lui en balança une bien raide :

— Qui est Victor ? Alison ?

— Non, Alison est beaucoup de choses que je n'apprécie guère, mais il n'est pas Victor.

— Alors qui est-ce ?

— Armand le sait. Moi pas.

Cassidy se souleva sur son coude et la fixa d'un regard dur.

— Comment Armand peut-il savoir quelque chose qu'Alison ne sait pas ? Ce n'est pas comme ça que fonctionne l'Agence.

Comme toujours dès qu'il s'agissait d'Armand, Anne devint très protectrice :

— Armand est un innocent. On peut le charger de tas de choses qu'Alison devinerait instantanément.

— Lorsqu'il est venu chez moi, Armand n'était plus si innocent que cela. Il a appelé Victor, et lui a dit qu'il se rendait au *New York Times*. Il devait connaître le vrai nom de Victor, sinon comment aurait-il trouvé son numéro de téléphone dans mon carnet ?

Anne Falk, qui sortait, s'arrêta et eut une petite grimace en passant sa main dans ses cheveux.

— Bonne nuit, professeur.

Elle referma la porte derrière elle.

Cassidy se releva, se déshabilla et enfila son pyjama. Il prit son carnet noir avec l'intention de le parcourir encore une fois, puis y renonça. Demain, pensa-t-il. Tout comme Scarlett O'Hara, je penserai à tout ça demain. Il prit Emily Dickinson, et se plongea dans le XIXe siècle, où les problèmes, tout aussi difficiles, étaient néanmoins plus abstraits.

Il tomba si bas — dans mon estime
Que je l'entendis toucher le sol
Et voler en éclats sur les pierres
Au fond de mon esprit — ...

Cassidy éteignit la lumière et s'endormit. A 5 heures du matin, l'émetteur, celui qui était réglé sur 21.7, émit un *blip*, puis décoda son message, signé Scarabée. Cassidy dormait à poings fermés, et n'entendit rien.

11

A Balisario, l'éclairage public s'éteignait à 22 heures, quand on arrêtait le générateur pour économiser l'électricité. Les buveurs qui s'étaient trop longtemps attardés dans les bars rentraient chez eux en courant à toute vitesse au milieu des rues, car les soldats leur tiraient dessus pour avoir violé le couvre-feu. La plupart du temps, ils rataient leur cible, mais pas toujours. Dix minutes après, la ville était plongée dans un silence de mort.

Rattigan et Keefe attendirent 2 heures du matin avant de quitter leur chambre sordide. Keefe transportait l'échelle en acier inoxydable qui se repliait en un rectangle de soixante centimètres, et Rattigan était devant, avec les lunettes à infrarouge qui permettaient de voir dans l'obscurité. Ils ne rencontrèrent pas de *guardia*, car, dans cette ville, ceux-ci dormaient tous à leur poste à une heure pareille. L'endroit qu'avait choisi Keefe ne se situait pas dans l'avenida, mais dans une rue sur le côté, le plus loin possible de l'entrée principale, où ronflait la *guardia*. Rattigan grimpa à l'échelle, coupa les fils de fer barbelés et posa d'épais coussins de polystyrène sur le verre pilé. Il remonta l'échelle derrière lui, la fit basculer de l'autre côté, et se fraya un chemin jusqu'à la grande maison, l'échelle dans une main et le pistolet hypodermique dans l'autre. Il devait y avoir un chien. Harburg avait parlé d'un chien, un gros mâtin. Le petit visage clownesque de Rattigan était tendu, tandis qu'il avançait avec ses lunettes spéciales à travers les massifs de fleurs et de fougères, puis sur le sentier de gravillons, à l'affût du chien. Au détour de l'allée, l'animal lui sauta dessus en silence...

Et lui lécha l'oreille. C'était un grand chien avec de grosses pattes qui lui arrivait bien au-dessus de la taille, qui remuait la queue et lui débarbouillait le visage, positivement ravi de sa compagnie. Rattigan eut un rire silencieux et lui caressa le ventre. Décidément, très comique, ce petit pays. Par certains côtés, uniquement.

Harburg avait envoyé des croquis détaillés que Rattigan avait mémorisés. Il positionna l'échelle dans le gravier sous la grande fenêtre du bureau de Roberto et grimpa au sommet, où il s'affaira avec son outil en acier. Clac ! Il ne voulait pas faire *ça*. La grande fenêtre s'ouvrait maintenant facilement, mais la clenche était cassée. Dommage, mais tant pis.

Une fois à l'intérieur, Rattigan se risqua à utiliser sa minuscule torche pour se repérer. Un énorme bureau — les Latino-Américains aimaient les grands bureaux, symboles de pouvoir — dans une grande pièce carrée parsemée de documents, dossiers, livres de comptes, mémorandums. Rattigan se mit au travail avec l'appareil miniature, photographiant page après page — mémos, lettres, registres de comptes ; certains des montants inscrits là lui firent d'ailleurs sortir les yeux de la tête —, remettant les documents en place de ses mains gantées de soie. Une des pages de notes était incompréhensible. Il s'agissait clairement de messages chiffrés.

En trois quarts d'heure il avait fini, et quittait les lieux. Avant de redescendre de l'échelle, il remit du mieux possible les fils de fer barbelés, ramassa soigneusement le polystyrène, et expédia un baiser au gros mâtin qui battait de la queue dans le jardin.

De retour dans la chambre putride, Rattigan passa les négatifs au bain de développement sous la lampe rouge tandis que Keefe dormait. A 4 heures du matin, il avait fini. Il réveilla Keefe, qui bâilla grogna, s'étira puis entreprit de déchiffrer les négatifs encore humides sous l'agrandisseur en jurant doucement tout bas. Rattigan dormit tandis que Keefe rédigeait une longue missive pour transmettre les nouvelles, qui étaient presque toutes mauvaises.

Chiffrer deux fois lui prendrait trop de temps, aussi se contenta-t-il du simple codage automatique de la machine. Comme Rattigan, il écarquilla les yeux devant certains montants. Ce ne fut qu'à la fin qu'il inséra un code personnel que Cassidy, Keefe et lui utilisaient entre eux depuis des années.

ATTENTION AUX IDES DE MARS SCARABÉE

Les Ides de Mars signifiaient les Russes. Dans ce cas précis, un seul Russe. Cassidy se débrouillerait pour trouver de qui il s'agissait.

Il n'était qu'à moitié réveillé, les yeux encore troubles, il bâillait et s'étirait lorsqu'il aperçut le message sur le second émetteur. Il le déchiffra soigneusement, le rangea dans le tiroir du bureau d'Armand, se doucha, se rasa et s'habilla, l'esprit en éveil.

Dans le couloir, il croisa une des deux femmes

de chambre noires qui effectuaient leur ronde dans cette aile de la maison.

— Bonjour, Ada.

— Bon matin, professeur, lui répondit Ada avec un sourire sur ses dents blanches.

Dans le grand salon se trouvaient deux autres domestiques. L'une d'entre elles remplaçait les fleurs dans les grands vases de cristal taillé, l'autre passait l'aspirateur dans une pièce où quasiment personne n'avait mis les pieds depuis la dernière fois qu'on y avait passé l'aspirateur. C'étaient des Noires très maternelles, à l'ample giron, qui, elles aussi, lui adressèrent un large sourire en lui souhaitant une bonne journée.

« L'argent est pire que la cocaïne. Il corrompt tout le monde. »

Même ces dames si maternelles ?

Amanda Shotover lisait le *Washington Post* dans la salle à manger. Geoffrey, le maître d'hôtel noir aux cheveux blancs, plaçait à côté d'elle un plat à toasts en argent plein de toasts frais avec des gestes d'une délicatesse de chirurgien Cet aimable vieil homme s'était-il lui aussi laissé corrompre ? Cassidy refusait de l'envisager.

— Bonjour, professeur, dit Geoffrey en tirant une chaise et en le faisant asseoir comme s'il avait été le prince de Galles.

Amanda Shotover posa son journal et l'examina d'un œil critique.

— Vous avez une tête épouvantable.

— J'ai fait des cauchemars.

Elle lui servit une tasse du contenu de la cafetière géorgienne dont les pieds étaient en forme de griffes et le bec sculpté en tête de lion.

— Racontez-moi vos rêves.

— Personne ne s'intéresse aux rêves des autres.

— Moi, si. Rien qu'en déchiffrant ses rêves, je peux en dire long sur un homme. Je lui en dis même souvent plus long qu'il n'en désire.

Cassidy sourit et dégusta son café.

— Eh bien, je peux vous dire qu'il y avait un gros serpent noir, dans mes rêves.

— Vous craignez la trahison, dit la vieille dame avec calme.

Il en fut ébahi. C'était exactement ce qu'il redoutait.

Il mordilla un toast et demanda :

— Où sont les autres ?

— Anne et Lucia sont parties se promener à cheval. Lucia a dit de ne pas vous inquiéter de sa leçon de français. Anne et elle vont conjuguer les verbes irréguliers à cheval. Si vous y croyez, vous êtes prêt à croire n'importe quoi.

Le soleil inondait la vaste salle à manger, assez grande pour recevoir quarante riches convives. La pièce réclamait des dîneurs pour remplir l'espace, et ses proportions les réduisaient tous deux à l'état de nains. Cassidy avait l'esprit plein de proportions. Tous ces chiffres insensés dans le message de Keefe lui enflammaient le cerveau. Cent millions ! Des flics corrompus, des district attorneys, des juges... Jusqu'où cela remontait-il ? Et cet endroit ? Ils n'avaient plus de fortune, et pourtant Shotover Hall tournait sans effort avec des régiments de femmes de chambre, des chauffeurs, des garçons d'écurie, un maître d'hôtel.

— Voulez-vous m'emmener visiter le domaine encore une fois ? J'ai apprécié notre dernière promenade, dit Amanda Shotover.

Avec tout son argent, Amanda Shotover ne semblait pas avoir beaucoup d'occupations. Les domestiques faisaient tout et établissaient même les menus. Un passage de *Speak, Memory*[1], de Nabokov, revint à Cassidy. L'auteur y écrivait que sa mère n'avait non seulement jamais mis les pieds dans la gigantesque cuisine de son palais de Saint-Pétersbourg, mais qu'elle ne savait même pas où se trouvait celle-ci.

Il conduisit la vieille dame le long de la grande allée, sous les cèdres immenses, jusqu'à la route principale. Quelques kilomètres plus loin se trouvait une petite station-service qui vendait des boissons et des confiseries. Le vieil homme qui tenait la boutique fournit Cassidy en pièces de monnaie, et celui-ci appela le lieutenant Fletcher à son poste à New York, en priant pour qu'il soit là. Il était là.

— Alors, lieutenant, vous avez résolu le crime du siècle ?

Fletcher laissa échapper une brève obscénité.

— Où êtes-vous, Cassidy ? Vous n'êtes pas censé quitter la ville.

— J'ai été kidnappé. Je vis dans un océan de luxe, entièrement payé par la CIA. Venez me voir, j'ai une piste pour vous. Un truc dément.

— Il me faut plus que ça.

— Je ne peux pas vous en parler au téléphone. Ces types ont des mouchards chez les flics. Je ne fais pas confiance à votre téléphone.

Fletcher cracha une autre obscénité, plus longue et encore plus obscène.

— Le capitaine déteste détacher ses hommes en dehors de la circonscription. Ça coûte de l'argent au département. Il ne me laissera pas partir à moins que vous n'ayez un bon tuyau.

— Le capitaine désire-t-il venger la mort de onze flics ?

1. Paru sous le titre *Autres rivages* aux éditions Gallimard.

Question de pure rhétorique. Le capitaine et les dix-sept mille autres flics de New York criaient vengeance.

— C'est à une heure de La Guardia. Il y a à 10 heures ce soir un avion qui atterrit à l'aéroport municipal de Marietta à 11 heures. Soyez dedans. Je vous attendrai.

Il regagna la voiture, où Amanda Shotover l'accueillit d'un ton glacial :

— Nous disposons de téléphones à Shotover Hall, professeur.

— Je crains la trahison.

— A Shotover Hall ! protesta-t-elle, indignée. Vous voulez dire que mon téléphone est... quel est le mot ?

— Sur écoute.

Il rebroussa chemin, et atteignit l'entrée du domaine à moitié dissimulée qu'il avait découverte à cheval. Il s'engagea sur le chemin de terre.

— Je ne connaissais pas cette route, dit Amanda, stupéfaite et blessée par cette découverte, comme si quelqu'un avait dégradé son salon. Où allons-nous ?

— Nous grimpons en haut de la montagne.

Celle-ci, qui n'était pas bien menaçante, une montagne occidentale domestiquée, arrondie et aplanie, s'élevait au-dessus de leurs têtes. La route était étroite et poussiéreuse, mais elle avait été empruntée peu de temps auparavant. Au bout de vingt minutes, ils débouchèrent sur un plateau herbu avec une vue splendide sur les alentours, y compris Shotover Hall.

Devant eux se trouvait un grand chalet de bois, qui paraissait dater du début du XIXe siècle, avec une extension plus récente de brique blanchie à la chaux. A côté se dressait un doigt d'acier de six mètres de haut ancré au sol par des câbles d'acier, et une antenne parabolique de trois mètres cinquante pointait vers le ciel.

— C'est le vieux chalet de Barker, expliqua Amanda. Il s'occupait des chevaux pour le père de mon mari. C'est lui qui a construit cette extension. Il est mort depuis des années, et j'avais oublié cet endroit.

— Armand s'en souvenait.

Ils descendirent de voiture.

— Après la mort de Barker, personne n'a jamais voulu habiter ici. C'était beaucoup trop éloigné des autres maisons du domaine. Qu'est-ce que c'est que cette grosse chose ronde ?

— Une antenne.

Près de l'antenne était installée une boîte plus petite, dont la fonction était bien plus ancienne que celle de l'antenne parabolique — une ruche, où les abeilles entraient et sortaient par la petite fente située au bas de la cellule d'incubation.

Tandis qu'ils observaient la scène, un homme apparut au coin de la maison, recouvert de la moustiquaire de l'apiculteur, entièrement vêtu de blanc comme un astronaute, les mains dans des gants blancs qui lui remontaient jusqu'aux coudes. Derrière le chalet se trouvaient deux autres ruches, dont il s'occupait. Il les regarda s'approcher, puis dit avec un accent étranger mélodieux :

— Tu n'étais pas censé venir ici, Cassidy. Enfin, je savais bien que tu le ferais quand même. Tu n'obéis jamais aux ordres, n'est-ce pas ?

Il ôta le masque d'apiculteur, et dévoila un visage carré aux yeux d'un bleu perçant surmontés de cheveux gris fer.

— Youli, dit Cassidy d'un ton doux.

— Ici, nous n'utilisons pas ce nom.

— Alors, Kaska, dit Cassidy avec un mince sourire. Comment vas-tu ?

Les deux hommes se serrèrent la main avec prudence, comme deux boxeurs sur le point de se défoncer le crâne.

— Voici Amanda Shotover, Kaska. C'est sa propriété.

— Celle d'Armand, rectifia-t-elle.

Kaska se pencha, et fit un petit salut à l'européenne.

— Vous êtes la mère d'Armand. Je suis Kaska. Il a dû vous parler de moi.

— Non, dit la vieille dame, il ne l'a pas fait.

— C'est un charmant garçon.

Armand a quarante ans, et pourtant, tout le monde parle toujours de lui comme d'un garçon, pensa Cassidy. Même sa mère en parlait comme s'il avait six ans.

— Des abeilles, Kaska? dit-il à voix haute. C'est une de tes nouvelles passions?

— Pas du tout. J'ai toujours eu des ruches, au pays. J'aime beaucoup les abeilles. Ce sont des animaux très disciplinés.

— Et une société très hiérarchisée, tout comme au pays, remarqua Cassidy avec l'un de ses féroces sourires. Kaska est un paysan russe qui n'a pas passé beaucoup de temps en Russie au cours de ces trente dernières années, expliqua-t-il à Amanda. Tu ne nous offres pas une tasse de thé?

C'était la dernière chose au monde que désirait Kaska. Il lança à Cassidy un regard de reproche, mais tendit néanmoins la main dans ce geste typiquement européen qui signifie : Je vous en prie, entrez.

— J'ai peur que ce ne soit un peu en désordre, remarqua-t-il.

C'était effectivement le cas. Sur les tables, les chaises, le sol, partout dans toute la pièce, il y avait des câbles, des cadrans, des tirages photos, des capteurs, des graphiques, tout le matériel électronique possible et imaginable. Cassidy reconnut sur une table au milieu un RD-11, la dernière merveille de la CIA, qui était presque capable de lire dans les pensées.

Kaska débarrassa le reste de la table en soulevant des piles de documents pour les poser ailleurs, et assit Amanda avec emphase.

Cassidy se fit une place tout seul. Un des objets qu'il ramassa était un exemplaire en russe des *Possédés* de Dostoïevski, qu'il posa sur les autres dans les bras de Kaska.

— Dans sa conférence sur les auteurs russes, Nabokov ne cesse de répéter que Dostoïevski était un très mauvais écrivain.

— Nabokov était un crétin dépravé, rétorqua Kaska d'un ton calme. Et il n'était pas non plus des nôtres. Il a dit lui-même qu'il n'était pas un écrivain russe, mais un écrivain américain né en Russie. Il réunissait en lui les pires défauts de nos deux pays.

Le Russe mit la bouilloire à chauffer tout en continuant de parler d'un ton mélodieux.

— Dostoïevski est le premier écrivain moderne. Il a inventé tous les autres — Faulkner, Sartre, Camus, Joyce, tous.

Le thé était délicieux.

— La littérature souffre d'obscurantisme, dit Kaska. Les écrivains sont difficiles à comprendre pour la seule raison qu'ils veulent être difficiles. Pourquoi ? Les auteurs russes ont toujours été accessibles dans toutes les langues, et par toutes les intelligences, de quelque niveau qu'elles soient. Un enfant peut comprendre Tchekhov — n'importe qui, même un esprit aussi compliqué que le tien, Cassidy.

— Suis-je vraiment compliqué ? demanda celui-ci d'un ton doux.

— De façon obsessionnelle. Tu es capable de regarder un morceau de ciel bleu et d'y distinguer des dragons qui n'existent que dans ta tête.

— Kaska, tu aurais dû être poète. Tu en aurais tiré plus de satisfaction que de tout ça, dit-il avec un grand geste qui englobait tout l'équipement électronique.

Plus tard, tandis qu'ils redescendaient la montagne, Amanda remarqua :

— Il a l'air d'un homme très gentil.

Cassidy gloussa.

— Il a tué au moins treize personnes. Il m'a tiré dessus deux fois, mais il m'a raté. Encore que je me demande pourquoi il m'a raté...

Il n'avait jamais réussi à élucider ça. Youli était un excellent tireur, qui ne manquait jamais sa cible. En tout cas pas deux fois de suite.

— Oh ! fit Amanda, son vieux visage ridé. Je croyais que vous étiez de vieux amis.

— Eh bien, d'une certaine façon, oui, dit-il sans insister.

Kaska avait été un des plus intelligents et des plus efficaces agents du KGB en Europe, jusqu'au moment où la CIA l'avait retourné, des années auparavant.

Mais Cassidy n'avait jamais vraiment cru à ce retournement. C'était d'ailleurs un des nombreux sujets qui lui avaient attiré ses ennuis avec la CIA — son insistance à soutenir que Youli, devenu Kaska, n'avait jamais été retourné, qu'il était bien trop russe pour cela.

Aujourd'hui, la CIA avait installé celui-ci au sommet d'une montagne avec tous ces gadgets électroniques... Et pour faire quoi ?

Élever des abeilles.

A 23 heures, il accueillit le lieutenant Fletcher à l'aéroport de Marietta et le conduisit à Shotover Hall. L'atmosphère était électrique.

— Écoutez, protesta-t-il, ce n'est quand même pas moi qui ai tué ces onze flics !

— Vous, vous êtes avec les espions, ceux qui manipulent tout dans l'ombre et ont pris le pouvoir, aboya Fletcher, qui se tenait blotti contre la portière, le plus loin possible de Cassidy. On ne peut plus rien dire à la presse, on ne peut même plus aller fourrer son nez chez les Latinos.

— Ce n'est pas du ressort de la CIA, mais des Affaires étrangères. Ces clowns sont nos alliés, bon sang de bois. Le pays entier — tout le Balisario — est dans la cocaïne. C'est elle qui les fait vivre, qui entretient l'Armée, paie le Président, tout le monde. Et nous utilisons leurs soldats comme chair à canon pour empêcher qu'on tue de gentils Américains. Vous comprenez ?

— Non, dit Fletcher, bouillonnant de fureur.

Cassidy le laissa mijoter car il espérait que sa colère serait utile. Il conduisit la voiture de la CIA droit à la maison du lac, servit au policier new-yorkais un Wild Turkey avec de l'eau et l'installa devant l'énorme cheminée sans feu.

— C'est gentil, ici, ronchonna Fletcher. Vous savez vivre, vous autres espions.

Cassidy ne se considérait plus comme un espion depuis longtemps, mais il ne voulait pas en discuter.

— C'est une sorte de maison pour les invités. La résidence principale est là-bas, expliqua-t-il en pointant du doigt. Je vous installe ici parce que je ne veux pas qu'on apprenne votre présence, ni la vieille dame, ni personne. Ni pourquoi vous êtes là.

— Je ne le sais pas moi-même.

Cassidy s'expliqua prudemment.

— Les tueurs ne sont pas sur le territoire, lieutenant. Ils sont au Balisario. Ils y sont retournés cette nuit-là.

— Et vous croyez que je ne le sais pas ? Vous nous prenez pour des imbéciles, dans la police de New York ?

— Vous ne les extraderez jamais, dit-il avec calme. Aucune loi au Balisario ne réprime le trafic de drogue ou l'association de malfaiteurs.

— Et le meurtre ? Il n'y a pas de loi contre le meurtre ?

— Laissez tomber, lieutenant. Vous ne pouvez pas les traîner devant les tribunaux sous inculpation de meurtre, même si vous les preniez avec une arme encore fumante à la main. Vous ne pouvez rien contre ces types. Ces soldats — car ce sont des soldats, qui obéissaient à des ordres — ne se sont jamais trouvés officiellement dans ce pays. On les y a fait entrer et sortir clandestinement.

— Et qui a fait ça ? Votre satanée Agence, voilà qui a fait ça.

Cassidy prit le verre des mains de Fletcher et le remplit de nouveau.

— Lieutenant, nous sommes du même côté, dans cette affaire.

Il lui tendit son verre, le laissa boire une gorgée, puis une autre.

— Il est bon, votre whisky, Horatio, dit le lieutenant en l'appelant pour la première fois par son prénom. Qu'est-ce que je fous ici, mon vieux ? Vous avez une idée derrière la tête ?

— Oui.

Il lui expliqua celle-ci dans les grandes lignes.

Fletcher sirota son whisky, écouta attentivement, puis sirota encore. Une fois que ce fut terminé, il dit :

— Cassidy, vous êtes cinglé.

Mais il souriait.

— Un peu de folie vous fouette le sang, stimule le cerveau, et balaye les toiles d'araignée.

— C'est nous qui risquons d'être balayés, oui.

— La vengeance — appelons-ça comme ça — n'intéresse que nous. La dissimulation de cette affaire remonte très haut, et l'Agence ne tient pas à dévoiler toute cette organisation, qui n'existe officiellement nulle part.

— Et les Stups ? Ils ont l'argent et les hommes.

Cassidy entreprit de lui expliquer la politique de la lutte contre la drogue.

— C'est un cauchemar alphabétique. Vous avez la DEA et l'ONNI — Office of National Narcotic Intelligence, une vraie rigolade —, l'EPIC et l'IDIG-M — et ils se sautent tous à la gorge. Si on les invitait, la première chose qu'ils feraient, ce serait de nous éjecter puis de saboter le travail. Toutes ces organisations se disputent le terrain avec tellement d'énergie qu'il ne leur en reste plus pour combattre le trafic de stupéfiants. C'est la bureaucratie dans ses œuvres, mon vieux.

Fletcher hésitait, à la fois séduit et rebuté par le plan de Cassidy, car c'était un homme d'institution.

— Pourquoi ne pas mettre sur pied une force d'intervention ? Si le préfet de police pense qu'il y a une chance d'alpaguer ces types qui ont tué onze flics, je pourrais obtenir son autorisation...

— Il faut garder tout ça secret. Vous avez des mouchards dans votre département. Regardez, dit-il en lui montrant à regret une partie du message de Keefe.

Une partie seulement.

— Vingt-six millions de dollars ! explosa Fletcher. Mais qu'est-ce que c'est que ce truc ?

— C'est ça qu'ils vont revenir chercher. C'est ça qu'ils cherchaient dans mon appartement.

— Seigneur !

— Avec une somme pareille, on peut corrompre n'importe qui — des flics, des district attorneys, des juges.

— Et vous, Cassidy ? Vous êtes incorruptible ?

— Seul le diable y arriverait, dit-il en riant. S'il me promettait la connaissance — dans toutes les langues.

— Un véritable espion. Tout ce qui vous intéresse, ce sont les tuyaux.

Ils discutèrent alors de l'essentiel. Quand, combien, comment.

— Ils reviennent jeudi à 10 heures du soir. Vous pouvez vous débrouiller ? Cela ne vous laisse pas beaucoup de temps.

— Il y a plein de flics en colère à New York. Je peux essayer.

Minuit. Même les crapauds avaient renoncé et s'étaient tus. Cassidy montra à Fletcher sa chambre, la salle de bains, le réfrigérateur. Ils étaient tous les deux soûls de projets. Cassidy se prépara à partir.

— Vous croyez que ces vingt-six millions sont là ? demanda le lieutenant. Ici ?

— Il y a plein de bonnes cachettes, sur vingt-sept mille acres. Bonne nuit, lieutenant.

De retour dans la maison principale, il grimpa le grand escalier en rotonde, conçu pour les immenses réceptions du XIXe siècle, où les jeunes filles s'asseyaient dans leurs robes à paniers et marivaudaient avec les garçons. Il était mort de fatigue lorsqu'il pénétra dans sa chambre. Il tâtonnait dans l'obscurité, à la recherche de l'interrupteur, lorsque le premier coup de poing le cueillit à l'estomac, le pliant en deux. Le second s'abattit à la base de sa nuque, et il perdit instantanément connaissance.

12

Roberto Garcia dégustait un melon pour son petit déjeuner dans sa grande salle à manger en lisant Jorge Luis Borges lorsque sa femme, Maria, entra en trottinant. On aurait dit trois ronds — tête, poitrine et le reste — posés les uns sur les autres. Elle n'avait jamais, de toute sa vie, pris le petit déjeuner avec son mari. Elle demeura plantée là — il ne lui serait jamais venu à l'esprit de s'asseoir — tandis que son mari lisait et mâchait.

— Ma chère ? dit-il poliment.

Il était toujours très poli avec elle.

— Je surveillais Consuelo pendant qu'elle nettoyait ton bureau. Une fenêtre a été forcée.

Sans un mot, Roberto Garcia posa Jorge Luis Borges (un merveilleux écrivain, bien que politiquement sujet à caution), et suivit sa femme le long du corridor à la fontaine murmurante, avec sa végétation luxuriante, et ses grandes fenêtres à l'espagnole, jusqu'à son bureau avec ses livres de comptes, ses tas de dossiers bien rangés (s'il ne tenait pas méticuleusement les comptes, El Presidente l'accuserait de vol), ses dettes actives, tout cela en piles soignées.

Maria lui montra la clenche brisée.

— Ah, dit le *comendador*. Maria, avez-vous ouvert l'un de ces registres, toi ou Consuelo ?

— Bien sûr que non.

— Je devais m'en assurer, ma chère.

Il ouvrit le registre du compte principal — oui, le cheveu qu'il avait placé sur le bord était tombé dans le pli central. Ce qu'il redoutait depuis longtemps s'était produit.

— Merci, ma chère, dit Roberto, qui envoya ensuite chercher Arguello.

Il réfléchit en attendant celui-ci. Aucun des gens du cru n'aurait osé. Ils pouvaient lui tirer dessus, faire sauter sa voiture et lui avec, assassiner toute sa famille, mais pénétrer dans son bureau, jamais.

Lorsque Arguello se présenta, il lui demanda :

— Quels sont les étrangers arrivés en ville depuis quarante-huit heures ?

... Le serpent noir sortit en rampant du pamplemousse qu'il se préparait à manger, un très gros serpent noir dont la tête démoniaque lui en rappelait une autre...

Cassidy ouvrit les yeux et plongea le regard droit dans ceux d'Alison, qui se penchait sur le lit. Du serpent noir à Alison. De l'autre côté du lit se trouvait Anne Falk.

— *Comment ça va*[1] *?* demanda-t-il. J'adore les verbes irréguliers français, surtout avant le petit déjeuner.

— Il délire, dit Alison.

Peut-être. Il se sentait très bizarre, ça, c'était certain. Tout n'était que lignes sinueuses — Alison et Anne Falk — tour à tour floues puis nettes.

1. En français dans le texte.

— Quelqu'un m'a-t-il fait une piqûre ? Je flotte dans un océan d'anomie. Quelle heure est-il ?

Il était 10 heures du matin. Anne Falk lui apporta du café, et la sensation d'ondulation disparut, bien qu'il se sentît encore vaguement hilare, comme si tout autour de lui était très drôle.

— Nous vous avons retrouvé par terre. Anne et moi vous avons couché sur le lit.

— On m'a assommé.

Il bondit jusqu'au bureau d'Armand, ouvrit le tiroir où il avait placé le message de Keefe décodé. Celui-ci avait disparu, ainsi que le carnet avec les messages chiffrés d'Armand. Ainsi que le contrat de prêt. Il émit un sifflement sur deux tons — un haut, un bas.

Un des émetteurs avait également disparu : celui d'Armand. L'autre, réglé sur 21.7, était encore là. Cassidy s'assit et mit l'appareil en route. Il tapa : « Loin là-bas à Bombay », et transmit la phrase ainsi, *blip*.

— Qu'est-ce que vous dites ? demanda Alison qui regardait par-dessus son épaule.

— Tirez-vous de là, et vite.

Personne ne pouvait déchiffrer le vieux code Keefe-Cassidy, pour la bonne raison qu'il n'avait jamais été écrit nulle part. Il se constituait de bribes d'expériences communes réduites à l'essentiel.

— C'est une vieille chanson de Sinatra, expliqua Cassidy, qui se mit à fredonner :

« Come fly with me, come fly, come fly away,

« If you could use some exotic booze,

« There's a bar in far Bombay »

« Il y a un bar loin là-bas à Bombay »...

Mais cela n'amusa pas Alison.

— Ils ne peuvent pas partir maintenant. Ils ont une mission, trouver Harburg.

— Harburg est mort.

Anne Falk demeura pétrifiée, muette comme une pierre.

— Ils ont l'émetteur, le chiffre, les messages d'Armand, tout. Ils peuvent tout reconstituer. Où qu'ils soient, je veux que Keefe et Rattigan prennent leurs cliques et leurs claques, avant qu'on ne leur mette la main dessus. Keefe comprendra.

Alison était livide.

— Anne, pouvez-vous nous laisser, s'il vous plaît ?

Elle quitta la pièce sans un mot.

— Cassidy, vous me cachez encore quelque chose. Pourquoi ne m'avez-vous rien dit ?

— Le message est arrivé tard hier soir. (Un mensonge, mais quelle importance. Cassidy prit l'offensive.) Harburg a été torturé à mort dans la chambre de torture privée du *comendador*. Et il va arriver la même chose à Rattigan et Keefe, à moins que nous ne les sortions de là vite fait. Vous devez envoyer un avion là-bas, tout de suite...

— Je ne peux pas faire ça aussi vite. Vous le savez.

La discussion fit rage, et Alison accusa Cassidy de faire cavalier seul et d'outrepasser ses instructions. Celui-ci s'acharna :

— J'irai là-bas tout seul s'il le faut. Nous ne pouvons pas les laisser dans cet enfer. Si vous faites ça, plus personne n'acceptera de jouer à vos petits jeux avec vous, Alison. Par Dieu, j'irai voir Philip Hinds moi-même pour tout lui déballer.

— Faites ça, et je vous promets que vous êtes cuit, Cassidy. Grillé. Vous n'aurez même plus votre misérable poste de prof d'histoire.

Ils s'arrêtèrent net tous les deux, non pas à cause des menaces de l'autre, mais horrifié chacun de leur propre intempérance. Leur relation était bâtie sur l'hostilité rentrée ; des coups brefs, vifs, sans jamais de K.O. Ils se nourrissaient l'un de l'autre, et le savaient tous deux.

Le silence tomba. Cassidy contempla le soleil sur la pelouse et reprit son sang-froid. Alison fit craquer ses articulations et resta là dans son nouveau costume de galuchat soigneusement repassé.

— Peut-être devriez-vous me donner le reste du message.

Cassidy lui raconta tout ce dont il fut capable de se souvenir, en omettant les chiffres et le fait que les soldats allaient revenir. Il allait personnellement s'occuper de ceux-ci. Il ne voulait pas qu'Alison fourre son nez là-dedans.

— Je peux peut-être obtenir un avion aujourd'hui. Je vais appeler tout de suite. Vous allez vraiment vous rendre là-bas, Horatio ?

— Oui.

— C'est risqué.

— Je crois qu'ils auront bien besoin d'un autre *pistolero*.

Alison prit le téléphone et entra en contact avec le service des Opérations. La discussion prit du temps. Tout en regardant par la fenêtre, Cassidy tâta la bosse qu'il portait à la base de la nuque. Du travail de professionnel. Pourquoi n'avait-il pas été tué ? C'était ça, le plus raisonnable. Dehors, un des nouveaux tracteurs à trente-cinq mille dollars transportait dans ses fourches un gros ballot jusqu'au haras.

— L'avion devrait être là à 10 heures ce soir. Il sera 7 heures à Balisario. Vous devriez arriver à 11 h 30, heure locale.

Cassidy s'installa devant l'émetteur et tapa :

VINGT-TROIS POUDRE D'ESCAMPETTE LEONARDO ASPIC

La machine digéra ce galimatias, le transforma à toute vitesse en une bouillie encore plus informe, puis l'expédia encore plus vite, dans un *blip*.

— Il n'y a qu'un aéroport dans tout le pays, disait Alison, sans surveillance. Nous pouvons faire atterrir les jets là-bas. Nous avons le directeur dans la poche — enfin, presque. Hans Raddermacher, un Allemand.

Cassidy, qui se rasait, grommela :

— Qu'est-ce que vous voulez dire par « presque » ?

— Quand El Presidente pique une colère, Raddermacher doit faire attention, sinon il peut perdre son boulot — ou même la vie. Ça pourrait devenir moche.

Cassidy regrettait déjà de s'être porté volontaire. Il détestait quitter Lucia, mais il ne pouvait pas abandonner Keefe et Rattigan.

Il se regarda dans la glace et montra ses dents jaunes dans un grognement.

— Qu'est-ce qui vous amène ici, Hugh ? En dehors de votre ascension sociale ?

Alison le regarda sans répondre à la pique, les jointures de ses mains serrées livides.

— Armand a disparu.

— Par Jupiter !

C'était là le juron le plus osé de Cassidy.

— Il est sorti du coma hier. Paf ! Comme ça. Les médecins disent que cela arrive parfois. Ils se réveillent, c'est tout. Même sa blessure à l'épaule est bien cicatrisée. Je me préparais à me rendre là-bas pour le débriefer quand on m'a appelé pour me prévenir.

— Vous pensez qu'il a été enlevé ?

— Personne ne savait qu'il était là-bas. Personne, je le jure. Personne de l'Agence.

Cassidy repensa à un jeune passeur de cocaïne de Floride qu'ils avaient emmené dans les Everglades, et à qui ils avaient coupé les oreilles avant de le descendre. La police l'avait retrouvé, et emmené à l'hôpital, où il avait été recousu. Lorsqu'il était revenu à lui, il s'était jeté par la fenêtre, terrifié à l'idée de les voir revenir lui couper autre chose, les pieds, les couilles, la tête. Ce n'étaient pas des tendres.

— Voilà pourquoi je suis là. J'ai pensé qu'il était peut-être venu ici.

— Vous avez parlé à la vieille dame ?

— Je me suis dit que vous pourriez peut-être le faire. Vous savez tellement bien vous y prendre avec les vieilles dames, Horatio, ajouta-t-il avec un soupçon de hargne dans cette dernière phrase.

— Vous lui avez pris son argent ? Il avait pas mal de liquide dans une serviette, chez moi.

— Ce n'était qu'une partie du butin, pas tout. On ne transporte pas vingt-six millions de dollars dans une serviette.

Cassidy demeura de marbre, ce qui lui demanda un peu d'efforts. Vingt-six millions de dollars. Il n'avait pas donné de chiffre à Alison, il ne l'avait pas même mentionné en passant. Une vie entière pouvait s'écouler sans que l'on ait à parler une seule fois de vingt-six millions.

— Qu'est-ce qui vous fait penser qu'il aurait pu venir ici, Hugh ? La dernière fois que je l'ai vu, il allait vider son sac au *New York Times*.

— Je crois qu'il a changé d'avis là-dessus.

— Hugh, qu'est-ce que vous avez fait à cet innocent pour qu'il change d'avis ?

— Ce n'est pas moi. Je ne l'ai pas vu. Enfin, ce ne sont que des suppositions.

Cassidy en doutait.

Il changea de chemise et se peigna.

— Allons rejoindre les dames.

Il était 7 heures du matin à Balisario lorsque le *blip* de la machine réveilla Rattigan, qui se traîna hors du lit et lut le message à voix haute : « Loin là-bas à Bombay. »

Keefe avait à peine ouvert un œil, et tentait de chasser le sommeil.

Loin au-dessous, au rez-de-chaussée, résonna l'écho d'une cavalcade, une nombreuse cavalcade.

— « Loin là-bas à Bombay » ? répéta Keefe en clignant des yeux.

D'un seul coup, cela fit « tilt ». La conjonction du message et de la cavalcade.

— Sainte Mère de Dieu !

Il avait bondi du lit, attrapait son pantalon.

— Habille-toi, mon vieux. Ils viennent nous chercher.

Rattigan enfilait déjà sa chemise.

Ils avaient auparavant répété leur sortie, et choisi le dernier étage pour cette éventualité bien précise. Rattigan se passa l'émetteur autour du cou, fourra le calibre 25 dans une poche arrière, le gros 44 Magnum dans l'autre, enroula la corde autour de son ventre. Keefe déplia l'échelle métallique, puis la jeta par la fenêtre, la plaquant contre le mur opposé de ses bras puissants. Rattigan, agile comme un singe, grimpa lestement par-dessus les épaules de Keefe, franchit le parapet et atterrit sur le toit plat. Puis il récupéra l'échelle et la posa sur le toit.

Il défaisait la corde à nœuds, qu'il se préparait à fixer sur le tuyau d'écoulement pour que Keefe puisse grimper à son tour, lorsqu'il perçut le murmure suppliant de celui-ci :

— C'est foutu, mon vieux. Ils sont à la porte.

Keefe avait son Magnum à la main, mais il avait affaire à forte partie. Il se retrouva nez à nez avec trois soldats armés de carabines.

Il laissa tomber son pistolet et afficha son grand sourire d'Irlandais.

— Ah, la *guardia* ! Comment aurais-je pu me douter ? J'ai eu peur que vous ne soyez des *pistoleros* ! Bienvenue, *amigos* ! Laissez-moi vous servir un petit quelque chose pour cimenter notre amitié !

Il ajouta encore quelques bobards irlandais de ce genre, mais en vain.

Rattigan se recroquevilla sous le rebord du toit et écouta.

Ils ligotèrent Keefe sous les ordres d'un chef au visage démoniaque nommé Arguello, et lorsqu'ils eurent terminé, celui-ci se contenta d'aboyer un seul mot : « *Sótano !* »

Sur le toit, Rattigan articula un « O » en silence. *Sótano*. La salle de torture privée de Roberto Garcia.

Quelques minutes plus tard, alors que les soldats étaient redescendus en tumulte, l'émetteur que Rattigan berçait entre ses bras émit un *blip*. Il le posa à plat sur le toit. Comme d'habitude, la machine prit son temps pour digérer le message, puis le retransmit à toute vitesse.

VINGT-TROIS POUDRE D'ESCAMPETTE LEONARDO ASPIC

Rattigan eut son petit sourire de clown triste. Cassidy serait à l'aérodrome le soir même, à 23 h 30. Keefe, lui, serait dans le *sótano*, cette frontière dont aucun voyageur ne revenait. Il restait seize heures et demie...

Roberto Garcia avait eu une matinée bien remplie. Elle avait mal commencé au *palacio* avec une tempête de hurlements, au cours de laquelle El Presidente avait été celui qui hurlait et Roberto celui qui écoutait. Il avait ensuite procédé à une inspection déprimante des tanks M-12 que les Américains leur avaient fourgués. (Les gringos leur refilaient tous leurs rebuts, des tas de boue inutilisables que tous les autres pays avaient refusés.)

Il y avait eu quelques moments réjouissants — la revue de la garde d'honneur à cheval, les hommes revêtus de leurs nouveaux uniformes bleu et doré, resplendissants, des uniformes que Roberto lui-même avait dessinés ; puis un excellent déjeuner avec trois de ses officiers, les seuls à peu près intelligents de son état-major, et enfin une longue sieste avec sa maîtresse, Ramona, une jeune fille de dix-huit ans passionnée, dans l'hacienda qu'il lui avait achetée dans les faubourgs de la ville.

Il ne se rendit au *sótano* que bien après 17 heures. Keefe était menotté par les bras et les jambes au lit de fer, rayonnant de charme irlandais.

— Roberto Garcia ! tonna-t-il. Que c'est gentil à vous de me rendre visite ! Vous êtes l'homme que je suis venu voir à Balisario. J'ai quelques délicieuses kalachnikovs pour vos *soldados* — presque neuves, à très bas prix...

— Vraiment ? dit Roberto, assis sur un pliant, lui aussi débordant de bonhomie latine. J'espère que vous êtes installé confortablement.

— Votre seigneurie, la puanteur est terrible. Sans vous offenser, j'ai connu des égouts qui sentaient meilleur que cette cellule, votre honneur. Écoutez, si vous expliquiez maintenant à ce charmant individu que tout ceci est une regrettable erreur ? Je suis un respectable marchand d'armes. Votre révérence, c'est moi qui vous ai vendu il y a trois ans ces magnifiques mitraillettes allemandes...

— Vous êtes entré dans mon bureau par effraction, dit Roberto avec amabilité.

Juan fixait déjà les électrodes aux chevilles de Keefe.

— Señor, pourquoi irais-je faire une chose pareille ? Très cher, dit-il en s'adressant à Juan, c'est inutile ! Que désirez-vous savoir, *comendador* ? Je vais vous dire tout... ouou Oooh...

Roberto avait le rhéostat à la main et souriait.

— Ce n'était qu'un essai, señor, pour voir comment fonctionne le branchement. Nous pouvons commencer ? Quel est votre nom, señor, votre vrai nom, s'il vous plaît ?

— Clancy, votre seigneurie. Jasper Clancy, à votre service. HeeeeIIiiii...

Le courant remonta de ses jambes droit jusqu'à ses cordes vocales, et le cri fut celui d'un superbe ténor irlandais.

Roberto éprouvait un plaisir sexuel presque exactement équivalent au voltage — il devait y avoir là une équation physiologique qui méritait une certaine attention...

— Je ne crois pas tout à fait à ce nom, Jasper Clancy. Un peu trop euphonique. Recommençons.

Une autre décharge d'électricité, et Keefe hurla à pleins poumons, ce qui était le meilleur moyen de supporter l'épreuve. Tenir bon, faire croire au bourreau que la douleur est pire qu'elle ne l'est en réalité, et gagner du temps, gagner du temps...

— Votre révérence, vous interférez dans mon processus de réflexion. Comment croyez-vous que l'on puisse se concentrer sur les questions avec ce courant qui vous remonte au fin fond de l'âme ? Quelle sorte de nom désirez-vous ? Un nom espagnol ? Valdez, par exemple... AAaah Iiiii.

Un cri très haut perché, que Roberto écouta comme un solo de violon.

— Je crois que l'électricité descend jusqu'au

tréfonds de votre cœur de fripouille, où ne réside aucun processus de réflexion.

Roberto actionna le rhéostat, se souvenant à travers les hurlements de Keefe que le matin même, une des nombreuses choses que lui avait reprochées El Presidente était l'usage extravagant qu'il faisait d'une électricité très chère, alors qu'il existait tant d'autres instruments — couteaux, fouets, poucettes, pointes — bien meilleur marché pour un résultat identique.

Keefe s'était évanoui, les yeux fermés, la bouche ouverte, la tête pendante sur le côté du lit. Mais Roberto était sceptique. Il expédia une décharge à l'Irlandais rebelle. Le corps de celui-ci se contracta convulsivement, mais il n'émit aucun son.

— Un peu d'eau, dit Roberto à Juan, qui inonda Keefe d'un seau d'eau froide.

Keefe frissonna, gémit, et ouvrit les yeux.

— Comment se porte votre processus de réflexion ? demanda Roberto avec sollicitude.

Keefe mit un moment à répondre (gagner du temps, gagner du temps !), et passa à la seconde partie de sa représentation. Après avoir fait preuve d'un esprit vif, il se montra maintenant lent, contrit, humble.

— Je m'appelle... O'Malley. Sean O'Malley... un des O'Malley de Cork, votre seigneurie... Vous avez sûrement entendu parler des O'Malley de Cork ?... souffla-t-il si lentement et sur un ton si faible que Roberto posa un moment son rhéostat et engagea la conversation.

— Vous êtes vraiment un colosse ! Le plus impressionnant que nous ayons jamais reçu ici, n'est-ce pas, Juan ?

Il ne voulait pas perdre trop vite ce magnifique spécimen. Un type aussi cultivé, il n'en avait pas souvent, et Roberto se délectait du dialogue dans la torture. Nombre de ses suppliciés étaient à peine capables d'articuler autre chose que des injures, et même celles-ci ne faisaient pas preuve d'une grande imagination. Tandis que ce réjouissant Irlandais était capable de faire des phrases entières et structurées, et lorsque l'heure des imprécations viendrait — car elle était inévitable —, ses jurons seraient sûrement monumentaux. Mais Roberto n'était pas pressé.

Il donna un verre d'eau à Keefe, avant de recommencer la séance, et lorsqu'il reprit ses questions — qui vous a envoyé et pourquoi — il veilla à ce que les décharges d'électricité soient minimes. En remerciement, Keefe réduisit ses évanouissements au minimum, et déversa un torrent d'informations aussi fausses les unes que les autres. Roberto se méfiait hautement de leur authenticité, mais il avait tout le temps d'envoyer le jus à fond pour obtenir de véritables réponses...

Au bout d'une heure et demie, il ôta les électrodes de ses propres mains et baigna les chevilles brûlées de Keefe d'eau de Seltz et de cold cream.

13

Cassidy raccompagna le lieutenant Fletcher à l'aéroport avant que tout le monde ne se réveille. Ils descendirent la longue allée sous les grands cèdres, passèrent devant les foutues vaches de Jersey, les étalons, les cottages blanchis à la chaux des ouvriers agricoles, et Fletcher observa tout cela avec son sourire narquois de Brooklyn.

— Vous êtes déjà allé à Matteawan ? demanda-t-il. Un grand truc pour les fous criminels, sur l'Hudson. Ça ressemble exactement à ça.

— Je le dirai à Amanda Shotover. Ça l'amusera.

— J'en suis sûr.

— Vous avez deux jours et demi, lieutenant. Vous croyez que vous pouvez le faire ?

— Onze flics descendus, c'est un sacré stimulant.

Cassidy comptait là-dessus.

— Le secret le plus absolu. Si ça s'évente, nous sommes morts.

Comme si Fletcher ne le savait pas.

Alison fut le second à partir. Alison dans son costume de galuchat impeccablement repassé, avec sa canne (le 38 à un coup dans la poignée), sa serviette de box spécialement conçue (avec l'émetteur inclus). Et son sèche-cheveux, dont il ne se séparait jamais. Alison était peigné, rasé, lavé, séché, repassé, poli, parfumé — et Cassidy l'admira de façon peut-être un peu excessive.

— J'aimerais ressembler à ça dans mon cercueil. Un homme qui se prépare à passer dans l'au-delà devrait avoir cet air-là.

— Vous ne croyez pas à l'au-delà, dit Alison. Attention, vous m'appelez dès que vous êtes rentré. Je veux tout savoir.

— Même à 4 heures du matin ?

Alison grimaça et monta dans la longue limousine noire (blindée et au moteur gonflé pour atteindre les deux cents kilomètres heure si nécessaire) avec son chauffeur noir. Alison s'assit derrière, avec la vitre de séparation fermée entre le chauffeur et le passager. Tandis que la voiture descendait l'allée, Cassidy eut une dernière vision d'Alison avec le micro de son émetteur, conférant avec Langley, ou le Président, ou bien Dieu, en tout cas, quelqu'un d'important, car il avait son air important — respectueux mais impérieux — pour raconter la moitié d'un important secret. Une moitié seulement, car Alison n'aurait jamais confié un secret en entier, même pas à Dieu.

Après déjeuner, Cassidy et Amanda Shotover s'installèrent pour jouer aux cartes. Il laissa la vieille dame gagner, puis lui annonça la nouvelle.

— Armand ! s'exclama-t-elle, tendue comme un ressort.

Il était difficile de dire si elle était contente. Elle se leva, et redressa son mètre quarante. Le jeu de cartes était définitivement terminé.

— Vous croyez qu'il est ici ?

Cassidy comptait les points sans la regarder.

— Et vous, le croyez-vous ? Vous êtes sa mère.

— Vous pensez que je sais comment il fonctionne parce que je suis sa mère ? Ne soyez pas stupide. Les livreurs en savent plus que moi sur Armand. Pourquoi ne s'est-il pas présenté, s'il est là ?

Présenté. Comme s'il se trouvait à la cour.

Cassidy rangea le jeu de cartes dans sa petite boîte chinoise laquée.

— Parce qu'il a peur d'Alison, je pense. Et peut-être d'Anne... sa fiancée, dit-il en guise de ballon d'essai.

— Sa fiancée ! Balivernes !

Presque plus personne n'employait ce terme. Aujourd'hui, on disait « connerie »...

— Vous ne le saviez pas ?

— Je n'y crois pas. Il ne ferait pas ça. Il ne pourrait pas.

— Pourquoi ?

— Parce que je ne le permettrais pas !

Comme s'il avait six ans. C'était son domaine à lui, et non le sien, et pourtant, elle ne le « permettrait pas » !

Cassidy changea de sujet.

— Armand a passé toute sa vie ici. Quelle était sa retraite favorite ? Il devait bien en avoir une.

Une étincelle espiègle apparut dans les yeux de la vieille dame. Un éclair de pure malice.

— La maison de Barker, au sommet de la montagne. Il adorait se réfugier le plus loin possible de moi.

Cassidy passa le reste de l'après-midi à se promener à cheval dans les bois avec Lucia, qui lui montra ses endroits favoris, tandis qu'il ne lui confiait rien, sinon elle aurait voulu venir avec lui.

Ils progressaient dans un bois touffu, écartant les branches sur leur passage, Lucia parfaitement à l'aise sur son grand cheval, Cassidy tendu et nerveux, ce qui n'était pas recommandé.

— Tu es sûre que nous ne sommes pas perdus ?

— Je connais le moindre recoin de ces bois. Suis-moi.

Ils trouvèrent la maison un peu plus d'un kilomètre plus loin.

— Ma cabane de sorcière ! s'écria Lucia avec ravissement. Regarde comme le toit est en pente. C'est comme un dessin d'enfant ! Toute la maison penche comme un marin ivre. Je l'adore, je la veux !

Le porche qui faisait tout le tour de la maison s'écroulait et penchait lui aussi. Les murs, eux, étaient bien en place encore, mais des fissures apparaissaient là où le plâtre était tombé. Cassidy descendit de cheval et pénétra dans la maison, à la recherche d'empreintes. Il y en avait beaucoup — beaucoup trop.

— Nous sommes venues plusieurs fois avec Anne, dit Lucia.

Ils n'avaient pas vu celle-ci de la matinée.

— On va à l'étage ? dit-il.

— Je ne sais pas si c'est prudent. Regarde l'escalier.

Celui-ci penchait comme le reste de la maison.

— Je crois que ça ira.

Cassidy monta lentement, cherchant des empreintes de pas dans la poussière, mais les marches étaient trop rugueuses pour rien voir.

Lucia grimpa sur ses talons tout en bavardant :

— Anne dit que c'est une vieille cabane d'esclave. Il y en avait tout un ensemble ici, mais les autres se sont écroulées parce qu'elles étaient en bardeaux minces, tandis que celle-ci est en rondins...

— Tu n'es jamais montée ici ?
— Non.
Mais quelqu'un d'autre était passé par là. Le plancher de bois était recouvert d'empreintes de pas. Une porte était fermée à clé. Cassidy poussa dessus de toutes ses forces, faisant trembler toute la maison, mais la porte demeura obstinément fermée.
— C'est peut-être la rouille. Ou quelque chose qui la bloque derrière, suggéra Lucia.
— Oui.
Ils redescendirent les marches en pente, ressortirent dans la lumière tachetée du soleil passant à travers les arbres, et remontèrent à cheval. Serait-il capable de retrouver l'endroit ? De tout façon, Lucia le pouvait. Anne Falk aussi.
27 642 acres, c'était un vaste domaine. Il y avait largement de quoi dissimuler vingt-six millions de dollars.
« *Il adorait se réfugier le plus loin possible de moi.* »
Pourquoi n'avait-il jamais quitté Shotover Hall ? Ses autres frères étaient tous partis.

Le petit jet de la CIA arriva à 22 heures tapantes. Cassidy transportait pour tout bagage sa minuscule lampe torche dans une poche intérieure, son 357 Magnum sous l'aisselle, et son couteau à cran d'arrêt dans sa poche de côté. Le pilote était Herman Deidrich, un silencieux, un apatride tiré d'un terrain vague il y avait bien longtemps de cela. Le copilote était Jorge Mendoza, un Latino-Américain né à New York qui parlait l'espagnol.
Cassidy dormit durant tout le trajet jusqu'au Balisario.
Mendoza le réveilla avec les mauvaises nouvelles.

— On nous a mis en garde.

Cassidy secoua la tête pour se réveiller.

— Mis en garde ?

Mendoza pointa à travers le hublot. Trente mille pieds au-dessous d'eux, une lueur orange brillait dans la nuit noire.

— Un feu de signalisation. Tenez-vous à l'écart. Voilà le message.

Totalement réveillé, Cassidy enragea :

— Nous ne pouvons pas rester à l'écart ! Deux de nos hommes là-bas sont en danger !

Mendoza fixa la tache orange.

— Ce sont les ordres. Avec le signal, on ne marche pas. Tu veux rejoindre tes copains, tu sautes. On ne peut pas prendre le risque d'atterrir.

Cassidy détestait ça. Il n'avait jamais effectué qu'un saut en parachute — et avait éprouvé la trouille de sa vie. Là, c'était encore pire. Il s'agissait de sauter sur un pays étranger, sans savoir ce qu'il y avait là-bas en bas.

— Comment est-ce que je prends contact ?

— Dirige-toi vers le feu. Normalement, ce sont des amis qui l'ont allumé — à moins que...

A moins que l'on ne l'ait extorqué à ses amis torturés, auquel cas...

Cassidy passa à l'avant et s'entretint avec le pilote — de codes, de canaux de transmission, d'heure, de procédures.

Tout ça était cinglé.

Il n'avait même pas dit au revoir à Lucia, ne l'avait pas prévenue qu'il partait.

L'avion effectua un demi-tour en direction du signal, à trente mille pieds au-dessous, Cassidy équipé d'un parachute. A qui dois-je fidélité ? A ma fille adoptive ? A mes amis là-bas ? On ne récolte que ce qu'on mérite largement, dit le philosophe Tsung Te, un bien grand homme...

Cassidy sauta dans l'obscurité glaciale, les bras étendus comme en prière. A qui? Jupiter? Jésus n'était qu'une divinité mineure, qui n'opérait pas à trente mille pieds, c'était un dieu bien terrestre, au ras du sol, dont les faveurs n'étaient pas négociables dans les hauteurs.

Le froid et la nuit lui coupaient le souffle, il comptait, un, deux, trois, nous irons au bois, quatre, cinq, six, cueillir des cerises. Groucho Marx, qui s'était un jour retrouvé suspendu la tête en bas à dix mètres de haut, s'était dit : « Qu'est-ce que je fabrique là à mon âge, soixante ans, à faire les pieds au mur dans cette farce ridicule? » Et il avait instantanément cessé de faire du cinéma. Et je suis là à culbuter dans ce trou noir à mon âge avancé. Pourquoi n'ai-je pas abandonné tout ça lorsque j'étais à mon apogée — si je l'ai jamais été? Les bras étendus comme s'il suppliait pour obtenir un quelconque pardon. De Lucia. C'était tellement irrévocable (un mot implacable, celui-là) de sauter d'un avion. Ou d'un immeuble. Bras et jambes déployés, fendre l'air à travers la nuit noire vers une destinée inconnue, et qui sait ce qui se tapit près de cette lueur orange en dessous. Bonjour, bonjour. Nous avons été trahis. Personne ne savait que je venais, alors pourquoi a-t-on mis l'avion en garde? Il y a quelque chose de pourri au Balisario. Ou en Virginie. Ou les deux.

Le parachute s'ouvrit automatiquement à dix mille pieds, forçant Cassidy en position assise, ralentissant l'enchaînement de ses pensées, ralentissant tout. Si seulement je pouvais être endormi dans la 13e Rue, de retour en Virginie, n'importe où mais pas ici. Le parachute ondulant au-dessus de lui, noir comme de l'encre.

Cassidy tira les cordages et guida le parachute

en direction du feu à terre. Il chutait rapidement. Il palpa le 357 Magnum dans sa poche. Il aurait du mal à s'en emparer si le comité d'accueil n'était pas amical, mais il préféra ne pas le sortir de peur de le perdre ; la terre arrivait à toute vitesse. Qu'est-ce que c'était que ce truc ? Des arbres ? Oui, c'était ça. Il ne voulait rien avoir à faire avec des arbres, et tira de nouveau les cordages, évitant les branchages de justesse. Il toucha terre les jambes pliées, roula sur lui-même encore et encore, emberlificoté dans les cordages...

Il était debout, maintenant, débouclait son harnais, lorsque deux bras lui encerclèrent les épaules.

— *Buenas noches, señor !*

Juste là, à son oreille.

C'était Rattigan avec son petit sourire clownesque, qui le maintenait, l'empêchait de se trouver entraîner par son parachute.

— J'ai cru que tu n'arriverais jamais !

— *Suavemente, señor.*

Rattigan désigna ses oreilles d'un geste, et ils continuèrent à converser en chuchotant, tout en repliant le parachute.

— Où est Keefe ?

Rattigan le lui dit.

Puis il lui apprit les nouvelles, très mauvaises. Rattigan attendait l'avion de Cassidy dissimulé dans les buissons le long de la piste lorsque la *guardia* était arrivée, deux jeeps pleines, huit hommes en tout. Très sinistre, tout ça. La *guardia* ne patrouillait jamais l'aérodrome. La Douane et l'Immigration avaient leurs propres hommes, que l'Agence avait dans sa poche. Certains d'entre eux étaient même des agents de la CIA. La *guardia*, c'était Hermanos Fuentes, El Presidente, un sale type.

— Tu leur serais tombé dans les bras, si tu avais atterri, murmura Rattigan.

Il désigna du doigt la piste d'atterrissage, à deux cents mètres de là, où deux gardes patrouillaient le périmètre alentour.

Cassidy lui ébouriffa les cheveux pour le remercier.

— Nous avions acheté Fuentes, dit Rattigan, mais il a retourné sa veste. Les corrompus ne restent jamais fidèles à leurs corrupteurs. Qui a dit ça ? Napoléon ?

Tout le monde disait ça. C'était une des plus grandes vérités universelles. La trahison allait au plus offrant, et les enchérisseurs changeaient tous les jours.

Ils dissimulèrent le parachute et marchèrent dans l'obscurité. Rattigan guida Cassidy par la main du terrain d'atterrissage jusqu'à la route, où celui-ci rentra droit dans la voiture, se cognant les genoux.

Même dans l'obscurité, il pouvait voir que le véhicule était très vieux. Il y avait des marchepieds. A quelle époque les voitures avaient-elles encore des marchepieds ? Dans les années 30 ?

Rattigan parlait maintenant normalement.

— Il y a une trotte de Balisario jusqu'à l'aérodrome. Seize kilomètres. Je ne voulais pas les refaire en sens inverse, alors j'ai libéré *el colono* de cette antiquité...

— Tu as pris soin du *colono* ?

— Il dort pour un moment, environ vingt-quatre heures. Je lui ai fait une petite piqûre. Si on est encore là à ce moment-là, on est dans la merde.

Rattigan montra à Cassidy comment régler l'allumage par étincelle, et quoi faire si la vieille Ford calait. Rattigan actionna la manivelle, tourna celle-ci une fois, deux fois, trois fois, et la voiture se réveilla en hoquetant et crachotant...

— On prend le risque d'allumer les phares ?
— Non.
Rattigan prit le volant, le visage comme levé vers Dieu, guidant la voiture à travers les arbres à quinze kilomètres heure. Cassidy surveillait la route, à l'affût de bœufs endormis, tandis que Rattigan lui parlait de Roberto Garcia, de son *sótano* et de ses méchantes petites habitudes.
— C'est un bourreau très poli. Il te demande toujours si tu es bien installé avant d'envoyer le jus. Il te panse toujours tes plaies après.
— Mais s'il n'y a pas de survivants, qui raconte ces histoires ?
Rattigan eut son sourire de clown triste.
— C'est de notoriété publique. Il les raconte peut-être lui-même. C'est un pays très comique — quand on aime l'humour noir.
Ah, le folklore ! pensa Cassidy. Il y a des choses que les gens savent sans qu'on les leur dise — le fait que Roberto demande si l'on était bien installé avant de commencer le supplice, par exemple. Les morts parlent — et ces choses-là se transmettent dans la mémoire collective, avec toutes les monstruosités du même acabit...
L'antique Ford avec son radiateur de cuivre carré traversait la nuit noire en toussant et crépitant. Le bruit n'était pas très indiqué, dans le couvre-feu, mais il valait encore mieux ça que des lumières, qui en disaient trop, indiqua Rattigan.
Ils se trouvaient maintenant en ville, cherchant leur chemin à dix à l'heure, lorsque le coup de feu siffla au-dessus de leurs têtes, mais la détonation était lointaine. Cassidy plongea instinctivement. Rattigan sourit.
— Ils ratent toujours leur coup. Enfin, presque toujours.

— Ils ne veulent peut-être pas faire mouche.

— Non, c'est de l'incompétence pure et simple, et ça, c'est très répandu au Balisario. Ici, les trains ne sont jamais à l'heure. D'ailleurs, à dire vrai, ils ne marchent pas du tout. Ici, rien ne marche, à l'exception des salles de torture — et de l'Église.

Rattigan gara la vieille voiture le long du trottoir et coupa le contact. Il chuchotait de nouveau.

— A partir d'ici il faut marcher. On ferait mieux d'envoyer un message.

Il sortit l'émetteur. Les deux hommes consultèrent leur montre — 1 heure du matin — et firent leurs calculs. Libérer Keefe. Retourner à l'aérodrome. Se débarrasser de huit *guardia*. Danser la matelote. Embrasser quelques filles, chanter une petite chanson, tout ça en une heure. Enfin, peut-être une heure un quart. Et s'ils ne faisaient pas tout ça en une heure et quinze minutes, l'avion, le pilote et le copilote — l'Allemand apatride et le Latinos new-yorkais au rictus méprisant — étaient faits jusqu'au trognon. Cassidy coda son message et l'envoya comme ça, *blip*, à l'avion de la CIA qui volait vers le Texas pour refaire le plein.

Ils se mirent en route, Cassidy transportant l'échelle d'aluminium. Ils descendirent l'avenue jusqu'à la petite rue transversale, la plus éloignée de la tour de guet. L'air embaumait l'hibiscus et le jacaranda, senteurs langoureuses et voluptueuses incongrues dans le contexte de la mission à accomplir.

Rattigan escalada l'échelle le premier, trancha les barbelés et les écarta. Cassidy grimpa et se maintint en équilibre précaire sur le verre pilé tandis que Rattigan remontait l'échelle et la posait de l'autre côté. Les rainettes poussaient au loin leur chant d'amour, aigu et querelleur.

La grande maison était sombre et silencieuse.

Cassidy descendit le premier et tint l'échelle pour Rattigan. Ils repliaient celle-ci lorsque la bête frappa, se jetant droit à la gorge de Cassidy. Celui-ci n'échappa au claquement des mâchoires que parce qu'il tenait l'échelle devant lui. Le chien rebondit et s'attaqua alors à Rattigan. Celui-ci lui tira dans la gueule avec son calibre 25 à silencieux, mais l'animal acheva son saut, renversant Rattigan. Lorsque Cassidy le tira en arrière, le chien était mort.

Rattigan était abasourdi. Son ami le chien si rigolo ! Mais ce n'était pas lui. C'était un tout autre animal. Il y avait eu un changement de garde, la sécurité avait été renforcée. Mauvaise nouvelle. Les deux hommes demeurèrent immobiles, retrouvant leur souffle, tendant l'oreille.

C'était du gâteau, avait dit Rattigan à Cassidy. Du gâteau. Oui, la première fois.

Des pas résonnèrent près de la maison. Des pas tranquilles, ceux d'un homme qui effectuait une patrouille de routine sans se presser. Un appel câlin et doux : « Pelo ! Pelo ! » Il appelait le chien.

Rattigan tapa sur l'épaule de Cassidy et lui agita sous le nez le 25 à silencieux. Il s'éloigna sans bruit. Cassidy mit ses mains devant son visage pour diminuer la tache blanche que représentait celui-ci dans l'obscurité. Il regretta de ne pas s'être noirci le visage. Mais pas le temps ! Pas le temps ! Il jeta un regard à travers ses doigts.

— Pelo ! Pelo !

L'appel se répercuta beaucoup plus près. Cassidy apercevait maintenant l'homme à travers ses doigts. Dans un instant, l'autre le verrait à son tour. Cassidy avait le 357 Magnum à la main.

Shuss ! Les sifflantes du 25 à silencieux résonnèrent comme la vapeur s'échappant d'un tuyau.

L'homme s'effondra aux pieds de Cassidy, le sang jaillissant de son oreille. Il n'était pas tout à fait mort. Son corps se convulsa et se retourna, les yeux fixant Cassidy d'un air accusateur, la bouche ouverte. Mais pas un son ne sortit. La lueur accusatrice s'évanouit, la bouche se ramollit. Un visage au teint foncé ; très jeune, des joues encore jeunes, un front jeune, une bouche jeune, dont la personnalité n'avait pas encore eu le temps de s'affirmer.

Rattigan entraîna Cassidy par la main. Sans rien dire, parce qu'il pouvait y avoir d'autres gardes, ils s'avancèrent en silence, tendant l'oreille, à l'écoute d'un pas, d'un souffle, quoi que ce soit.

A la fenêtre du bureau, Rattigan escalada l'échelle d'aluminium, un couteau à la main. Là aussi, tout avait changé. La fenêtre était verrouillée aussi solidement qu'un coffre de banque. Rattigan dut se servir de ses pinces et de sa petite scie, faisant un bruit d'enfer et perdant du temps. Cassidy regarda sa montre, dont le tic-tac s'éternisait. Ils avaient maintenant usé douze minutes de leur heure et quart.

Rattigan avait pénétré dans la maison, et lui faisait signe. Cassidy le suivit à l'intérieur. Il n'y avait pas de temps à perdre, mais Cassidy s'attarda néanmoins dans le bureau tandis que Rattigan cherchait la porte qui conduisait au *sótano*.

Cassidy se risqua à allumer sa torche et le mince pinceau lumineux aussi discret qu'un employé de banque illumina le bureau de Roberto Garcia. Cassidy ne savait pas ce qu'il cherchait. Le contenu des registres était déjà en leur possession. S'il y avait quelque chose à trouver, c'était ailleurs. Il fouilla les tiroirs, à la recherche d'un nom, d'une identité.

Victor.

Des relevés de compte. De la correspondance avec des banques, entièrement en espagnol. Il parcourut les lettres, à la recherche de noms. Des banques aux Bahamas. Des banques suisses. Roberto avait une autre faiblesse que la torture : l'argent.

Rattigan lui chuchota à l'oreille :

— J'ai trouvé !

Cassidy soupira. Il aurait bien passé une heure avec ces papiers. Il fourra une liasse de lettres dans la poche de sa combinaison de saut et suivit Rattigan dans la maison obscure, le long de la grande galerie, devant la fontaine murmurante sous les hautes fenêtres, devant les massifs, jusqu'à la cuisine.

La porte qui menait au *sótano* était ouverte. Cassidy passa le premier avec sa torche, le 357 dans l'autre main, aussi nerveux qu'un chat, Rattigan sur ses talons, le calibre 25 à la main. Le long corridor qui sentait la terre et les légumes. Au bout de celui-ci, ils trouvèrent la porte d'acier sous laquelle brillait une fente de lumière. Ce fut Rattigan qui la vit le premier, et attira dessus l'attention de Cassidy. Celui-ci réfléchit, examinant le battant d'acier du pinceau de sa torche. A hauteur d'homme se trouvait le judas carré utilisé dans toutes les prisons et tous les bordels du monde pour surveiller les entrées.

Cassidy souleva doucement la clenche d'acier et poussa. Fermé. Il éteignit sa torche, et dans l'obscurité, ouvrit le petit judas. Juan, le garde, était endormi sur sa chaise, affalé sur une table.

Cassidy laissa Rattigan jeter un coup d'œil.

Les deux hommes tentèrent de nouveau d'ouvrir en poussant de toutes leurs forces avec les épaules. Le battant ne bougea pas d'un pouce. La porte aurait aussi bien pu être en ciment. Une barre, probablement en chêne, devait la maintenir fermée. Impossible de la faire sauter en tirant dessus, impossible de l'enfoncer.

Cassidy, joignant le pouce et l'index, imita une bouche qui s'ouvrait et se fermait, et pointa du doigt les lèvres de Rattigan. Celui-ci se débrouillait mieux que lui en espagnol.

Rattigan fit sa grimace de clown. Il n'aimait pas ça. Il ferma les yeux, prit une profonde inspiration, réfléchit.

Puis il colla la bouche au judas et hurla très fort :

— Juan ! Juan !

Le garçon du *Diablo* lui avait donné son nom. Juan occupait une très grande place dans la démonologie de Balisario.

— *Pronto ! Pronto ! Juan !*

La silhouette affalée sur la table remua, et une tête se souleva.

Rattigan joua son atout :

— *El comendador es asesinado ! Socorro ! Socorro !*

Le message devait être suffisamment effrayant pour annihiler toute réflexion, pour l'amener à ouvrir la porte sans réfléchir. Juan et *el comendador* avaient partagé plusieurs charmants assassinats, et rien ne rapproche mieux les hommes. Rattigan continuait de brailler la nouvelle :

— *Es asesinado, el comendador ! Juan ! Prisa ! Prisa !*

Juan, maintenant réveillé, tituba en direction de la porte, les yeux écarquillés. Il releva la barre et ouvrit la porte.

Rattigan l'abattit d'une balle entre les deux yeux avec le 25 à silencieux.

Cassidy le rattrapa au moment où il tombait et le

tira dans le couloir. Rattigan fouilla ses poches pour trouver des clés.

La porte de la chambre de torture était déverrouillée. Keefe était étendu, menotté aux ressorts du lit, un large sourire aux lèvres.

— Sacrebleu de nom de d'là ! (Keefe se vantait d'être le seul Irlandais encore vivant à utiliser une expression aussi antique.) Bienvenue à Balisario, professeur ! Tu devrais te sentir dans ton élément, dans cette citadelle de la culture, espèce de médiéviste à la manque ! Ici, on préserve les plus vieilles traditions humaines — torture, famine, pauvreté — avec tout le respect qu'elles méritent.

Cassidy examinait ses blessures aux chevilles, tandis que Rattigan le délivrait des menottes.

— Vous pourriez au moins dire bonjour, saluer, et toute cette sorte de choses, au lieu d'avoir l'air aussi sinistre.

— On ne pouvait pas en placer une, dit Cassidy. Tu peux marcher, avec ces chevilles ?

— Ça devrait aller. J'ai les pieds en bon état. Ils n'ont pas utilisé la bastonnade, tu te rends compte. Dans leur ravissement à utiliser l'électricité, ces bourreaux modernes ont renoncé à la bastonnade, pensant qu'il s'agissait là d'un progrès. Ce en quoi ils se trompent. Alors, où est le whisky ? Ne me dites pas que vous n'avez pas amené une petite goutte pour remonter le moral de la victime ? Quel ange de miséricorde est-ce là, qui se montre si négligent ?

Cassidy tira une pinte de Wild Turkey de sa combinaison et la tendit à Keefe.

— Deux grandes goulées et c'est tout. Nous avons beaucoup de chemin à faire avant de dormir, espèce de vieil ivrogne. Chut...

Ils tendirent l'oreille. Une succession de cliquetis lointains, comme si la maison frissonnait sous l'accumulation des horreurs.

Keefe avala deux longues lampées de whisky, se leva et tomba en avant.

— Seigneur, Marie, Joseph ! s'exclama-t-il, livide. Ils ont atteint les muscles.

Cassidy et Rattigan le relevèrent et il fit une nouvelle tentative, le visage grimaçant.

— C'est mieux ! haleta-t-il. Mieux que la première fois ! On fait un nouvel essai !

Il passa un bras autour des épaules de Cassidy et de Rattigan, tandis qu'eux le maintenaient à la taille. Ils parvinrent à le tirer lentement le long du couloir qui sentait l'égout, puis dans l'autre, celui qui sentait les légumes et la terre, et Rattigan referma la porte en laissant derrière le corps de Juan.

Keefe fut incapable de monter l'escalier, et ils le portèrent.

— Il ne pourra jamais descendre par la fenêtre, chuchota Cassidy. Il faut passer par la grande porte.

Ils parcoururent la galerie avec sa fontaine et ses massifs de fleurs, et atteignirent l'énorme porte principale encastrée dans la pierre grise percée de petites fenêtres de verre coloré. Cassidy étouffa le pinceau de sa torche lorsqu'il vit les fenêtres.

La grande porte était fermée par une gigantesque clé de cuivre plantée dans la serrure de fer. Cassidy la déverrouilla, et les deux hommes, soutenant Keefe, descendirent les marches de pierre jusqu'au jardin.

Le projecteur jaillit de l'ombre comme un coup de poing, et la lumière blanche aveuglante les manqua de peu. Les trois hommes progressaient lentement à cause du poids de Keefe, suivant le long de la maison, qui était bordée de massifs élégants de plantes aux feuilles vertes luisantes. Ils plongèrent tous les trois dans les feuilles et se recroquevillèrent au sol, attendant les coups de feu.

Mais au lieu des coups de feu, il y eut des voix. Deux voix s'exprimant dans un argot espagnol, sur un ton bas et indistinct. Elles provenaient de la tour de guet où était installé le projecteur. Une discussion était apparemment en cours. Dissimulés sous les feuilles brillantes, ils apercevaient ici et là le faisceau lumineux fouillant l'obscurité.

Cassidy entendit les hommes descendre de leur tour de guet par l'échelle de bois. Le projecteur éclairait toujours le jardin, mais le faisceau s'était maintenant immobilisé. Il tâtonna à la recherche de son cran d'arrêt dans la poche supérieure de sa combinaison de saut. Rattigan et lui se trouvaient face à face, l'un à côté de l'autre. Cassidy ouvrit son cran d'arrêt près du visage de Rattigan. Le petit homme hocha la tête et sortit son pic à glace de sa ranger.

Les voix se rapprochaient, et l'argot devenait plus distinct. Les gardes avaient une torche, qu'ils agitaient dans tous les sens.

Cassidy se pencha, prenant appui sur les genoux. Le faisceau de la torche atterrit soudain droit sur son visage, et au même instant, il bondit, si vivement qu'il heurta la kalachnikov de l'homme et détourna celle-ci de sa main gauche. De la droite, il lui trancha la gorge. Une entaille, une poussée. L'homme tomba en arrière, le sang jaillissant comme d'une fontaine. La kalachnikov, dégagée par la chute de l'homme, resta dans la main gauche de Cassidy.

Tout ceci dans la lumière éclatante du projecteur.

A deux pas de là, Rattigan arrachait son pic à

glace de l'oreille de l'autre garde, sur lequel il était installé à califourchon.

Inondés de lumière par le projecteur, le souffle coupé, ils attendaient une pluie de balles en retour. Rien ne vint de la tour de guet. La surveillance se composait uniquement des deux morts.

Aidé de Rattigan, Cassidy tira Keefe des buissons et le remit sur pied. Celui-ci passa ses bras sur leurs épaules, et les trois hommes clopinèrent lentement en direction du portail principal. Là, Rattigan grimpa à la tour de guet et éteignit le projecteur, une fois que Cassidy eut consulté sa montre. Vingt et une minutes s'étaient écoulées depuis la dernière fois. Il restait quarante-deux minutes avant le retour du jet de la CIA.

Amener Keefe à la vieille Ford, suspendu entre eux deux, les jambes revenant petit à petit à la vie, leur prit sept minutes.

— Je commence à avoir le truc, murmura-t-il. Encore cent mètres et je serai capable de sauter à la perche.

— Chut ! souffla Cassidy.

Rattigan régla l'allumage par étincelle, puis tourna la manivelle — tourna et retourna encore. Ce fut Keefe qui détecta le problème. Rattigan, tout à sa préoccupation pour l'allumage, avait oublié de mettre la clé de contact en position « marche ». La voiture partit en haletant à dix kilomètres heure à peine et sans lumières, Rattigan au volant, Keefe à côté de lui et Cassidy derrière, le Magnum à la main. Tout cela dans un bruit d'enfer. Une fois qu'ils eurent quitté la ville, Rattigan accéléra pour atteindre les quinze et même quelquefois vingt kilomètres heure.

Il leur fallut néanmoins dix-neuf de leurs précieuses minutes pour rejoindre la petite route de terre voisine de l'aérodrome, où ils avaient beaucoup à faire ; d'abord, allumer deux feux à cinquante mètres de distance. C'était le signal convenu, sinon, le pilote de la CIA n'atterrirait pas. Le feu que Rattigan avait mis en route brillait encore faiblement dans les broussailles, caché par un rideau d'arbres qui le séparait de l'aérodrome. Il en sortit quelques braises avec une paire de pinces trouvée dans la boîte à outils de la Ford, et alluma un nouveau brasier tandis que Cassidy ranimait l'ancien avec des branches mortes et des rameaux de pin. Ils laissèrent Keefe de garde, avec la kalachnikov que Cassidy avait prise à l'homme dans le jardin de Garcia. Il avait une bonne vue du terrain d'atterrissage, à une centaine de mètres de distance. La *guardia* patrouillait les lieux : deux hommes se trouvaient au bout du terrain, à un kilomètre du bâtiment de l'aéroport, une modeste structure en fer-blanc avec une grande vitre donnant sur la piste. Deux hommes patrouillaient le côté est, tandis que deux autres en faisaient de même sur le côté ouest. Un des *soldados* partait d'un bout, le second de l'autre, ils se rencontraient au milieu, faisaient demi-tour et rebroussaient chemin.

Les deux *cabos* faisaient comme tous les sous-offs de la planète. Ils prenaient leurs aises dans le hall de l'aéroport, assis dans des fauteuils d'osier, à boire du café, parfaitement visibles à travers la vitre.

Les deux jeeps étaient garées sans surveillance sur le tarmac.

Lorsque Cassidy et Rattigan eurent fini de s'occuper des feux, et revinrent jusqu'à la Ford, il restait quatre minutes pour s'occuper de huit gardes. Ils distinguaient déjà au loin le ronronnement du jet qui s'approchait. Le plan de Cassidy était fou et brutal, mais personne n'en trouva de meilleur.

Ils attendirent que les quatre gardes des côtés est et ouest tournent le dos au bâtiment de l'aérodrome et se dirigent vers le milieu, puis Cassidy et Rattigan se précipitèrent dans une course effrénée en direction des deux jeeps.

Keefe se redressa sur le siège avant de la Ford et équilibra la kalachnikov sur le bord du pare-brise.

Si les clefs ne s'étaient pas trouvées sur le contact, Cassidy et Rattigan auraient eu affaire aux deux *cabos* sur-le-champ, mais ce ne fut pas le cas. Les deux hommes se jetèrent dans les deux jeeps, démarrèrent et foncèrent dans deux directions opposées — Cassidy vers l'est du terrain et Rattigan vers l'ouest.

Les deux *cabos* lâchèrent leurs tasses de café, sortirent en courant du terminal, et se mirent à tirer comme des fous sur les deux jeeps.

A cinquante mètres de là, Keefe ajusta le canon de sa kalachnikov. Sa rafale cueillit le chef à la poitrine et l'envoya valdinguer les quatre fers en l'air. Le second *cabo* fit demi-tour et regagna en courant le bâtiment. Il allait l'atteindre lorsque la seconde rafale le faucha dans le dos, le pliant comme un accordéon. Keefe eut une grimace. Il n'aimait pas tirer dans le dos, même pour abattre des sous-offs.

Cassidy avait allumé ses phares pour déstabiliser encore plus les *soldados*, déjà déconcertés par la fusillade et la vue de leurs jeeps qui leur fonçaient dessus. Ils étaient trop loin pour comprendre l'objet de la fusillade, et Cassidy comptait sur le fait qu'ils seraient persuadés que leurs *cabos* se trouvaient au volant des jeeps.

Le pare-brise complètement baissé, il fonça à soixante-dix kilomètres heure sur le plus proche *soldado*, qui l'attendait le fusil baissé. A cinq mètres de lui, Cassidy, tout en se détestant pour ce qu'il faisait, manœuvra brutalement le volant, accéléra et le percuta dans un craquement écœurant.

Il passa sur le corps de l'homme de sa roue gauche. Le choc déséquilibra la jeep, qui se renversa, et Cassidy se trouva éjecté dans les broussailles, où il roula sur lui-même, le souffle coupé. Le 357, qui se trouvait à côté de lui dans le véhicule, avait volé dans l'obscurité.

Aplati sur le dos, il tentait de reprendre son souffle. Bon Dieu, où était l'autre, le collègue du garde ? Il le vit alors à cinq mètres de lui, qui ajustait calmement son fusil, dans sa direction à lui, Cassidy, incapable de bouger le petit doigt, qui ne voyait que le long canon noir pointé sur sa poitrine, tellement près que même un *soldado* du Balisario aurait du mal à le rater, même s'il avait l'air d'y mettre du temps.

L'homme ouvrit la bouche, étendit les bras, et son fusil tomba. Cassidy ne sut que plus tard ce qui s'était passé. Le tir était hasardeux, mais Keefe était un tireur d'élite.

Cassidy retourna le garde pour s'assurer qu'il était mort. Encore un visage adolescent. Il ramassa sa kalachnikov, tout en regrettant de ne pas se trouver en Virginie.

« Je ne devrais pas être là. Tout ça ne me concerne pas. »

Le jet de la CIA était près, tout près. Cassidy percevait le ronronnement du moteur, et apercevait même ses feux de position. Il devait se trouver à six ou sept kilomètres, ce qui, en termes d'aviation, signifiait très peu, et il restait encore beaucoup à faire.

L'autre jeep zigzaguait comme une folle à travers la piste en direction de Cassidy, qui entendait les coups de feu et distinguait les éclairs des détonations de l'autre côté du terrain.

Rattigan pila à côté de lui en hurlant « Monte ! ». Il grimpa à bord, et la jeep repartit dans ses zigzags en direction du bâtiment.

— Qu'est-ce qui se passe ?

— J'en ai eu un, mais l'autre m'a posé des problèmes.

— Où allons-nous ? demanda Cassidy en s'accrochant.

— Récupérer Keefe. Il ne nous reste plus beaucoup de temps.

Keefe clopinait vers eux, la kalachnikov à la main. Il sauta dans la voiture et Rattigan reprit sa course de droite et de gauche, fonçant vers le nord du terrain.

Le grondement du jet se faisait de plus en plus fort et de plus en plus distinct derrière eux. Cassidy se retourna. L'avion devait se trouver maintenant à cinq mille pieds. Il vit les feux d'atterrissage s'allumer, à chaque extrémité des ailes. Le pilote allait se poser sans feux de signalisation, ce qui n'était pas une mince affaire.

Rattigan ralentit tout en continuant de zigzaguer.

— Je vais essayer de les provoquer pour voir où ils sont.

La manœuvre paya. Les éclairs d'armes automatiques crépitèrent au centre du terrain, à environ cent mètres devant eux.

— Ils sont ensemble ! hurla Cassidy.

— Couvrez-moi !

Keefe et Cassidy étaient déjà debout, tirant à qui

mieux mieux au-dessus du pare-brise, clouant les *soldados* au sol.

Derrière eux, l'avion ne rugissait plus. Le pilote avait coupé les moteurs, et arrivait à deux cents à l'heure.

C'était maintenant une épreuve de force. Rattigan fonça droit sur les deux hommes à terre, leur donnant le choix : soit ils se faisaient écraser, soit ils fichaient le camp. Ils choisirent de prendre leurs jambes à leur cou. Lorsqu'ils se relevèrent et tentèrent d'atteindre les buissons, Cassidy prit celui de droite et Keefe celui de gauche. C'était aussi facile que de tirer des canards à la fête foraine.

— J'en ai marre de tuer des gamins, aboya Cassidy. Ce n'est pas ma guerre, ça. Qu'est-ce que je fais ici ?

— Il en reste un, là-bas, dit Keefe. Qu'est-ce qu'on en fait ?

— Ignore-le. Il n'osera pas faire quoi que ce soit.

Le petit jet freinait à fond, ralentissait, ne roulait plus qu'à cent vingt, cent, quatre-vingts. Il était presque sur eux, maintenant, tandis que Cassidy le guidait dans la lueur éblouissante des feux d'atterrissage.

L'avion effectua un gracieux demi-tour juste devant la jeep, et s'arrêta.

Le dernier coup de feu, venant de l'ouest, retentit à cet instant. Ils distinguèrent l'éclair, et un trou rond apparut dans le pare-brise.

— Allons lui faire sa fête, dit Rattigan.

Cassidy bondit.

— Je vais parler au pilote, l'empêcher de redécoller.

La jeep repartit en grondant, et Cassidy courut vers l'avion maintenant immobilisé sur la piste. La porte s'ouvrit et l'échelle descendit, se dépliant automatiquement. Cassidy s'engouffra à l'intérieur, tête baissée.

— Un petit ennui. Keefe et Rattigan s'en occupent.

Deidrich lui lança un regard peu aimable.

— Nous étions convenus que les ennuis devaient être réglés avant notre atterrissage.

Cassidy, épuisé, était affalé sur un siège.

— Ces trucs-là ne marchent pas toujours suivant le plan. Tu devrais le savoir, Deidrich, avec toutes ces années passées en cavale.

Une repartie cinglante.

Deidrich le fusilla du regard, et Cassidy le lui rendit bien. Il était d'une humeur de chien.

Le crépitement d'armes automatiques retentit dehors. Deidrich n'aimait pas ça. Il se dirigea vers le poste de pilotage.

— Je me tire.

— Certainement pas, gronda Cassidy. Nous sommes là pour ramener ces hommes. Assieds-toi.

Deidrich s'arrêta sur le seuil.

— Professeur, tu ne me donnes pas d'ordres dans mon appareil.

Il rentra dans le poste de pilotage, et Cassidy bondit derrière lui.

Le copilote, installé aux commandes, regardait par la fenêtre.

— Ils reviennent, capitaine. Ils seront là dans une minute.

Deidrich marmonna quelque chose d'inintelligible et se tassa sur son siège. Il passa ses écouteurs, et s'affaira sur le tableau de bord.

Une minute plus tard, Rattigan et Keefe grimpaient à bord. Le copilote actionna le bouton qui remontait l'échelle de coupée, qui se replia. Deux minutes plus tard, ils fonçaient sur la piste — dans le mauvais sens —, les deux moteurs rugissant. Lorsqu'ils atteignirent le bâtiment de l'aéroport, ils étaient à mille cinq cents pieds, et grimpaient presque à la verticale.

Cassidy, qui n'avait même pas bouclé sa ceinture de sécurité, grommela :

— Pas besoin de se presser, non ?

Rattigan lui désigna le sol du doigt, et il entrevit la lueur rouge, blanche et bleue de balles traçantes.

— Mitraillettes ! Il déblatérait dans sa radio quand on lui est tombé dessus. Je suppose qu'ils avaient demandé de l'aide bien avant, et elle est arrivée.

Keefe vomissait dans les toilettes. Il en ressortit blanc comme un linge et s'effondra sans rien dire sur un siège. Pas un mot, voilà qui ne ressemblait guère à Keefe. Il s'endormit rapidement.

— Quelque chose le tracasse ? demanda Cassidy.

— Oui, tuer des gamins. Le dernier n'avait même pas d'arme.

— Eh oui !

Mission accomplie. Il avait sauté en parachute sur un pays inconnu, sauvé deux hommes alors que tout était contre lui. Il aurait dû en éprouver de la satisfaction. Au lieu de cela, il se sentait moche.

14

Encore plein de sommeil et d'un vieux désespoir, Cassidy ouvrit les yeux à regret. Le soleil éclaboussait le tapis turc défraîchi sous un angle orienté à l'ouest, ce qui correspondait à... Il consulta sa montre. 16 h 10.

Il se retourna et ne découvrit qu'à cet instant Amanda Shotover, debout près de son lit, droite et silencieuse, un plateau d'argent à la main. Sur le plateau se trouvaient une cafetière géorgienne en argent, de la brioche et du beurre sur la porcelaine rouge de Minton. Très continental, tout ça.

— J'ai pensé qu'il était temps de vous réveiller, dit la vieille dame. C'est presque l'heure du thé.

A Shotover Hall, on respectait encore tous les jours l'heure du thé comme un rituel religieux.

Il se redressa et s'assit.

— C'est très gentil à vous, marmonna-t-il.

Pour dire le vrai, Cassidy considérait que prendre son petit déjeuner au lit était immoral, indécent et probablement pas bon pour la santé, mais il était hors de question qu'il fasse part de son opinion à Amanda Shotover, qui venait de poser le plateau sur ses genoux et lui versait son café.

— Vous me voyez honoré de ce luxe inhabituel, mais pourquoi ?

La vieille dame s'assit sur le bord du lit.

— Je voulais vous parler. Je suis venue vous voir dans votre chambre hier soir. Vous n'étiez pas là. Où étiez-vous ?

Cassidy beurra un peu de brioche.

— J'étais sorti danser.

— Jusqu'à 8 heures du matin ? En Virginie ?

Ils éclatèrent tous les deux de rire.

— Je crois que vous êtes incapable du moindre pas de danse.

— Madame, vous êtes injuste. Je connais toutes les danses à la mode — le pas de deux, le charleston, le shimmy. De quoi vouliez-vous parler ?

— D'Armand.

Cassidy mordit dans sa brioche.

— Délicieux. Et que vouliez-vous me dire à propos d'Armand ?

— Je crois qu'il est ici, quelque part sur le domaine. La nuit dernière, quelqu'un a ouvert les râteliers et pris le fusil favori d'Armand — un Hosford 307. La vitrine était fermée, mais le fusil n'était plus là, ce matin. Armand a une clé, et je suis la seule à disposer de l'unique autre.

Cassidy but son café, ingurgita une nouvelle bouchée de brioche, et réfléchit.

— Un Hosford 307 ? Je ne connais pas.

— C'est une arme très chère. Elle appartenait à son père, et a toujours été un des plus grands trésors d'Armand.

Cassidy se souvint de celui-ci et de son Frank 9 mm, qui jurait tellement avec sa personnalité — comme s'il n'avait jamais tenu d'arme de sa vie.

— Je ne savais pas qu'Armand aimait les armes.

— Il aimait ce fusil en particulier, et c'était un excellent tireur.

— Sur quoi tirait-il ?

— Uniquement sur des cibles. Jamais sur des animaux. Il n'aimait pas tuer — au contraire de ses frères. Il tirait à cheval, et il était très doué.

Autant qu'il s'en souvienne, c'était la première fois qu'Amanda Shotover disait du bien de son fils.

— Aucun cheval n'a disparu ?

— Ce n'est pas gentil de vous montrer aussi léger, lui dit-elle avec reproche.

— Je ne suis pas léger. Une grande partie du domaine n'est accessible qu'à cheval. Ou à pied. Si Armand s'y cache...

C'était très improbable, mais avec Armand, tout paraissait improbable. Tirer à cheval sur des cibles. Combien de gens pouvaient faire un truc pareil ?

Cassidy finit sa brioche, avala encore un peu de café, et demeura silencieux un bon moment. Amanda Shotover resta assise sur le lit, les mains sur ses genoux, comme la mère de Whistler. Le regard de Cassidy erra sur les roses thé fanées mais élégantes du tissu des rideaux, le tapis fané mais élégant, la magnifique symétrie de la pièce. Il fut frappé du contraste avec l'esprit primitif qui régnait au Balisario.

— Vous ne m'aidez pas beaucoup.

Il soupira. Il aurait préféré se couper la langue plutôt que de poser la question qu'il avait sur le bout de celle-ci.

— Lorsque Armand était là, qui payait les factures ?

Un éclair de dégoût traversa le visage de la vieille dame. Elle se leva.

— Armand. C'est sa propriété.

Elle se dirigea vers la porte.

— Et qui les paye, maintenant ?

— Elles sont impayées, dit-elle avec une expression qui indiquait clairement que cela ne le regardait en rien.

Amanda Shotover le quitta, et referma la porte. Il grimaça. Il détestait se brouiller avec la vieille dame. Il avait besoin de son amitié, et, en plus, il l'aimait bien. Mais il avait besoin de savoir. L'argent était la racine de tout mal, et vingt-six millions de dollars, cela faisait beaucoup de mal.

— L'argent, l'argent, l'argent, dit-il à voix haute.

Lucia entra.

— Papa ! Le petit déjeuner au lit ! Quelle honte !

Le baiser qu'elle lui déposa sur la joue était doux comme un murmure.

— Qu'est-ce que tu fais au lit à cette heure-ci ? Tu n'es pas malade ?

— J'ai veillé tard. Et toi, mon trésor ? Tu as appris tes leçons de français ? Et de latin ?

— J'ai appris mes leçons, mais toute seule. Il n'y a personne ici pour les faire avec moi. Personne, dit-elle d'un ton boudeur, car elle n'aimait pas être abandonnée.

— Où est Anne Falk ?

— Je ne sais pas. A Washington, je crois.

Cassidy lui caressa légèrement la joue, et éprouva le contact de sa jeunesse.

— Tu veux me rendre un service ? Faufile-toi aux écuries, et compte les chevaux — y compris ceux qui sont au pâturage.

— *Papa !*

— Tu as toujours voulu m'aider dans mes histoires. Eh bien, c'est le moment. Et ne dis à personne ce que tu fais — même pas à Joseph.

Elle s'éloignait en direction de la porte, les yeux brillants d'excitation, lorsqu'il ajouta :

— S'il manque un cheval, je veux savoir lequel, et tout ce que tu en sais.

Une fois Lucia partie, Cassidy sortit du lit et ramassa sa combinaison de saut. Il se souvenait du paquet de lettres qu'il avait subtilisé dans le bureau de Roberto Garcia. Il fouillait son vêtement lorsqu'il entendit frapper à la porte, un coup vif et péremptoire, suivi de la voix d'Alison :

— Cassidy !

Celui-ci fourra la combinaison dans son placard et ferma la porte.

— Entrez ! Entrez ! Entrez tous, amenez vos amis et vos parents. Nous sommes ouverts à toute heure pour inspection. Oh, c'est vous, Hugh, dans votre nouveau costume de flanelle grise. Vous êtes l'honneur de votre Agence, de votre pays, de votre mère, dans ce costume...

Alison n'était pas d'humeur à badiner. Il marcha vers la seule chaise tapissée de la pièce et s'assit sur le bord avec raideur, les deux mains sur sa canne.

Furieux.

— Vous deviez m'appeler à la minute où vous rentriez.

— Hugh, pour l'amour de Dieu, j'étais mort de fatigue. J'ai fait cinq mille kilomètres en avion, sauvé Keefe et Rattigan...

— Et laissé une ribambelle de cadavres sur votre passage au Balisario. Les télex de notre ambassade et de leur ministère n'ont pas cessé d'affluer toute la matinée. Ce sont nos *alliés*, imbécile !

— Vous parlez d'alliés ! Des assassins, des bourreaux, des trafiquants de drogue, des voleurs...

— C'est vous qui faites la politique étrangère maintenant, petit prof ? Il est temps de grandir !

Cassidy n'avait jamais vu Alison dans une telle colère.

— Comment croyiez-vous que j'allais sortir Keefe et Rattigan de là vivants ? C'est le XVIIe siècle, là-bas. On se tire à coups de feu, ou on ne s'en tire pas.

Ils hurlaient tous les deux. Alison frappa le sol de sa canne. Tac ! tac ! Un bruit sec et autoritaire pour faire taire Cassidy.

— Vous êtes déchargé de cette affaire. Je reprends les choses en main.

Cassidy en fut réduit au silence. Il s'assit sur le bord du lit et fixa le sol. Alison tira trois enveloppes de sa poche intérieure.

— Voilà votre argent, Horatio. Ainsi que celui de Keefe et Rattigan.

Il posa les enveloppes sur le lit à côté de Cassidy. Il avait complètement changé de ton, était devenu apaisant, s'excusant presque.

Cassidy ne dit rien. Il pensait à Fletcher. Celui-ci allait débarquer le lendemain après-midi avec quarante flics hors service assoiffés de sang.

— Je n'y suis pour rien, Horatio, plaidait Alison. C'est le Directeur en personne. Ce sont ses ordres.

— Le Directeur ? répéta Cassidy abasourdi. Je croyais que c'était votre petit cirque à vous, tout ça.

— Plus maintenant. Il s'agit de politique au plus haut niveau, Horatio. Au plus haut, dit-il d'un ton presque suppliant.

— Le Bureau Ovale ?

— Horatio, ces troupes sont spécialement entraînées ici pour une très grosse mission, qui tient énormément à cœur au Grand Visage Pâle en personne. Je ne peux vous en dire plus.

— Ils ont intérêt à être un peu plus adroits que ces enfants que nous avons massacrés à l'aéroport, aboya Cassidy.

Comme à son habitude, Alison continua comme s'il n'avait rien entendu.

— Heureusement, nous pouvons appliquer une dénégation totale de responsabilité dans ce qui s'est passé à l'aéroport et dans la maison de Roberto Garcia. Vous avez éliminé tous les témoins. Nous avons adopté une attitude d'innocence outragée à laquelle j'insiste pour que vous coopériez.

Une dénégation de responsabilité. Une de ces expressions inventées pour la diplomatie du XXe siècle qui valait en fausseté, en sournoiserie et en magouille tous les Vénitiens du XIVe siècle. *Attitude d'innocence outragée* constituait une nouveauté pour Cassidy. Il pouvait faire confiance à Alison pour être le premier à utiliser le plus récent en matière de Double Langage.

Celui-ci continuait de parler :

— ... parfaitement conscient de vos scrupules moraux, mais, en l'occurrence, vous devez songer, non seulement à la réputation de l'Agence, mais à celle de votre pays. Nous ne pouvons pas avoir pris *officiellement* part à une intervention armée dans leur pays...

— Même si eux l'ont fait chez nous — en tuant onze flics.

— Exactement pour cette même raison. Horatio, pour l'amour de Dieu, cette opération peut apparaître comme une représaille à cette malheureuse affaire de New York, alors que ce n'est pas du tout le cas. Vous savez très bien que je ne vous ai laissé partir qu'à contrecœur. Nous n'avons rien à faire là-dedans, voilà notre version. Roberto Garcia et

Hermanos Fuentes savent tous deux que personne d'autre ne dispose des avions capables d'entrer et de repartir du Balisario, pour tuer douze personnes et s'en sortir sans une égratignure, mais nous ne devons pour rien au monde le reconnaître. Tout ceci ne s'est jamais produit. Mais nous devons vous évacuer du décor pour réparer...

— Ce qui n'est jamais arrivé. Très orwellien, grommela Cassidy, qui comptait l'argent.

Mon Dieu, il y avait les douze mille dollars dans son enveloppe. Alison devait véritablement avoir honte de lui pour lui donner l'ensemble de la somme. Cassidy se serait contenté de la moitié.

— Le Directeur, continua Alison d'une voix tendue, insiste pour que vous déguerpissiez aujourd'hui. Je veux cette chambre, la voiture et toutes vos notes et mémos, bien sûr.

Cassidy eut un pâle sourire.

— Je vais prendre une douche. Puis-je y aller seul, ou bien désirez-vous venir vous assurer que je ne fauche pas le savon ?

Alison, l'air sombre, grimaça et se mit à jouer avec sa canne en la lançant dans les airs puis la rattrapant, la faisant tournoyer.

Une fois dans la salle de bains, Cassidy ferma la porte. Il se sentait délivré. Absous. Tout était maintenant entre les mains d'Alison. Sauf que ce n'était pas tout à fait le cas. A moins qu'il ne l'en empêche, Fletcher n'allait pas tarder, accompagné de quarante flics en colère : que faire ? Cassidy prit une longue douche bruyante, se rasa, se lava les cheveux, se brossa les dents, prit son temps.

Lorsqu'il sortit de la salle de bains, Alison n'était plus là, et Lucia était assise dans sa chambre, radieuse d'excitation.

— Papa, il manque deux chevaux ! Leatherstocking et Faun. Leatherstocking est très calme, et c'est l'animal favori d'Armand Shotover. Il avait l'habitude de pratiquer le tir avec lui. Tu es drôlement malin d'avoir pensé à compter les chevaux ! Tu sais, il y en a beaucoup qui ne sont jamais montés ; au printemps et en été, ils sont nuit et jour dans les champs. On pourrait en faucher une demi-douzaine, personne ne le remarquerait.

Cassidy sourit et lui embrassa le sommet de la tête.

— C'est très malin de ta part à toi d'avoir repéré les caractéristiques des chevaux manquants. J'ai quelques mauvaises nouvelles. Je viens d'être retiré de l'affaire. Nous devons quitter les lieux aujourd'hui.

En l'espace d'un quart de seconde, le visage de Lucia passa de l'extase au désespoir le plus profond.

— Oh, Papa ! Je vais devoir retourner à l'école !

— Peut-être pas. Je dois m'habiller. Trouve Amanda Shotover, et si elle parle à Alison, installe-toi et écoute. Reste là, à moins qu'elle ne te demande de quitter la pièce — ce qui m'étonnerait, elle ne supporte pas Alison. Tu as compris ?

— Non.

— Eh bien, fais quand même ce que je te dis, ou bien tu retournes à l'école.

Lucia se traîna jusqu'à la porte, l'air misérable. Que ce soit la joie, le malheur ou la souffrance, tout se lisait sur ce visage italien aussi clairement qu'un coucher de soleil.

— Après cette maison, on va trouver la 13e Rue minuscule.

— Mais confortable. Allez, file. Je dois m'habiller et faire mes bagages.

Il rangea lentement et soigneusement ses

affaires. Il manquait beaucoup de choses. Le contrat de prêt, ainsi que le carnet de messages d'Armand et un émetteur. L'autre appartenait à la CIA. Il rangea son bon costume et mit un pull et son vieux pantalon de tweed, car si tout se passait bien...

Il appela Fletcher au poste de police.

— Fletcher n'est pas là. Il a pris quelques jours de congé. Puis-je vous aider ? Je suis son coéquipier.

Non, répondit Cassidy, c'était une affaire personnelle, et il appela chez Fletcher. Ce fut sa femme qui répondit avec mauvaise humeur.

— Il est avec ses copains de poker. Je ne sais pas où.

Elle avait l'air profondément blessée. Je suis probablement en train de briser leur mariage, se dit-il.

Ensuite, il appela Grace Alison chez elle.

— Cassidy, espèce de vieux poivrot irlandais, comment allez-vous ? Si vous cherchez Alison, je croyais qu'il était avec vous. Il a laissé ici un numéro...

— Grace, si vous éprouvez encore un peu d'affection pour ce vieux poivrot irlandais, j'ai besoin d'une faveur.

— Espèce de salopard, je savais bien que vous n'appeliez pas par amour pour moi. Que se passe-t-il ?

Il lui raconta.

Ensuite, il laissa son sac et sa veste dans le vestibule, puis traversa l'immense salon, le salon de musique, la bibliothèque, la salle d'armes, jusqu'à la véranda, où il savait que le thé devait être servi.

Amanda Shotover ne servait pas seulement le thé, elle apprenait à Lucia comment le servir, et même comment le boire.

— ... tu verses le thé dans la tasse de la main gauche *comme ça*, tu tiens le doigt de la main droite *comme ça*, le regard vif, tu suis la conversation, tu dois intervenir, prendre une autre minuscule bouchée *comme ça*, parce que la conversation est encore plus importante que le thé. Tu comprends bien cela, n'est-ce pas ? Ah, Mr. Cassidy. Désirez-vous du thé par-dessus votre petit déjeuner ?

Alison était assis dans un coin, de toute évidence mis à l'écart, ce qu'il détestait de façon tout aussi évidente.

— Non, merci, continuez votre leçon. Je suis tout ouïe.

— Votre fille est une bonne élève, remarqua Amanda Shotover. Elle sait merveilleusement écouter, et si une vieille dame a besoin de quelque chose, c'est bien de cela. Toute cette sagesse que nous accumulons, ces années d'expérience, dont personne ne veut entendre parler.

Geoffrey, le maître d'hôtel aux cheveux blancs, entra de son pas silencieux :

— Mr. Alison, votre femme vous demande au téléphone. Vous pouvez la prendre dans le salon.

Alison eut l'air abasourdi. Il recevait beaucoup d'appels — de Shanghai, Budapest, Madagascar — mais quasiment jamais de sa femme.

— Excusez-moi, dit-il à Amanda Shotover, qui regarda à travers lui et répliqua :

— Je vous en prie.

A peine avait-il quitté la pièce que Cassidy s'assit à côté de la vieille dame.

— Amanda, dit-il en l'appelant pour la première fois par son prénom, on vient de me retirer de l'affaire...

— Mon Dieu !

— Alison prend tout en charge. Il va s'installer tout de suite dans la chambre de votre fils.

— Je ne vais pas apprécier cela.

Mais elle n'y pouvait pas grand-chose. L'emprise de l'Agence sur le domaine était profonde.

— Mon travail ici n'est pas terminé, continua-t-il, et j'ai besoin de votre aide. Voici mon plan. Ne m'interrompez pas, car Alison va revenir, et je veux qu'il n'en sache rien. Anne Falk non plus, d'ailleurs...

15

Au plus profond de la forêt qui recouvrait le flanc est de la montagne, Armand Shotover, immobile sur Leatherstocking, ajustait le Hosford 307, et le maintenait fermement, le coude gauche pressé contre ses côtes. Il pressa la détente, et la boîte de conserve posée sur une branche à une centaine de mètres s'envola, un trou en son milieu.

— Qu'est-ce que cela prouve? demanda derrière lui d'un air malheureux Anne Falk, montée sur Faun.

— Que j'en suis toujours capable.

— Roberto Garcia va débarquer ici avec quarante hommes, Armand.

— Je connais le moindre recoin de cette forêt. Pas lui.

— C'est l'homme le plus dangereux de cet hémisphère, et il a avec lui quarante guérilleros entraînés. Tu es fou, Armand.

Celui-ci avait ouvert le Hosford. Il souffla la fumée hors du canon, et caressa l'arme avec amour, comme il eût fait d'un chiot.

— Il a essayé de me faire tuer. Il recommencera. Qu'est-ce que j'ai à perdre?

— Tu as besoin d'aide, Armand.

— Et qui va m'en donner? L'Agence? Ils ne m'ont pas beaucoup aidé la première fois, non?

— Armand, tu n'as qu'à t'en prendre à toi-même. Tu n'as rien dit à personne. Seigneur, vingt-six millions de dollars!

— Je crois que je mérite d'entrer dans le Livre des Records, dit-il avec un rire espiègle.

— Où se trouvent-ils?

— Ah! ce serait de la triche, de le dire.

Il rechargea son fusil.

— Et puis, ce n'est pas comme si j'avais volé cet argent. C'est *eux* qui l'ont volé à un tas de pauvres junkies qui l'ont eux-mêmes volé à leurs patrons ou à leurs enfants, n'importe où. C'est de l'argent de brigands, et il appartient à celui qui l'a en sa possession.

— Oh, Armand!

Des larmes brillèrent dans les yeux d'Anne, mais elle était bien décidée à ne pas les laisser couler.

— Pourquoi es-tu allé voir Cassidy? Qu'est-ce qui t'a pris?

Au fond des yeux dorés d'Armand, il y avait ce regard lointain.

— Cassidy est le seul qui puisse nous sortir de ce pétrin, Anne. Tu ne sais pas ce que c'est que cette corruption. Cette monstruosité au plus haut de l'État! Ce qu'ils font est pire que criminel, c'est de la trahison!

Son visage et sa voix rayonnaient d'un idéalisme qui frisait l'idiotie, ne put s'empêcher de penser Anne Falk. Il existait un point où la pureté et la folie se rejoignaient.

— Armand, tu surestimes, et tu as toujours surestimé Cassidy. Ce n'est pas Superman...

— Oh, mais si! Si tu savais ce qu'il a fait au

Guatemala ! Et en Chine ! Tout seul en Chine ! Il est le seul vers qui je puisse me tourner, parce qu'ils essayent de me tuer, Anne. Et ils ont presque réussi.

— Si tu voulais son aide, pourquoi lui es-tu tombé dessus avec une arme, bon sang ?

— Je voulais attirer son attention. Sinon, il ne se serait jamais arrêté pour me parler.

Armand eut un petit rire sauvage.

— Mais en fait, l'arme n'était pas pour Cassidy. Ils étaient sur mes talons, Anne. Le pistolet, c'était pour me défendre. Cassidy a débarqué à cet instant, et j'ai utilisé mon arme pour le faire rentrer dans son appartement. Et puis, je voulais jeter un œil à son carnet noir, et vérifier que le nom de Victor s'y trouvait — ce qui est le cas.

— Cassidy dit que non.

— Oh si, il y est. Si nous sortons tous vivants de cette histoire, je le lui montrerai. De toute façon, tu n'as pas le droit de me reprocher quoi que ce soit. Qui m'a recruté en premier lieu ?

— Seigneur, je le regrette bien aujourd'hui.

Il lui adressa un sourire enfantin, rêveur et aimant.

— Tu cites toujours le nom de Dieu, Anne, mais crois-tu en lui ? Moi, je crois.

— Je le sais.

— Je crois qu'un jour je me retrouverai face à face avec lui, et je me demande toujours comment je m'adresserai à lui. Je ne peux pas dire : « Comment allez-vous ? » Dieu n'attrape pas de rhumes. « Votre Excellence, je suis ravi de vous rencontrer. » Non, je ne crois pas que ce soit très approprié. Je suppose que je devrais me jeter à ses pieds, mais je ne me vois pas. Ce n'est pas mon genre.

Elle eut un sourire triste.

— Tu as beaucoup de charme, Armand. Du charme perché sur le bord d'un volcan. Je ne sais pas si je le supporterai encore longtemps. Je dois rentrer. Elle a déjà commencé à remarquer mon absence.

— Et comment va le vieux dragon ?

— Elle nous enterrera tous les deux, et dansera sur nos tombes. J'essayerai de venir ce soir, dit-elle en guidant Faun vers le chemin du retour. Tu veux que je t'apporte quelque chose ?

— Du bacon et un peu de tomates. Je veux faire des sandwiches au bacon, à la laitue et aux tomates. J'adore ça.

— Je sais, dit Anne, qui s'éloigna sur sa monture sans se retourner pour qu'il ne voie pas ses larmes.

— Oh, Anne ! la rappela-t-il alors. Où est Cassidy ?

— Il a été retiré de l'affaire. Il est sur le chemin du retour à New York.

Mais non, Cassidy n'était pas en route pour New York.

Quelque part ailleurs dans la forêt, Lucia montait le cheval de tête, Ariel. Derrière elle venait Cassidy sur Sandpiper, puis Keefe sur un grand cheval noir du nom de Prince Noir, et Rattigan sur un grand poney pommelé baptisé Peppermint. La végétation était particulièrement dense, et des grands arbres tombaient d'énormes lianes de vigne noueuse et solide qui donnaient à l'endroit des airs de décor de Tarzan. Keefe écartait les lianes en grommelant :

— Je ne savais pas que c'était la jungle, la Virginie. Je croyais qu'ils avaient civilisé le coin.

C'était là que tout avait commencé, pensait Cassidy : l'Amérique la magnifique. La Virginie avait conservé dans ses champs et ses bois un peu de l'innocence première. Au moins dans des endroits comme Shotover Hall. Il palpa le Winchester qu'il avait pris dans la vitrine. Un fusil à pompe, calibre 30,37, avec des munitions vieilles de trente ans. Il espérait que l'arme fonctionnerait. Il avait perdu le 357 à Balisario.

— Tu as fait partie de la DEA, Keefe, remarqua-t-il. Dis-moi, qu'est-ce que fait un type avec vingt-six millions de dollars ? Où place-t-il ce genre de fric ?

— Dans des chaînes de fast-foods, de lavage de voitures, tout ce qui connaît un gros flux de liquide. A plus long terme, ils blanchissent l'argent aux Bahamas, ou en Suisse, puis investissent dans l'immobilier. On considère que quatre milliards de dollars venus de la cocaïne sont investis dans l'immobilier rien que dans ce pays. Ils achètent des banques, des immeubles, des centres commerciaux, des membres du Congrès, des juges. Ils embauchent des avocats très chers pour demander et obtenir ajournement de séance sur ajournement de séance, jusqu'à ce que plus personne ne se souvienne de l'accusation d'origine. Les preuves disparaissent. Le système judiciaire de ce pays est une vaste plaisanterie.

— Écoutez ! jeta Cassidy.

Ils s'arrêtèrent et tendirent l'oreille. Ils avaient tous perçu le même bruit — une détonation. Loin, très haut dans la montagne, vers le nord.

Il n'y avait plus maintenant que le vent dans les chênes blancs, le murmure des pins.

— C'est encore loin, Lucia ? demanda Cassidy.

— Juste là, à environ trois cents mètres.

Les yeux brillants, elle était à son affaire. Que

rêver de mieux que des aventures au pays de la cocaïne avec Papa ! Pourquoi diable l'ai-je fourrée là-dedans ? se demandait Cassidy. Mais je ne savais pas que cela allait tourner comme ça. Comment aurais-je pu deviner ?

Les chevaux étaient chargés de couvertures roulées et de sacoches de cuir pleines de nourriture et de quelques casseroles ; Cassidy transportait l'eau dans des outres de cuir, une de chaque côté de la selle.

Le chalet se trouvait sur une corniche, entouré d'une clairière. Un porche courait sur trois de ses murs, tandis que le quatrième était aveugle.

— Ce n'est pas mon préféré, celui-là, parce qu'il est exposé à tous les vents. J'aime ceux qui sont dans les bois, Papa. De vraies maisons de sorcières. Celui-là, c'est une maison... de gens.

Il avait été construit par des trappeurs au début du XVIIIe siècle. Une vaste pièce avec une grande cheminée de pierre au centre du mur de l'est. Au milieu du mur du fond, un petit poêle en fonte qui avait été ajouté un siècle plus tard, environ. Cette pièce avait servi aux trappeurs de salon, cuisine, salle à manger, atelier, et elle avait contenu tous les ustensiles de cuisine, les métiers à tisser, les meules. Mais il n'y avait plus rien de tout ça. Il ne restait qu'une table solide avec une lampe à pétrole et quatre chaises artisanales.

Au centre, suspendue aux poutres, se trouvait une sorte d'énorme étagère qui occupait plus de la moitié de la pièce. On y accédait par une échelle. C'était là que dormaient les trappeurs, sous les poutres, là où se concentrait la chaleur du feu.

Les trois hommes déchargèrent les chevaux. Lucia ôta les selles et conduisit les animaux aux écuries destinées aux mules, à quelques mètres de la maison. Il s'agissait de deux structures branlantes faites de boisages noués par du fil de fer. Lucia mit deux chevaux par stalle — un calme avec un nerveux — Sandpiper avec Ariel, et Prince Noir, un hongre, avec Peppermint.

Cassidy ramassa des branchages et des brindilles pour allumer le feu dans le poêle, tandis que Keefe et Rattigan recherchaient de plus grosses branches dans le crépuscule qui tombait rapidement. Lucia leur prépara à manger — des haricots et du lard avec beaucoup de pain et de café, le tout couronné par un cheesecake qu'elle avait extorqué à l'une des cuisinières de Shotover Hall.

Tout de suite après dîner, elle grimpa à l'échelle, et se glissa dans son sac de couchage installé sous les poutres. Cassidy l'embrassa sur la joue.

— Je ne me suis jamais autant amusée de ma vie, lui chuchota-t-elle ; j'aimerais bien savoir ce qui se passe.

— Nous aussi, princesse. Dors bien.

Les trois hommes s'installèrent autour de la table à la lueur de la bougie, discutant à voix basse en attendant qu'elle s'endorme, ce qui se fit presque instantanément.

— Qu'allons-nous en faire, quand ce sera le branle-bas de combat ? demanda Keefe.

— Nous la ramènerons à la grande maison.

— Elle ne va pas apprécier.

— En Amérique centrale, on parle de réforme agraire, intervint Rattigan. De répartir un peu plus équitablement la terre. Cet endroit fait vingt-sept mille acres. Moi, je ne possède même pas dix mètres carrés, où que ce soit. L'Amérique appartient à Malcolm Forbes et à six autres types.

Cassidy fouillait dans ses sacoches, et en sortit les lettres qu'il avait subtilisées dans le bureau de Roberto Garcia. Il les étala sur la table.

— Voyons si tu es bon en espagnol. Des lettres de banques, et des lettres *à* des banques. Pour un militaire, Roberto était beaucoup trop préoccupé de banques — et d'argent.

— L'argent nous intéresse tous, Cassidy — à l'exception des professeurs d'histoire médiévale, grogna Keefe. Ce salopard vit bien. Cette maison !

— Il a une maîtresse qui lui coûte cher, installée dans ses meubles, de l'autre côté de la ville, dit Rattigan. Et une maison en Espagne où il se rend l'été.

Le silence tomba, tandis qu'ils examinaient les relevés de banque comme des cochons à la recherche de truffes. La majorité des relevés étaient de simple reçus de dépôts en liquide — des sommes phénoménales.

— Oh, oh ! dit Keefe. J'ai touché le gros lot.

Il montra à Cassidy un reçu de virement de 165 000 escuderos de la Banco de Amazonas.

— La Banco de Amazonas est une banque de la CIA, expliqua-t-il. Elle appartient à l'Agence. Quand j'y étais pour l'Agence, c'est de là que venait l'argent. La paie, les pots-de-vin, la subversion, toutes les jolies choses qu'on faisait là-bas.

Il y avait d'autres retraits sur la Banco de Amazonas, mais aucun après novembre 1981.

— C'était notre homme au Balisario. Mais il ne l'est plus. Nous avons cessé de l'acheter.

De nouveau le silence, tandis qu'ils continuaient leur examen. Retraits de la Banco de España aux Bahamas, du Crédit Suisse à Zurich, sur des comptes multiples. L'Agence fait ça tout le temps, pensait Cassidy. Instiller chez un homme un amour de l'argent qui ne l'a jamais titillé avant, puis lui retirer sa source d'approvisionnement, ce qui l'oblige à en trouver une autre.

— L'argent de la cocaïne. Il vole son propre pays.

— Mais s'ils étaient tous les deux de la CIA, pourquoi Harburg a-t-il été tué ?

— Harburg était un comptable expérimenté. Il était là-bas pour ça : surveiller les flux d'argent qui transitaient au Balisario, essayer de déterminer ce qui provenait des Soviétiques ou des Cubains, et à qui c'était destiné.

La même idée leur vint simultanément à tous les trois. Roberto Garcia touchait-il de l'argent russe ? Avait-il cessé d'être un agent américain pour devenir un agent soviétique ? Ou peut-être avait-il toujours été les deux ?

— Comment Roberto Garcia a-t-il découvert que Harburg l'avait démasqué ?

— Trahison, dit Cassidy. Du latin *tradere*. Mettre au pouvoir de l'ennemi par traîtrise.

— On en apprend tous les jours, dans ce métier, remarqua Keefe.

Alison conduisit la voiture de la CIA le long de la montagne jusqu'au chalet avec la grande antenne. Il éteignit ses phares et entra dans la maison sans frapper. Kaska était installé devant son équipement avec un tournevis et des rouleaux de fil électrique sur le sol. Il leva les yeux lorsque Alison entra, puis se leva, toujours aussi impassible.

— Si j'avais su que vous veniez, j'aurais cuisiné un petit quelque chose. Mais j'ai un bon whisky irlandais.

Alison s'assit sur le siège le plus confortable, selon son habitude, jouant avec sa canne. Il accepta le whisky sans commentaire et en avala une toute petite gorgée.

— Nous fermons cette station la semaine prochaine, Kaska.

Il avala une nouvelle petite gorgée.

— Elle a rempli son office.

Encore une gorgée.

— Et elle ne va pas tarder à être grillée.

— Ah ! C'est toujours comme ça que ça se passe.

— Vous serez bien entendu réaffecté.

— Vous ne savez pas où ?

— Cela ne dépend pas de moi, mais du Directeur.

— Le Directeur se fie parfois à vos recommandations.

— Et que devrais-je lui recommander ?

Kaska rangeait ses outils dans leur boîte — le tournevis, les clés, les pinces.

— J'aimerais disparaître, dit-il précautionneusement. J'en ai assez.

Alison en eut le souffle coupé.

— Assez ? Vous, Kaska ?

Il ne concevait pas que quiconque puisse en avoir assez. C'était comme d'avoir assez d'argent. Il n'était pas possible d'en avoir jamais assez.

Kaska eut un léger sourire d'Européen.

— Regardez cet endroit. Regardez-le bien. Vous trouvez que c'est une vie ? J'ai passé mon existence dans des situations de ce genre. J'aimerais autre chose.

Il rangea sa boîte à outils sous une table encombrée de matériel électronique.

— Il s'agit peut-être d'un peu de lâcheté, Mr. Alison. Je me suis fait des ennemis qui veulent me mettre au rancart. Si je m'y mets moi-même...

Il eut un geste expressif.

— Serez-vous assez aimable pour en toucher un mot au Directeur ?

Alison eut un bref hochement de tête poli. Il

ouvrit sa magnifique serviette aux serrures dorées, et en sortit trois feuilles de désinformations en simple interligne.

— Ce seront les dernières. Elles devraient être en route pour demain après-midi. Le reste est passé ?

Kaska examinait les feuillets, dont le texte était en russe.

— C'est parti à destination de... quelqu'un. J'ai une confirmation de réception, mais est-ce le KGB ? Qui sait ? Si ce n'est pas le cas, de toute façon, ils interceptent — mais la réponse est bien entendu beaucoup plus longue à obtenir. Il faut franchir tous les obstacles de la bureaucratie — analyses, opérations, interprétation — enfin, vous êtes au courant. Vous aussi, vous avez droit à toutes ces bêtises.

Alison avait l'esprit ailleurs.

— Quelles sont les nouvelles du Balisario ?

— Ils seront là demain soir. 11 h 30. Quarante hommes, avec Roberto Garcia à leur tête.

— Roberto en personne ? Pourquoi ?

Kaska sourit.

— L'analyse, c'est votre rayon, pas le mien. Mais si vous voulez mon avis éclairé, je crois qu'il a reçu l'ordre de venir. Il me semble que Roberto n'aime pas vraiment les opérations sur le terrain.

— Une mission d'entraînement ! Il doit détester ça.

— Êtes-vous sûr qu'il s'agisse d'une mission d'entraînement ?

Alison se leva. Toute cette affaire dérapait. Il avait perdu le contrôle de la situation. Même l'Agence avait perdu le contrôle. Tout était entre les mains de ces cinglés à la Maison-Blanche.

— Je parlerai au Directeur de... cet autre sujet. Mais, à votre place, je ne serais pas trop optimiste.

— L'optimisme n'est pas un de mes vices, Mr. Alison, dit Kaska avec un sourire.

Il ramassa sa torche et escorta Alison le long du sentier. Ils passèrent devant la parabole, puis l'antenne. Ils approchaient de la voiture lorsqu'une silhouette surgit de derrière l'antenne et fonça dans la maison. Aucun des deux hommes ne la remarqua.

Ils bavardèrent un moment, puis Alison démarra et s'éloigna. Kaska retourna à la maison. Il ramassa les feuilles que lui avait remises Alison et les lut en se frottant l'oreille, impassible. Il fuma une cigarette, puis soupira. Au bout d'un moment, il régla l'émetteur sur le canal 122.11, inséra un rouleau de papier dans la machine, et se mit à taper en russe. La machine chiffrait automatiquement les informations et les expédiait à trente-cinq mille kilomètres au-dessus de l'équateur, où le satellite russe en orbite synchrone les transmettait à Moscou.

Il travaillait encore sur la première page, lentement et sans commettre d'erreur (car, bien entendu, ils étaient à l'écoute à Fort Meade), lorsque Armand sortit de la chambre à coucher juste derrière lui. Il était armé d'un 9 mm Walther dans la main droite, et se déplaçait doucement, si doucement que Kaska n'eut conscience de sa présence que lorsqu'il ne fut plus qu'à un mètre de lui. Il saisit son reflet dans le chrome de l'appareil et agit comme l'éclair. Il se laissa tomber sur le côté en se retournant, et sa main droite plongea dans le tiroir pour en ressortir avec le pistolet. Une tactique de défense longuement répétée.

Mais inutile.

Armand tenait le 9 mm dans la main droite.

— C'est moi qui l'ai, Kaska. J'ai pris la précaution de le retirer du tiroir. Je sais à quel point vous êtes prompt, et bon tireur.

Kaska, étendu sur le sol, leva les yeux sur lui.

— Oh, c'est vous, Armand. Vous m'avez fait peur.

Il se leva et épousseta son pantalon.

— Asseyez-vous sur la chaise, Kaska, en me tournant le dos. J'ai des choses à vous dire, et je ne tiens pas à ce que vous m'hypnotisiez avec votre regard slave. Je sais que c'est très grossier, et je m'en excuse, mais vous ne pouvez guère vous attendre à ce que je sois poli après ce que vous avez fait.

Kaska était assis, la tête baissée, tout le corps affaissé, les bras pendants le long du corps.

— Et qu'ai-je donc fait, exactement ?

— Vous m'avez trahi. Oh, je sais que c'est votre métier. C'est comme cela que vous gagnez votre vie. Vous avez trahi votre pays, mon pays, le Balisario. Mais *moi*, Kaska ? Moi, moi qui vous ai installé ici, qui me suis assis à vos pieds, me suis livré à votre charme slave, et vous ai aimé.

— Armand, Armand, que dites-vous ? protesta-t-il d'une voix basse et séductrice. Vous trahir ? Quelle bêtise !

La tête et le corps de plus en plus affaissés, les bras de plus en plus bas, la main se rapprochant millimètre par millimètre de la ranger où se trouvait le stylet.

— Vous avez expédié ces tueurs à l'appartement de Cassidy. Vous, Kaska, vous ! Personne d'autre ne savait que je me rendais là-bas. Que vous. Non, ne vous retournez pas. Je ne veux pas vous regarder. Je sais ce que vous pouvez faire avec ces yeux.

— Armand, Armand, protesta la voix avec des trémolos de sincérité. Vous êtes mon ami, mon protecteur ! Irais-je trahir mon protecteur ? Pourquoi ?...

Le mouvement intervint au milieu de la phrase, effaçant le temps. Kaska tournoya, le stylet à la main, jaillit de la chaise avec une force vertigineuse et enfonça la lame droit dans la poitrine d'Armand. Sous la violence du coup, celui-ci fut projeté en arrière comme une fusée, et au même instant, l'arme qu'il tenait à la main partit — blam ! — comme ça. Il n'avait pas consciemment appuyé sur la détente. C'était la force de la botte de Kaska qui avait actionné le pistolet.

Armand tituba en arrière jusqu'au mur, contre lequel il reprit son équilibre, la main sur la poitrine.

Kaska ouvrit la bouche, et le stylet tomba à ses pieds. Il eut un regard surpris, puis triste, et s'effondra comme un épouvantail désarticulé, le sang jaillissant du petit trou net exactement au milieu de sa poitrine. Il mourut sans même prononcer de dernières paroles.

Mou comme une chiffe, Armand ferma les yeux, le souffle court, comme s'il venait de courir. Il ouvrit quelques boutons de sa chemise, révélant en dessous le gilet kaki aux bretelles d'acier qui lui avait sauvé la vie, et frotta sa peau endolorie.

— Je suis désolé, dit-il, s'excusant comme toujours. C'était un accident.

Il eut un rire sans joie.

— C'est vous qui auriez dû gagner, Kaska. Vous êtes bien meilleur que moi au close combat. Quel mouvement ! Quelle rapidité ! Si je n'avais pas enfilé votre gilet pare-balles pendant que vous tapiez devant votre machine, cela aurait marché.

Se frottant toujours la poitrine sous le gilet kaki,

Armand s'assit sur la chaise de Kaska et contempla le visage du mort.

— Vous nous avez bien ridiculisés, n'est-ce pas, Kaska ? Vous avez mis au point le vol de vingt-six millions de dollars, et vous vous êtes servi de moi pour faire le sale boulot. J'ai même tué un homme, selon vos ordres. Tuer un homme avec son propre pistolet, quel raffinement. Vous vous êtes montré plus malin que Roberto, ce qui n'était pas une mince affaire, plus que moi — ce qui n'était pas difficile car je suis une poire. Vous vous êtes montré plus malin qu'Alison, et finalement plus malin que vous-même — c'est là l'ironie de la chose, et je regrette que vous ne soyez plus de ce monde pour l'apprécier. Si vous n'aviez pas eu ce magnifique réflexe d'expert, si vous ne m'aviez pas poignardé si fort que le coup en est parti tout seul, si vous n'aviez pas été prévoyant au point de disposer de ce fantastique gilet pare-balles — que j'ai bien l'intention de porter demain — je serais allongé là à votre place. Je suis incapable de tuer un professionnel tel que vous, Kaska. Mes frères, peut-être, mais pas moi. Votre intelligence a été l'instrument de votre propre perte. Très tchékhovien, ça. Dommage que vous ne soyez plus là pour... le savourer.

Armand demeura longtemps ainsi, à se frotter la poitrine en contemplant le frère qu'il s'était choisi et qu'il avait aimé. Enfin, il détourna le regard, et s'intéressa aux trois feuillets en russe. Il sortit le papier du rouleau et inséra une nouvelle feuille. Il fouilla le bureau à la recherche des codes et de la fréquence d'émission. Ils ne s'y trouvaient pas. Il passa lentement en revue la chambre, car il avait tout son temps. Il trouva finalement ce qu'il cherchait dans la poche de poitrine de la chemise du cadavre.

Code et fréquence.

Il régla l'émetteur sur le bon canal, le bon chiffre, et tapa en clair :

URGENT À ROBERTO GARCIA APRÈS BIVOUAC SOLDATS SHOTOVER RETROUVEZ-MOI CHEZ KASKA 00 H 30 JE RÉPÈTE 00 H 30.

Il signa Victor.

16

Dans le Bureau Ovale, le Grand Visage Pâle était assis à la table de chêne, son fameux sourire un peu de guingois car il détestait écouter. Harriet Van Fleet le dominait (il était toujours préférable de se tenir debout lorsqu'on s'adressait à lui), tentant de le convaincre de sa voix de soprano blindé, comme disait William Safire, de l'absolue nécessité du secret.

— Le Directeur sera là dans un instant, et il vous pressera de lui donner ne serait-ce qu'un mémorandum. Ne le faites pas. Vous devez donner des instructions verbales. Il ne doit exister aucune trace écrite. On ne doit en aucun cas pouvoir remonter jusqu'ici.

— Vous connaissez celle du Juif et des trois Polonais ? demanda le Président.

— Oui.

Elle s'empressa avant que son attention ne s'évanouisse.

— Leur mission consiste à...

— Je connais l'objet de leur mission, dit-il d'un ton engageant. Vous me l'avez déjà expliqué deux fois. Ils doivent interrompre les communications au Nicaragua. Ils ont subi un entraînement supérieur de nos meilleurs experts en électronique sur notre matériel le plus sophistiqué. Vous croyez que je n'écoute pas, mais c'est faux.

Harriet Van Fleet brancha son sourire de commande, qui avait toujours l'air de la faire souffrir.

Elle serre les dents quand elle sourit, disaient les journalistes.

— C'est plus compliqué que cela. Ils ont une mission secondaire, qui consiste à retrouver de l'argent qui leur a été dérobé lors de leur dernier voyage. Beaucoup d'argent — vingt-six millions de dollars.

— Par saint Jehoshaphat ! s'exclama le Président, le dernier homme au monde à utiliser cette expression, qui remontait à son enfance au Nebraska. Vingt-six millions ! En *liquide* !

— Il devait servir à payer du matériel très onéreux. Du liquide pour qu'on ne puisse en retrouver la trace. La solde des hommes. Les frais. Si cette somme était définitivement perdue, nous serions obligés de la leur remplacer en puisant dans les fonds de la CIA destinés aux imprévus, et ceux-ci peuvent faire l'objet d'un examen du Comité de Surveillance du Congrès. Nous n'y tenons pas vraiment, n'est-ce pas ?

— Nous devrions les aider. Appeler Pete Ross au FBI...

— Non ! Non ! intervint Harriet Van Fleet en posant la main sur le combiné.

Le Président au téléphone était un danger public.

— Le meilleur service que nous puissions leur rendre, c'est de ne pas nous en mêler. Ces gens savent qui leur a volé l'argent, et ils pensent savoir où il se trouve. On nous demande de ne rien faire, ce qui, vous l'avouerez, est dans la grande tradition des gouvernements républicains. C'est ce que nous faisons de mieux, ce que nous avons toujours fait de mieux, et avec beaucoup de panache — rien. Vous-même avez toujours dit que l'art de gouverner est l'art de s'abstenir.

— Très bien dit, si je puis me permettre. Ça me rappelle celle du Hongrois, de l'Indien et du Juif. Ils volent à trente mille pieds, et...

Cette fois-ci, il n'y avait plus moyen de l'arrêter.

Le campement était désert, et les soldats l'avaient laissé parfaitement rangé. Les portes des tentes étaient baissées, les planchers de bois balayés et les poêles nettoyés. Les matelas étaient roulés et noués aux extrémités des sommiers de fer.

— Et je dois retrouver ça dans le noir, espèce de vieille carne ? demanda Keefe. La nuit a intérêt à être claire.

— Il y aura beaucoup de lumière : quarante soldats en train de s'installer, bon sang ! Il y a l'électricité dans toutes les tentes. Tu n'as qu'à suivre la piste, qui est très large...

— Sans lumière.

— Il y aura les étoiles, ce sera suffisant. Fais attention de ne pas rater le virage.

Cassidy avait pratiqué une grande entaille blanche dans l'arbre pour marquer le virage à quatre-vingt-dix degrés là où les sentiers se croisaient.

— Ensuite, tu n'as qu'à suivre ton nez.

— Et quand j'arrive là-bas ?

— Tu montres le campement au lieutenant Fletcher et tu t'en vas sur la pointe des pieds.

— Et je laisse les petits hommes bruns à la merci de quarante flics new-yorkais qui s'installeront pour faire un brin de causette avec eux, et leur dire à quel point c'est mal de tuer onze flics. Après leur avoir lu leurs droits, bien sûr.

Cassidy grogna. Lui non plus n'aimait pas trop ça.

— Je ne suis pas sûr que ce soit aussi simple. Il s'agit de soldats entraînés, armés de mitraillettes, de bazookas, de roquettes et Dieu sait quoi d'autre encore. Je conduis peut-être les agneaux à l'abattoir. Il faudra se débarrasser des gardes, aussi. Le travail ne sera pas facile. Et puis, Roberto Garcia est peut-être le pire des salopards, mais ce n'est pas un imbécile.

— Et comment vais-je transporter quarante hommes de la route principale jusqu'ici ?

— Ah, ça, c'est le plus beau, dit Cassidy dont le visage se plissa en un sourire malicieux. Tu vas adorer ça...

Roberto Garcia était dans son bureau. Il entoura les câbles avec les pinces autour du rhéostat et de son cadran qui indiquait la quantité d'électricité fournie, plaça soigneusement l'équipement dans la boîte en bois et tenta de fermer les serrures. En vain.

Arguello entra à ce moment, le message à la main.

— *Urgente*, dit-il.

— Aide-moi, Arguello. Ça ne ferme pas.

Celui-ci fit claquer les serrures et souleva la lourde caisse, qu'il apporta au jardinier qui l'attendait à la porte.

— Mets-la dans la voiture et fais attention. C'est très fragile, dit Roberto, qui s'inquiétait toujours beaucoup de ses instruments de torture, comme un chirurgien de ses scalpels.

— Vous l'emportez ? demanda Arguello, surpris.

Roberto ne répondit pas. Il lui prit des mains le message et lut : URGENT À ROBERTO GARCIA APRÈS BIVOUAC SOLDATS SHOTOVER RETROUVEZ-MOI CHEZ KASKA 00 H 30 JE RÉPÈTE 00 H 30 VICTOR.

Roberto eut un sourire sceptique.

— Je veux que les hommes soient en forme — toi aussi, Arguello. Retourne aux baraquements et donne l'ordre d'extinction des feux. Ils pourront aussi dormir dans l'avion, parce qu'ils n'en auront pas l'occasion en Virginie. La nuit sera longue.

Après le départ d'Arguello, Roberto s'installa avec *Cent ans de solitude*, qu'il avait déjà lu à plusieurs reprises. Il l'ouvrit à la fin, la toute fin, lorsque la prophétie culmine dans son ironie finale. Il adorait la fin. Mort et dissolution. Que c'était beau ! Rien ne faisait mieux bouillir le sang dans les veines que la mort et la dissolution.

La matinée était déjà bien entamée. Les quatre chevaux traversaient de nouveau les bois, vers le sommet cette fois-ci, et Cassidy tentait de reconnaître le terrain. Dans l'obscurité, ce serait une autre affaire. Lucia menait, sur Ariel, le fougueux poney bai. Cassidy suivait sur Sandpiper, Keefe sur le placide Prince Noir, et Rattigan sur Peppermint. Le soleil ruisselait sur les feuilles des arbres. C'était le jardin d'Éden dans son innocence originelle.

Pas assez de temps, pensait Cassidy. Jamais assez de temps.

— Quel est le plan, capitaine ? demanda Keefe.

— On l'attache à un arbre, grogna Cassidy. On le met hors d'état de nuire. Il se débrouillerait pour se faire tuer.

Ils mirent pied à terre à une centaine de mètres de la maison de sorcière, et laissèrent les chevaux à la garde de Lucia. Les trois hommes se rapprochèrent de trois points différents, progressant d'arbre en arbre. Cassidy s'attribua la porte d'entrée, qui pendait, ouverte.

Il tenta de ne pas faire de bruit, mais c'était inutile. L'escalier de guingois craquait horriblement — assez pour réveiller un mort. Se dissimuler ne servait à rien, aussi Cassidy se précipita-t-il dans l'escalier et se jeta-t-il contre la porte. Celle-ci s'ouvrit sans mal, et il faillit s'étaler.

C'était une grande chambre vide aux fenêtres basses, d'où il apercevait Keefe se glisser d'arbre en arbre. Dans un coin, un lit de camp avec des couvertures de l'armée. De l'autre côté se trouvait une tringle en fer, à laquelle étaient suspendus des habits — de vieux vêtements, un costume neuf, des chemises, tous sur des cintres. Cassidy fit signe à Keefe de monter et fouilla le costume. Il trouva à l'intérieur le portefeuille d'Armand, bourré de billets de cent dollars.

Keefe entra tandis qu'il comptait les billets.

— Mille deux cents dollars en liquide. Ils lui ont pris tout son argent à l'hôpital de la CIA. Il a une autre source d'approvisionnement.

— Et où sont-ils tous ?

— Tous ne sont pas là, répliqua Cassidy, qui examinait le rebord de la fenêtre.

Une petite poêle dans laquelle il restait encore un peu de bacon était posée là avec un petit réchaud à alcool, ainsi que des restes de tomate, un cœur de laitue et un pot de mayonnaise. Sur le sol, une carafe d'eau.

Cassidy ramassa le réchaud à alcool, qui portait une inscription : « Les Boy-Scouts d'Amérique. »

— On dirait un truc vieux de trente ans. Aujourd'hui, les boy-scouts ont un équipement bien supérieur. Je pense qu'il a gardé ça ici depuis des années.

— Tu crois que c'est sa cachette favorite ?

— Je crois qu'il en a beaucoup, de cachettes favorites. C'est bien ça notre problème. Vingt-sept mille acres, c'est un grand bac à sable, pour un petit garçon.

A l'écurie, Joseph eut un sourire édenté, visiblement ravi.

— Miz Shotover m'a dit de vous donner ce que vous vouliez. Je serai heureux de vous aider.

— Quarante-deux hommes. Vous croyez que c'est possible ?

Le sourire de Joseph s'évanouit.

— Ouaouh ! Quarante-deux ! Ça, je n'en sais rien !

— Ils n'ont pas besoin d'être bien installés. Je me fiche pas mal qu'ils soient obligés de se suspendre au marchepied. Allons faire le compte.

Ils se rendirent dans la remise, passant chaque voiture en revue. La diligence de Douvres était la plus grosse, avec trois rangées de banquettes, y compris celle du cocher, sur le toit. Six personnes pouvaient tenir sur les deux banquettes arrière sur le toit, trois sur le siège du cocher, et six à l'intérieur, ce qui faisait quinze. La voiture de cirque pouvait contenir sept personnes bien tassées. Sur le brougham, Cassidy espérait que trois personnes tiendraient sur le siège du cocher, trois autres sur le siège du valet de pied à l'arrière, s'ils se cramponnaient les uns aux autres, et encore six autres à l'intérieur. On arrivait ainsi à trente-quatre, ce qui signifiait qu'il faudrait en caser huit autres dans le cabriolet irlandais, qui devraient se tenir debout et se cramponner d'une façon ou d'une autre.

Joseph doutait infiniment du succès de l'opération.

— Ce sera l'enfer pour les chevaux. Et encore pire pour les cochers, de conduire à travers ces bois sans lumières.

— Mais tout de même mieux que d'essayer de conduire une voiture sans phares.

— Qui va conduire ?

— D'abord, vous, Joseph. La diligence de Douvres, d'accord ?

Joseph sourit.

— Je ferais mieux de prendre la tête, je connais bien ces bois. Qui mènera les autres voitures ?

— Je prendrai le brougham et Keefe la voiture de cirque. Il a conduit des attelages de deux en Irlande.

Joseph hocha la tête.

— Vous avez déjà conduit des attelages de quatre, professeur ?

— J'ai conduit à deux chevaux quand j'étais enfant, pour le travail de la ferme. Je crois qu'il est grand temps que je passe à quatre.

Joseph se récria encore plus.

— Ce sont des chevaux très vieux, calmes et expérimentés que nous avons là, mais ce ne sera quand même pas facile. Quand vous faites une bêtise avec quatre chevaux, vous vous retrouvez dans un sacré fouillis. Qui va conduire le cabriolet irlandais ?

— J'ai une idée. Je vous en parlerai plus tard. Nous avons assez de chevaux pour tout ça ?

— On a des chevaux à ne plus savoir qu'en faire.

— Vous allez devoir tous les harnacher.

Joseph gloussa.

— Je serai ravi, professeur. Ça fait des années

que je garde tout ça en parfait état. Ça me fait plaisir de voir que ça va servir.

Cassidy regagna la maison par-derrière avec prudence. Il ne tenait pas à tomber sur Alison. Mais, en atteignant le coin nord-est par le sentier orné de massifs d'hortensias, il tomba en arrêt devant la fenêtre de la bibliothèque. Alison et Anne Falk se détachaient devant le chambranle, plongés dans une vive discussion. Des larmes brillaient sur les joues d'Anne, mais c'étaient des larmes de colère, et les lèvres d'Alison étaient serrées en une moue qu'il connaissait bien. Il aurait donné beaucoup pour entendre la conversation, mais il n'avait pas sur lui son matériel d'écoute à distance. Il se baissa, passa sous la fenêtre à travers les hortensias, puis courut à toute vitesse à l'extrémité de la demeure, où se trouvait la véranda, qui disposait d'une entrée extérieure.

Amanda Shotover regardait la télévision d'un air railleur, mais sans manquer une syllabe de son feuilleton. Cassidy la souleva de son siège d'un geste décisif, éteignit la télévision, et la poussa hors de la pièce dans le jardin.

Elle n'apprécia guère.

— Professeur ! s'exclama-t-elle, outrée.

— Je suis désolé, Amanda, mais j'ai besoin de votre aide, et je ne pouvais pas courir le risque d'être surpris par Alison.

— Vous n'avez pas à porter de jugement, disait Alison dans la bibliothèque. Vous ne savez pas ce qui est en jeu ici, et je ne vous le dirai pas. D'ailleurs, moi-même, j'ignore beaucoup de choses. Ceci est du ressort des plus hautes sphères politiques, et remonte jusqu'au Bureau Ovale.

— Eh bien, je ne vous aiderai plus jamais, ni vous ni le Bureau Ovale, répliqua Anne Falk d'un ton virulent. Je vous ai beaucoup aidé la dernière fois, contre mon gré, et je ne me le pardonnerai jamais. C'est un enfant, Hugh ! Vous l'avez emberlificoté dans cette folie, et maintenant, vous vous étonnez de ce qu'il y joue son propre rôle.

— J'essaie de lui sauver la vie. Vous ne savez pas à quel point Roberto Garcia est dangereux...

— Oh si, je le sais. Et Armand aussi. Roberto et *vous* le terrifiez. Voilà pourquoi il s'est enfui. Vous lui faites peur tous les deux, et je ne le trahirai pas une seconde fois.

— Vous pensez pouvoir l'épouser, mais s'il est mort, il ne vous restera plus grand-chose à épouser. S'il nous disait où se trouve l'argent...

— Je le lui ai demandé. Il s'est contenté de rire. Il ne me le dira pas, pas plus qu'à vous.

— Nous pouvons le découvrir. Nous étions sur le point de le découvrir quand il est passé par la fenêtre.

— Je sais, vous l'avez drogué. C'est pour ça qu'il est dans cet état — la drogue. Il est complètement speedé ! Il plane ! Et je crois qu'il en a encore sous la main, qu'il a prise à l'hôpital.

Elle se remit à pleurer, se détestant pour cela, mais incapable de s'en empêcher.

— D'abord, vous le faites jouer au soldat, et maintenant, vous le transformez en drogué !

— Anne ! Anne ! protesta Alison, horrifié. Arrêtez ! Vous nous faites passer pour des monstres.

— Mais vous êtes des monstres !

Elle se tapota le visage de son mouchoir.

— Vous voulez que je vous dise, je ne sais pas où il est. Je lui apporté de la nourriture hier soir, j'y suis retournée ce matin, et il n'était plus là. Je ne crois pas qu'il soit rentré hier soir. Il se trouve ailleurs — quelque part sur les vingt-sept mille acres, et je ne peux pas le trouver.

— Eh bien dans ce cas, Roberto non plus.

— Oh, ne comptez pas là-dessus, dit-elle avec violence. Armand va se mettrc à la rcchcrche de Roberto pour le tuer. Il me l'a dit lui-même. Et dans l'état où il est, il est bien capable d'essayer.

— Oh, mon Dieu...

Cassidy pénétra dans la gare routière par l'entrée de Water Street, marcha droit au kiosque à journaux sans regarder ni à droite ni à gauche (bien qu'il ait aperçu du coin de l'œil Fletcher qui buvait un Coca au comptoir du bar), acheta le *Washington Post* en prenant son temps pour que les hommes puissent ramasser leur barda, puis ressortit par l'entrée de Main Street, sans regarder en arrière.

Sans en avoir l'air, il tenta de les compter grosso modo. Il n'y en avait sûrement pas quarante. Des hommes en jeans et en chemises à carreaux. En pantalons kaki, en chemises de travail, ramassant leurs journaux, leurs bagages, se mettant en route à sa suite sans avoir l'air liés à lui en aucune façon.

Le reflet de deux Noirs dans la porte vitrée, et par Jupiter ! une femme ! *Deux* femmes !

Ils sortaient de la gare routière par les deux issues — celle de Main Street et celle de Water Street, par groupes de deux ou trois.

Cassidy descendit Main Street, haletant sans raison. Pourquoi ai-je mis ça en branle ? Lorsqu'on avait annoncé Hiroshima à Einstein, le vieil homme s'était plaint au ciel en un gémissement : « On ne devrait jamais rien entreprendre ! » Les actions d'un homme lui échappaient, se retrouvaient transformées en quelque chose de glacial et démoniaque. L'inaction, voilà la solution. Un jour, quand j'aurai le temps...

Il dépassa la Toyota de Shotover Hall, le Bronco, le semi-Chevy. On avait donné aux hommes les numéros d'immatriculation, et les clés se trouvaient sur le plancher. Deux blocs plus loin, Cassidy grimpa dans le pick-up Ford et attendit. Il surveilla dans le rétroviseur les hommes qui s'entassaient dans les autres véhicules, certains dans les cabines, les autres sur les plateaux ouverts des camions. Les deux femmes étaient assises à l'arrière du pick-up Chevy, adossées à la cabine.

Il entendit des hommes grimper dans son propre camion, piétiner le plateau. Fletcher monta dans la cabine à côté de lui et dit :

— Allez-y.

— Vous êtes sûr qu'ils y sont tous ?

— Ouais.

Cassidy démarra et descendit Main Street en conduisant lentement. Il dépassa Rexall Drugs, Elmer's Pipe Shoppe (qui vendait des journaux, des T-shirts, des boîtes de conserve, du pain, de la viande froide et à peu près n'importe quoi sauf des pipes), et Telford's Garage, tout en surveillant dans le rétroviseur que les autres véhicules le suivaient.

— Je n'ai pas eu l'impression qu'il y avait là quarante bonshommes.

— Je n'ai pas pu faire mieux que trente et un. Les hommes ont pris leurs jours de congé, payé ça de leur poche.

— Et deux femmes !

— Il y a des femmes dans la police, maintenant. L'une d'elles est la veuve d'un des flics tués. L'autre est son amie. Elles cherchent une occasion de tuer un Latinos...

Mais qu'ai-je fait ? Ce qui est fait ne peut être

défait. Lady Macbeth. Un personnage très fort, lady Macbeth. Et une femme, aussi.

Le visage adolescent du mort dans le jardin de Roberto Garcia lui revint à l'esprit. Très jeune. Et très mort.

— Ces deux femmes sont capables de te faire sauter les oreilles à coups de flingue, Cassidy.

Fletcher assoiffé de sang. Les rôles se sont inversés, pensa Cassidy avec tristesse. C'est lui qui renâclait, et moi qui poussais à l'action.

De mauve, la lumière devenait pourpre. Les trottoirs disparurent, et ils se retrouvèrent à l'extérieur de Marietta, en pleine campagne. La nuit tombait très vite. Les phares s'allumèrent progressivement les uns après les autres derrière le pick-up Ford. Cassidy s'engagea sur la route non signalée récente qui s'enfonçait dans le domaine de Shotover Hall, et qu'il avait découverte ce jour avec Anne Falk. Il conduisit lentement sur le chemin de terre pendant environ un kilomètre, puis il se gara, suivi de près par les camions, dans une petite clairière au milieu des arbres, et coupa le contact.

— A partir d'ici, ça devient plus difficile, annonça-t-il.

17

— Appelez-moi simplement Pasionaria, dit-elle avec un gloussement de rire.

C'était une grosse femme aux cheveux noirs avec un visage épais et un regard joyeux.

— Depuis l'âge de dix-huit ans, elle rêve que quelqu'un l'appelle comme ça. Elle lit trop, commenta sa compagne, mince et frêle, de type italien.

Pasionaria était la veuve du pilote de l'hélicoptère tué dans le massacre de New York.

— On s'entendait pas si bien que ça, lui et moi, avoua-t-elle franchement à Cassidy. Mais c'était mon mari, et ces salopards l'ont descendu. Je suis là pour me venger. C'est le moins que je puisse faire pour ce pauvre type.

— Je vois.

La vengeance est mienne, dit le Seigneur, pensa Cassidy, qui ne croyait pas au Seigneur. Remportez-la, votre vengeance. Je n'en veux pas.

— Appelez-moi Anna, qui n'est pas mon vrai nom, dit la femme au type italien.

Aucun d'eux ne tenait à afficher sa véritable identité.

— Nous sommes ici *ex officio*, dit un des Noirs,

qui cinglait les buissons de petits coups de canne de bambou avec un sifflement méchant.

— Il peut faire des trucs vicieux, avec ce truc, dit son copain noir. Montre-lui, Snoops.

Celui-ci fendit l'air de sa canne, et trancha d'un coup à la racine un épais buisson.

— Humm, fit Cassidy dans un souffle.

Snoops lui montra le rasoir monté sur la canne, et le reflet du feu sur son visage noir illuminait ses méplats et faisait briller ses dents blanches.

Frappant du poing sur le capot du Ford, Cassidy rassembla tout le monde. A cet instant, il aurait pu dire : Rentrez chez vous. C'est une folie. Une horreur insensée.

Au lieu de cela, il dit :

— Combien d'entre vous ont eu l'expérience du combat, ou sinon, un entraînement militaire ? Levez la main.

Il récolta trois ex-caporaux et un ex-sergent, et les confia à Fletcher. Celui-ci divisa les troupes en cinq équipes, plaça un de ses sous-offs à la tête de chacune d'elles, et lui à la tête du dernier.

— Il y aura des gardes. Nous devons d'abord nous débarrasser d'eux. Ce ne sera pas facile dans l'obscurité. Cassidy, tu m'as promis un ciel étoilé. Où est-il ?

Cassidy grogna. La nuit noire était un mauvais présage. Elle rendrait tout beaucoup plus difficile.

Fletcher séparait maintenant physiquement les équipes, pour qu'elles apprennent à mieux se connaître. Les deux femmes insistèrent pour se trouver dans le même groupe, ainsi que les deux Noirs. Les autres avaient tous des surnoms — Scipion, Peanut, Pool Hall, Dugan. Les plaisanteries et les bons mots volèrent. Il régnait chez tous ces gens une jovialité qui glaça Cassidy jusqu'à l'os.

— Les armes, maintenant, dit-il doucement à Fletcher. Qu'est-ce que vous avez ?

— Tout le monde a son arme de service. La plupart d'entre eux ont également des crans d'arrêt pour le combat rapproché.

— Eux, ils auront des bazookas, des mortiers, des armes automatiques.

— On fera en sorte qu'ils ne les utilisent pas.

— C'est cela. Veillez-y.

— On fait des prisonniers ? demanda Pasionaria.

— Non, dit Fletcher, pas de quartier.

Un hurlement de rire s'éleva de la foule.

— Ça, c'est un « non » ou je ne m'y connais pas, remarqua Snoops. C'est l'Abominable Homme des « Non », le lieutenant.

— Un peu moins de bruit, intima Fletcher, pâle dans la lumière.

Keefe pénétra dans la clairière, monté sur Prince Noir, et suivi de Rattigan sur Peppermint.

— On voit ce feu à plus de deux kilomètres. Vous croyez que c'est une bonne idée ?

— On s'organise. On l'éteindra le moment venu. Où est Lucia ?

— De retour au chalet, comme tu le voulais.

Ce n'était pas ce qu'il voulait, mais il avait dû s'en contenter. Il ne pouvait pas ramener Lucia à la demeure principale, maintenant qu'Amanda Shotover participait à l'opération. Il ne pouvait la confier à personne, là-bas. Alison était persuadé qu'elle était rentrée à New York, et Anne Falk était l'agent d'Alison.

Fletcher dessinait un plan du campement dans la poussière sur le pare-brise arrière du Ford.

— Les tentes sont alignées de là à là, dit-il en soulignant de son doigt. Il y en a vingt-deux, mais ils n'en utiliseront probablement que six, ces six-là... Et les gardes devraient se trouver là, là, là, et là. Nous arriverons par le sud, comme ça...

— Nous ne devons pas nous approcher à moins de cinq cents mètres de tout ça, dit Cassidy à Keefe à voix basse. Nous conduisons les voitures, et nous les larguons.

— Il faut bien les reconduire.

— Je suppose.

Cassidy consulta sa montre. 21 h 12.

— On a intérêt à se mettre en route.

Il grimpa derrière Keefe sur Prince Noir, ce qui provoqua des huées de la part des flics.

— *Un homme est passé*, gloussa quelqu'un dans l'obscurité. On se croirait dans un western.

La remarque provoqua l'hilarité générale. L'hystérie était proche, et un peu de peur s'y mêlait peut-être.

Plusieurs des hommes réunis autour du feu passaient une bouteille de whisky à la ronde.

— Ça suffit, intima Fletcher d'un ton sec. Nous avons besoin de garder la tête froide. Vous pourrez boire après.

Il y eut des grognements de protestation. Fletcher leur gâchait leur virée. Car c'était de cela qu'il s'agissait. Une virée. Une virée meurtrière.

Dans la cour des écuries, Amanda Shotover, vêtue d'un pantalon de laine noir et d'un pull noir, bouclait les harnais de la diligence tandis que Joseph maintenait les chevaux.

— Vous êtes trop vieille pour ce genre de choses, la gronda-t-il.

— Et vous aussi, rétorqua-t-elle. Tenez ce cheval !

La voiture verte et dorée rutilait dans la pénombre, et ses lanternes de cuivre brillaient.

— Joseph, avez-vous vu Armand ?

— Il est venu chercher son cheval, Leatherstocking. Il y a deux jours. Je ne l'ai pas revu depuis. Je ne sais pas comment il le nourrit. Bien sûr, il y a tout ce qu'il faut comme herbe, mais le soir, il aime bien un peu de grain, ce cheval-là.

— Pourquoi ne me l'avez-vous pas dit, Joseph ?

— Il m'a dit de pas le faire, Miz Shotover. De le dire à personne.

C'était Armand qui payait les factures et engendrait la loyauté.

— Où croyez-vous qu'il soit, Joseph ?

— Quelque part dans le domaine, Miz Shotover. Vous connaissez Armand. Il pourrait être n'importe où, dans un de ces chalets qu'il aime tellement. Plus ils sont en ruine, plus il les aime. Il n'est jamais vraiment devenu adulte, Miz Shotover.

— C'est une accusation, Joseph ?

— Non, m'dame. C'est pas de votre faute. Les autres ont grandi. Pas lui.

Lorsque Cassidy et Keefe sortirent de l'obscurité sur Prince Noir, la diligence était attelée aux quatre Morgan, qui attendaient tranquillement, comme des Morgan. Joseph finissait d'atteler une paire de bais au cabriolet irlandais.

— Nous sommes un peu en retard, dit Cassidy. Allons-y.

— Je vais conduire le brougham, professeur, intervint sèchement Amanda Shotover. J'ai déjà mené des attelages à quatre chevaux, pas vous. Vous prendrez le cabriolet. Joseph, vous passez devant, et je vous suis. Professeur, vous venez ensuite, et Mr. Keefe peut conduire la voiture de cirque en dernier.

Comme d'habitude, elle prenait les choses en main.

— Oui, m'dame, obtempéra Cassidy en grimpant sur le siège du cocher du cabriolet irlandais.

Étendue dans son sac de couchage près du poêle à bois, Lucia lisait à la chandelle *Le Retour de l'étalon noir* (bientôt, un grand film en couleurs sur nos écrans), totalement absorbée. « Les chevaux bondirent tous ensemble. Alec entendit les cris des Bédouins, tandis que l'étalon noir filait comme l'éclair. Puis il n'entendit plus rien que le grondement des sabots ; il ne sentit plus rien que la puissance des grands muscles entre ses jambes ; il ne vit plus rien que la terre défilant sous lui en longues vagues... »

L'étalon noir finirait par gagner, parce qu'il gagnait toujours, ce qui était réconfortant pour la petite fille de treize ans. Elle n'était pas encore prête pour la défaite. Les livres, c'était fait pour gagner.

On frappa d'abord doucement à la porte, presque en s'excusant, puis les coups s'enhardirent, et lorsqu'ils atteignirent enfin le cerveau de Lucia absorbé par l'étalon noir, ils lui flanquèrent une frousse bleue. Elle demeura immobile, les yeux ronds comme des soucoupes. Puis elle entendit la voix :

— Armand !

Elle connaissait cette voix. Lucia se sortit de son sac de couchage et ouvrit la porte. Anne Falk se tenait là dans la pénombre, tirée à quatre épingles, comme toujours, vêtue de jodhpurs, de bottes, d'une veste et d'une bombe d'équitation, comme si elle venait d'une chasse à courre.

Lucia eut un gloussement nerveux, et la serra dans ses bras.

— Anne ! Je ne dois rien vous dire. Je ne dois

même pas vous parler, mais je peux vous embrasser, dit-elle en recommençant.

Anne se dégagea.

— Je croyais que tu étais rentrée à New York.

— Je ne suis pas à New York, je suis là. Entrez ! Entrez ! Vous voulez du thé ? Du café ? On le fait sur le poêle à bois, c'est très romantique. Ne me demandez pas ce que nous faisons ici, parce que je ne suis pas censée vous le dire, et puis de toute façon, je ne sais pas ce que nous faisons ici. On m'a laissée là pendant que les hommes sont partis faire ce qu'ils avaient à faire, et je suis là toute seule, et je m'ennuie, et j'ai peur, et je suis bien contente de vous voir et j'espère que vous allez rester et me tenir compagnie. Et *vous*, qu'est-ce que vous faites là ?

Tout ça d'un seul trait.

Anne Falk retira sa bombe et s'assit sur l'une des quatre chaises autour de la table. Elle compta les tasses : quatre. Elle passa ses doigts dans ses cheveux et sourit enfin à Lucia, qui tournait autour d'elle d'un air inquiet.

— Je cherche Armand, dit-elle. Mais je ne sais pas ce que j'en ferais si je le trouvais.

Elle examina autour d'elle les sacoches de cuir, la pile de bagages, sans que rien ne lui échappe.

— C'est une de ses retraites favorites. Tu ne l'as pas vu ?

— Je ne reconnaîtrais pas Armand si je le voyais. Je ne l'ai jamais vu. J'ai seulement entendu parler de lui, et très peu. Papa considère que ce n'est pas un sujet convenable pour moi.

— Oh ! mais je crois que si. Émotionnellement, il a à peu près ton âge. Il est même peut-être plus jeune. Il adorait ton père.

— Papa dit qu'il ne le connaît pas. Qu'il ne

l'avait jamais rencontré avant qu'il ne déboule chez nous avec une arme.

— Il connaissait ton père sans l'avoir jamais rencontré. Il avait lu son dossier, tu comprends. Celui de ton père est très long et très... émouvant. Du moins pour Armand. Il s'est ensuivi un peu de culte du héros.

— Papa le sait ?

— Si ce n'est pas le cas, il devrait. Cela explique beaucoup de choses.

Un doux gémissement s'interposa.

— Faun, devina Lucia.

— Comment crois-tu que je sois venue ? A pied ? Il fait noir comme dans un four, dehors. Je n'aurais jamais trouvé cet endroit s'il n'y avait pas eu la lueur de la bougie. Je la voyais à trois cents mètres de distance.

Un nouveau gémissement, provenant d'un autre cheval, cette fois-ci.

— Ariel, devina Anne Falk. Tu as Ariel.

Puis elles entendirent le jet. A dire vrai, le bruit avait commencé à résonner un peu plus tôt, mais il avait mis un certain temps à attirer leur attention, tant elles étaient concentrées l'une sur l'autre. Le grondement de l'avion, bas et proche, surmontait maintenant toute réflexion.

— Bon sang, on dirait qu'il va atterrir ! cria Lucia.

Le jet passa juste au-dessus de leurs têtes en direction de l'ouest, et le bruit s'évanouit.

— Cassidy est fou de te laisser ici toute seule, remarqua Anne avec colère. Il ne sait pas à quel point Roberto est dangereux.

— Qui est Roberto ?

— Aucune importance. Viens. Je monte au chalet de Kaska. Armand y est peut-être.

— Ouah, génial ! couina Lucia. Une promenade à cheval la nuit dans les bois ! Papa va être furieux, mais il n'a pas besoin de le savoir, hein ?

Fletcher avait énoncé les règles. Pas de cigarettes. Pas de lumière. Pas d'alcool et très peu de parlote. Joseph avait graissé les roucs des voitures, qui se déplaçaient quasiment sans un bruit, à l'exception du doux clopinement des chevaux sur le chemin de terre. Guidés par les encouragements à voix basse de Joseph, perché sur le siège du cocher de la diligence de Douvres, les chevaux se frayaient un chemin dans l'obscurité.

— Je vois pas à quoi ça sert, ces trucs, alors qu'on avait tous ces chouettes camions, dit à l'intérieur de la voiture le Noir baptisé Snoops à son ami, qui s'appelait Elf.

— Tu as déjà essayé de conduire un camion sans phares à cinq à l'heure la nuit dans les bois ? lui rétorqua celui-ci. C'est impossible.

Assise de côté dans le cabriolet irlandais, Pasionaria tenait fermement la main de son amie, parcourue de frissons dans la nuit tiède, et pensait à son défunt mari. Je suis plus proche de ce salaud mort que vivant, se dit-elle. On aurait dit qu'il planait au-dessus d'elle, et l'encourageait à avancer. C'est bien la première fois qu'il est d'accord avec ce que je fais.

Les cinq kilomètres de chemin sinueux à travers les bois noirs à cinq à l'heure parurent durer une éternité. Au cours du dernier quart d'heure, Fletcher intima le silence.

— On approche. Plus un mot.

Dans le silence, ils entendirent le grincement de l'avion qui se préparait à atterrir à quelques kilomètres de là, et même de l'intérieur de la voiture, on voyait ses feux.

Joseph tira sur les rênes, et les autres firent halte derrière lui, chaque attelage touchant presque l'arrière du véhicule qui le précédait.

— Tout le monde descend, chuchota Fletcher. Scipion, tu prends ton équipe et vous vous déployez sur la gauche. Toi, Dugan, sur la droite. Georgio, tu suis Dugan. Mon équipe, avec moi, droit devant. Vous tous, avancez d'environ cinquante mètres, puis tous à terre jusqu'à ce que je donne le signal, et l'attente sera longue, avant qu'ils soient couchés, toutes lumières éteintes.

Armand laissait paître Leatherstocking derrière la vieille bicoque de Welch, mais le tenait au licol, car le cheval avait déjà fait des fugues, et il aurait été incapable de le retrouver dans ces bois, et en tout cas pas cette nuit. Il parlait doucement à l'animal.

— Je sais ! Je sais ! Je t'ai encore privé de dîner, mais demain, ce sera fini. Je te promets le dîner et le petit déjeuner. Quatre boîtes de picotin et une boîte de Calf Manna. Ça, ça va te plaire, hein ?

Il attacha la longe court pour empêcher le cheval de s'emmêler dedans et rentra dans le chalet.

Il avait relevé Kaska et l'avait assis dans un fauteuil face à la porte. La rigidité cadavérique était intervenue, et il était maintenant assis là, les yeux ouverts, les bras reposant sur les accoudoirs, fixant d'un air accusateur le premier qui entrerait.

— As-tu jamais parlé aux chevaux, Kaska ? Aux chiens ? Ou aux cadavres ? Non, tu ne l'as jamais fait parce que tu aurais eu bien trop peur que quelqu'un ne soit à l'écoute, ce qui aurait été le cas, d'ailleurs. Comme tu étais communiste, tu ne parlais pas non plus à Dieu. Alors, à qui parlais-tu ? Toi, le solitaire absolu. L'homme le plus seul que j'aie jamais rencontré. Plus seul que moi encore, et ce n'est pas peu dire.

Armand s'assit sur le bureau, face au profil de Kaska, berçant dans ses bras le Hosford.

— J'ai toujours parlé tout seul, Kaska, parce que j'étais la seule personne à laquelle je pouvais dire la vérité. Aux autres, je leur dis ce qu'ils veulent entendre, sinon ils se mettent en colère et me crient dessus. Et toi, Kaska ? Tu as menti à tout le monde — à moi, à Alison, à ta Mère Patrie, à Roberto. Mais à qui as-tu dit la vérité ? A personne ? Même pas à ton cheval ? Si tu en as jamais eu un. Ou à ton chien ? Comment ne t'embrouillais-tu pas dans tes mensonges ? Tu as mené une double, une triple, une quadruple vie. Mon Dieu, moi qui n'arrive même pas à en vivre une sans me déchirer intérieurement. Je ne comprends pas comment on peut vivre trois ou quatre vies — ni même comment on peut en avoir envie.

Il perçut le grincement de l'avion qui allait atterrir.

— Voilà Roberto. J'espère que tu vas lui faire une belle peur. A moins que je ne le tue avant.

Armand actionna le mécanisme du Hosford, vérifia que la mire était réglée à cent mètres, inséra le chargeur, fit monter une cartouche dans le canon, et mit la sécurité.

Avec son large sourire enfantin, il examina tout le matériel de transmissions.

— Tout ce magnifique équipement, le dernier cri en matière de technologie des communications, dans le seul but de raconter des mensonges. Quelle plaisanterie !

Il débordait maintenant de gaieté, et sa voix haut perchée ressemblait à celle d'un enfant.

— As-tu jamais dit la vérité sur cette machine,

Kaska ? Une seule fois ? As-tu jamais laissé passer une seule étincelle d'honnêteté dans toute cette prévarication ? Je parie que non. Probablement de peur de fiche en l'air tout le système. Et si nous introduisions un petit joker dans ce système, Kaska ? Au cas où je ne survivrais pas à cette soirée, ce qui est tout à fait possible.

Il gazouillait, le regard espiègle, laissait échapper un torrent de paroles. Il se mit à taper devant le tableau de bord, presque chantonnant.

— Rien que la vérité, toute la vérité, Votre Honneur. Machine, es-tu prête pour la vérité, toute la vérité ? Es-tu sûre de pouvoir l'absorber sans exploser ? Tu veux savoir qui est Victor ? Tu veux savoir où sont les vingt-six millions ? Eh bien, écoutez, les enfants...

Et il continuait de taper.

A plat ventre, le menton dans la poussière, Fletcher était le plus proche du terrain d'atterrissage. Il observa l'avion qui passait au-dessus de lui, atterrissait loin au bout de la piste, puis freinait, s'arrêtait et coupait ses moteurs.

Tout le contraire de ce qu'ils avaient prévu. Ils s'étaient dit que l'avion ferait demi-tour, et remonterait la piste pour débarquer les troupes là où se trouvait le campement.

Au lieu de cela, Fletcher saisit faiblement, à un kilomètre de là, les ordres criés en espagnol une fois que les hommes eurent débarqué de l'avion.

Et maintenant ? Ils allaient les faire revenir par ici à pied ?

Les moteurs redémarrèrent, et l'avion se remit en marche en roulant droit vers l'endroit où se dissimulait Fletcher. A l'extrémité sud de la piste, il vira lentement, accéléra, puis dans un rugissement, redécolla dans les airs.

Lorsque le bruit se fut atténué, Fletcher patienta et tendit l'oreille, attendant l'écho du pas des soldats, des piétinements. Rien. Un silence de mort. Il attendit quinze, vingt minutes. Il se leva, scrutant l'obscurité. Pas un bruit.

Il partit à la recherche des autres dans les sous-bois, les faisant relever à coups de pied en jurant.

— On remonte dans les voitures ! On s'est fait avoir ! Ils ont déjoué le plan ! Nous avons été trahis !

— Du calme, lieutenant ! dit Pasionaria.

18

Arguello, l'homme au visage démoniaque, avait pris la tête parce qu'il connaissait le chemin, et parce qu'il se déplaçait dans l'obscurité totale comme le fer-de-lance, le serpent le plus dangereux et le plus redoutable de son pays. Les autres soldats titubaient, tombaient et se perdaient derrière lui, car ils ne disposaient pas de la magique vision de nuit d'Arguello. De temps en temps, la colonne devait s'arrêter, tandis qu'Arguello rassemblait les égarés et que Roberto comptait les têtes. Les autres tombaient sur le sol en haletant, certains s'endormaient, et il fallait les réveiller à coups de pied.

L'opération prenait du temps.

Comparée à la jungle humide et suintante du Balisario, la forêt de Virginie, c'était la rase campagne, mais les bois étaient néanmoins coupés de profondes ravines. Au fond de certaines d'entre elles, il y avait des torrents à franchir, et des rives abruptes à remonter. Les chênes et les pins poussaient là depuis deux cents ans sans jamais avoir été taillés, avec pour certains des troncs de trois mètres de circonférence, et les hommes se cognaient droit dedans dans l'obscurité, poussant des cris de peur et de douleur. Chacun de ces hommes amenait avec lui dans ce nouveau et redoutable pays ses mythes et ses superstitions, qui, dans le noir, prenaient des proportions gigantesques, peuplant les forêts de Virginie de démons et de monstres hispaniques dissimulés derrière chaque buisson.

Roberto rassembla la queue du cortège, ramenant les traînards à coups de pied, surveillant d'un œil les quatre hommes qui transportaient ses instruments de torture. Un mauvais choc pouvait endommager les oscilloscopes. Comment déterminer alors le volume précis de souffrance ? Outre cette inquiétude, Roberto ne se sentait pas à son aise, et il détestait cela. C'était un bon et courageux soldat, et dans plusieurs des innombrables guerres avec le Honduras, Roberto s'était conduit avec valeur et impétuosité (quel joli mot !) sous le feu. Mais comment pouvait-on faire preuve d'impétuosité dans une mission comme celle-ci ? Pillage et saccage étaient l'apanage du soldat, mais certainement pas récupérer de l'argent volé. Ça, c'était un travail de police, et Roberto méprisait les policiers. Cette mission était humiliante tout autant que gênante.

Et puis, tout ça puait l'improbable. Qui avait envoyé ce message ? Victor ? Jamais de la vie. Kaska ? Non plus. Qui, alors ? Cassidy ? Roberto sourit dans l'obscurité. Le médiéviste. Peut-être attraperons-nous le médiéviste pour le faire crier un peu. Crier en français médiéval du XIIIe siècle, peut-être. Ce serait intéressant.

Il y avait sept kilomètres entre le terrain d'atterrissage et le chalet de Kaska.

Ailleurs dans la forêt, au sud des Latino-Américains, Faun, chevauchée par Anne Falk, se frayait délicatement un chemin à travers les grands arbres, suivant une vieille piste familière. Montée sur Ariel, Lucia suivait Faun de si près qu'en tendant la main elle pouvait toucher la croupe de la jument. Même penchée complètement sur l'encolure du cheval pour éviter les branches qu'elle ne pouvait voir, elle ramassait de temps en temps des brindilles dans la bouche.

— Bon sang ! dit Anne. Ça ne peut pas être le bon chemin.

— Faites confiance au cheval. Il sait.

— Cela n'a jamais pris aussi longtemps. Je l'ai fait des douzaines de fois.

— Jamais la nuit. La nuit, tout est différent.

Beaucoup plus différent. Elle était incapable d'apprécier quoi que ce soit — distance, hauteur, profondeur, sons. Même les odeurs paraissaient plus sinistres dans le noir.

— Quelle heure est-il ?

Anne consulta le cadran lumineux de sa montre.

— Presque minuit.

Elles se trouvaient encore sur le plat, ce qui signifiait que la montagne était devant. Une fois qu'elles auraient atteint la montagne, ce serait plus dégagé, et elles pourraient progresser plus vite.

— Où est Mr. Alison ? demanda Lucia.

— Je ne sais pas. Pourquoi ?

— Papa ne fait pas confiance à Mr. Alison, dit-elle tout en sachant qu'elle n'aurait pas dû.

— Mr. Alison ne fait pas confiance à ton père. Il dit que Cassidy est un romantique qui vit dans le passé.

— S'il ne lui fait pas confiance, pourquoi l'engage-t-il toujours pour faire son sale boulot ?

— Bonne question, fit Anne avec un rire. Je crois que Cassidy est celui qu'Alison voudrait être. Puisqu'il ne peut pas être comme lui, il loue ses services, pour essayer d'acquérir un peu de la magie de Cassidy en seconde main.

La magie. Le mot brilla dans l'obscurité. Lucia eut un sourire espiègle et s'enhardit.

— Vous allez épouser Armand? demanda-t-elle.

Il y eut un long silence, tandis que les chevaux continuaient lentement leur chemin dans le noir.

— Je ne sais pas si Armand arrivera un jour à se concentrer suffisamment pour m'épouser.

Dans le chalet de Kaska, Armand en avait fini avec son discours sur la vérité, et éteignit l'émetteur en regardant sa montre.

— Il va bientôt arriver, Kaska. Nous devons l'accueillir convenablement, n'est-ce pas?

Les bonnes manières étaient de la plus haute importance.

Il tenta avec ses doigts de forcer un sourire de bienvenue sur le visage mort de Kaska, d'ouvrir les lèvres, de plisser les yeux, mais en vain. La chair s'était figée dans ce dernier rictus de scepticisme triste qui était beaucoup plus caractéristique de Kaska que le sourire accueillant, Armand fut bien obligé de le reconnaître.

Il renonça donc au sourire et lui écrivit sur le front à la craie rouge : *Bienvenido!*

— Quel mot merveilleux! Il veut tout dire.

Il brancha le projecteur que Kaska avait installé à l'extérieur juste devant la porte pour l'aider lorsqu'il devait sortir réparer la nuit la grande antenne parabolique.

Il referma la porte derrière lui, laissant la lumière allumée à l'intérieur, puis alla chercher Leatherstocking. Il sella le cheval et lui fit grimper la pente raide, bien au-delà du cercle de lumière jusqu'au sommet de la colline, le Hosford 307 dans les bras. Le gilet pare-balles sous sa chemise était lourd et moite dans la nuit tiède.

Alison était installé au bureau d'Armand, et utilisait le téléphone de celui-ci pour appeler la résidence d'été de la Présidence au Colorado. Tous ces paysans de la côte Ouest. D'abord Nixon, qui s'était vanté auprès de Khrouchtchev d'avoir pelleté autant de fumier que lui, puis Reagan, puis ce clown, ce phraseur avec son sourire inamovible qui survolait les réalités de la politique, de l'économie et de la diplomatie jusqu'à disparaître dans le flou total.

— Vous ne pouvez pas lui parler, dit Harriet Van Fleet. (Cette fichue bonne femme ne le lâchait pas d'une semelle.) Il fait ses pompes.

— Quoi ?

— Quarante pompes, Mr. Alison. Vous pouvez faire quarante pompes ? Non, n'est-ce pas ?

Quarante pompes suivies de vingt tractions — et nombre d'entre elles photographiées en première page des journaux. Carter avait été un jogger (il était même rentré dans un mur un jour), suivi de Reagan, avec ses longues promenades à cheval et sa manie de couper du bois, suivi de cet idiot avec ses pompes, ses tractions et ses haltères. Roosevelt et Kennedy avaient rempli la Maison-Blanche d'intellectuels, Reagan de gens du show-business, et ce polichinelle de joueurs de base-ball.

— Je voulais simplement le tenir au courant. L'opération a commencé.

— Il ne veut pas le savoir, dit-elle en lui raccrochant brutalement au nez.

Alison rougit et raccrocha à son tour. La nouvelle diplomatie. Le droit de savoir avait constitué le privilège suprême. Sous Reagan était apparu un privilège encore plus grand, celui de ne *pas* savoir. (Sous Reagan, les États-Unis avaient véritablement entamé des pourparlers avec l'OLP sans en avertir le Président. S'ils avaient abouti, le mérite en aurait rejailli sur lui. Sinon, il n'avait jamais été au courant. Mieux encore, il ne s'était rien passé.)

Alison descendit dans la maison silencieuse, à la recherche d'un verre. Geoffrey gardait toujours de l'alcool sur la desserte dans l'immense salon. Il se servit un whisky à l'eau, et se rendit dans la salle d'armes pour jeter un nouveau coup d'œil à ce magnifique vieux Winchester qu'il avait remarqué. Le fusil n'était plus là.

Quelque chose qui ressemblait à une mutinerie grondait dans les voitures. En troisième position dans le cortège, dans le cabriolet irlandais, Cassidy en percevait l'écho. Il ne comprenait pas de quoi il s'agissait, mais pouvait deviner. Il y avait les idéologues, qui persistaient à continuer l'opération. Et il y avait les autres — les partisans de la virée — ceux qui étaient partants pour trancher quelques gorges pourvu que les égorgés dorment à poings fermés. Maintenant que les victimes étaient réveillées, debout, et armées jusqu'aux dents, ils éprouvaient quelques réticences. Et plus le whisky circulait, plus les réticences augmentaient.

Cassidy, dans le cabriolet, dit à Fletcher assis à côté de lui :

— Ça ne peut pas continuer comme ça. On les entend à des kilomètres. On va se faire tomber dessus.

Fletcher descendit du cabriolet et courut jusqu'à la tête du cortège, pressant les conducteurs de s'arrêter. Il alla de voiture en voiture, exigeant silence et discipline, et rappela aux flics qu'ils mettaient leurs propres vies en danger en parlant aussi fort. Fletcher ne parla même pas de renoncer à l'opération, et personne n'aborda le sujet parce que Fletcher était le plus haut gradé.

Pâle et décidé, il remonta dans le cabriolet sur le siège du cocher à côté de Cassidy, et les voitures reprirent leur lente progression à travers les bois sombres. Cassidy suggéra à voix basse qu'il serait peut-être sage de tout laisser tomber et de rentrer à New York.

— Vous êtes fou ? aboya Fletcher.

La folie, c'était de renoncer, et le bon sens, de s'attaquer dans la nuit à des soldats armés et bien entraînés. Pourquoi est-ce que je ne laisse pas tout simplement tomber ? se demanda Cassidy. Mais il ne le ferait pas. Il ne pouvait pas. Voilà, c'était tout. Les guerres possédaient leur propre rythme, songea-t-il tristement, et une fois que l'on était pris dedans, il était impossible de s'en sortir avant d'avoir reçu une dérouillée ou d'en avoir flanqué une. Fletcher s'était lancé à reculons dans la bagarre, mais il tenait maintenant à aller jusqu'au bout.

Derrière Cassidy se tenaient les deux femmes qui avaient été parmi les plus passionnées des idéologues, accusant de lâcheté les deux hommes dans le cabriolet, dont un Noir, qui avaient voulu rebrousser chemin. Une action avait été mise en branle, on devait la laisser se développer jusqu'à ce qu'elle porte ses fruits, et quels que puissent être ceux-ci. Ce n'était pas un problème de courage ou de lâcheté, mais d'esthétique. On ne baissait pas le rideau au milieu de l'acte II. Même si quelqu'un se faisait tuer dans l'histoire, le spectacle devait continuer.

Ils avaient pris le chemin le plus long pour se rendre chez Kaska, plus éloigné que la route à travers bois prise par les marcheurs, mais d'un autre côté, plus rapide. Toujours en tête, Joseph menait la diligence de Douvres, dans laquelle les hommes étaient assis sans rien dire, retournant de sombres pensées dans le silence de plomb exigé par Fletcher.

Ce que l'on prévoit ne se produit jamais, et ce qui se produit n'a jamais été prévu. Voici la règle de toutes les opérations de combat. Nous ne savons pas où nous allons, pensa Cassidy, ni comment nous y survivrons, si nous y survivons. Impossible de deviner la fin de cette tragédie grecque, sauf que nous savons qu'elle sera tragique. Ceci n'est pas de la grande comédie, mais de la petite tragédie. De la tragédie mêlée de beaucoup de bouffonnerie.

Les soldats faisaient une nouvelle pause tandis qu'Arguello rassemblait les traînards et comptait les têtes. Dans l'intervalle, la montre en or de Roberto sonna — deux petites notes, *mi, si,* ce qui signifiait qu'il était la demie de l'heure. C'était une montre de gousset très fine, dont le dos et le couvercle étaient ornés d'anges trompettants en relief. Roberto arborait toujours la montre dans ses campagnes militaires comme témoignage de son impétuosité, et la tirait de son gousset (hélas, combien de gens avaient encore des goussets ?) tandis que les balles sifflaient à ses oreilles. Voilà qui produisait une impression indélébile sur les jeunes officiers — du moins Roberto l'espérait-il.

A cet instant, les deux notes argentines lui rappelèrent brutalement que la section marchait depuis une bonne heure, grimpait et descendait, traversait des torrents et des bois touffus, et les hommes s'épuisaient. Roberto fit venir Arguello à côté de lui.

— C'est encore loin, *capitán* ?

Comme pour lui répondre, la lumière brilla à cet instant, plus haut sur la colline. Elle se trouvait bien à sept ou huit cents mètres, mais c'était néanmoins un phare qui fit sursauter Roberto, qui chuchota :

— Qu'est-ce que c'est que ça ?

— Le projecteur de Kaska. À l'extérieur du chalet, pour réparer l'antenne la nuit, répliqua-t-il, lui aussi à voix basse.

Le temps de la stratégie était venu, mais d'abord, en bon officier, Roberto prit le temps de féliciter Arguello de sa précision sans faille dans la conduite des hommes à travers cette forêt obscure, une superbe tâche de guidage qui serait récompensée en conséquence.

Il passa ensuite aux affaires sérieuses. Les hommes devaient se déployer en cercle tout autour du chalet de façon à former un cordon à travers lequel personne ne pourrait passer.

— Tu dois emmener chaque équipe à sa place, parce que tu es le seul qui connaisse les lieux et qui voie la nuit. Rappelle à tous qu'ils ne doivent pas tirer mais prendre des prisonniers. Nous sommes là pour réunir des informations. Une fois que ce sera fait, reviens ici.

Arguello mit une demi-heure à disperser les hommes en cercle autour de la maison, hors de portée du faisceau brillant du projecteur. Roberto et Arguello rampèrent ensuite d'arbre en arbre, le long de la pente jusqu'au bord de la clairière, demeurant dans l'ombre des grands troncs.

Roberto murmura :

— Je soupçonne un piège. Nous allons essayer une petite ruse.

Il cria en anglais :

— Victor ! Victor ! C'est moi, Roberto !

Ce ne serait pas Victor qui viendrait à la porte. Cela, il le savait. Mais qui répondrait à son cri, il l'ignorait.

Personne ne répondit.

La lumière crue illuminait la vieille maison, révélait le plâtre qui tombait des fissures entre les rondins, eux-mêmes noircis par l'âge et les intempéries.

De nouveau, Roberto éleva la voix, son profond baryton machiste :

— Kaska ! C'est Roberto Garcia, qui vient à l'invitation de Victor. Vous êtes là, Kaska ?

Silence.

— Il y a quelque chose qui ne va pas du tout, murmura-t-il. Nous devrions peut-être lancer l'assaut.

— Non. J'y vais. Restez et couvrez la porte.

— Non, dit Roberto. Tu es trop précieux. Nous avons besoin de toi pour nous guider. Prends Georgio.

Georgio était de la parfaite chair à canon. C'était une montagne qui s'était engagée dans l'armée pour la nourriture (comme tant d'autres), et qui en était devenue une montagne de muscles encore plus impressionnante.

Georgio fut convoqué et reçut ses instructions. Il sortit à découvert dans le cercle de lumière et se mit à remonter la pente en direction de la maison en tremblant.

Monté sur Leatherstocking, Armand sillonnait une petite clairière à l'ouest du chalet dont il connaissait chaque arbre par cœur. Son cœur vibrait d'excitation, tout autant que celui de Pierre dans cette merveilleuse scène de bataille dans *Guerre et paix*. Ah, l'aventure ! Ou bien peut-être était-ce l'Aardvron. Il avait pris le dernier des comprimés jaunes dix minutes auparavant, et un flot de béatitude l'envahissait, quasiment de la félicité. Pas tout à fait, mais pas loin.

Au premier cri de « Victor ! », il avait fermé les yeux et senti le frisson qui lui descendait jusque dans les orteils. Ça, c'était du *Danger* ! Quel transport d'allégresse !

Il ouvrit les yeux et vit Georgio émerger de derrière un arbre et remonter en direction du chalet. Georgio avait l'air terrifié. Armand ajusta le Hosford et prit une profonde inspiration, ce qui bien entendu constituait la première étape d'un bon tir. L'Aardvron chantait dans ses veines, faisait danser ses globules rouges.

Dans Grand Central Station, il avait tué l'homme avec sa propre arme, mais il y avait eu bataille — une bataille qu'il avait gagnée par ruse (et magnifiquement instruit par Kaska). Il avait tué Kaska, même si cela avait été tout à fait accidentel. Tuer une troisième fois ne devrait pas lui poser de problème, puisqu'il était visiblement devenu un tueur d'une considérable expérience.

Mais en fait, cela lui en posait. Pointant le fusil sur le visage porcin de ce Latino-Américain, Armand fut pris d'un mouvement de révulsion si fort que l'arme en trembla. Ce meurtre-là serait accompli de sang-froid, ce qu'on lui avait appris à mépriser.

Il baissa son fusil. Cet homme-là n'était pas Roberto. Armand n'avait jamais vu Roberto, mais il avait eu affaire à lui par radio, avait lu des rapports de renseignements sur son élégance, son style. Celui-ci n'avait ni l'un ni l'autre.

C'est une ruse. On me prend pour une poire.

Voilà qui mit Armand en colère. (L'Aardvron chantait toujours dans ses veines, mais le portait à la colère, comme cela se produisait parfois avec l'Aardvron.)

Il ajusta de nouveau son arme. Il n'allait pas tuer l'homme, simplement lui faire voler sa casquette pour faire comprendre à Roberto qu'il voyait clair dans son jeu. Il pressa la détente avec soin après l'avoir longuement et méticuleusement mis en joue, et ce ne fut pas tout à fait de sa faute s'il rata son coup. Leatherstocking remua légèrement, et Armand dut corriger son tir un peu trop vite. Il faut ajouter à cela que Georgio se trouvait sur une pente, ce qu'Armand n'avait pas pris en considération. La balle cueillit Georgio entre les deux yeux, le tuant instantanément.

— Oh, je suis désolé ! cria Armand.

Toujours à s'excuser.

Dans le silence de la nuit, la détonation retentit comme un signe du destin. Anne et Lucia l'entendirent, leurs montures sursautèrent et eurent un mouvement de recul.

— Un coup de feu ! J'ai peur, dit Lucia.

Armand et son Hosford sur Leatherstocking, pensa Anne. Peut-être tirait-il encore sur des boîtes de conserve. Ou sur quelque chose de plus solide.

— Viens, dit-elle en talonnant Faun.

Lucia lui emboîta le pas sur Ariel, et, quelques minutes plus tard, elles aperçurent à travers les arbres au-dessus d'elle, tandis qu'elles grimpaient la pente, la lumière blanche crue devant le chalet de Kaska.

Elles se trouvaient à l'est de la maison, et progressaient en diagonale. Pour éviter les branches,

Lucia était penchée sur l'encolure de son cheval, et elle n'eut pas le temps de voir le bras basané qui lui encercla la taille et la tira de sa selle. Mais elle ressentit la force et la menace de ce bras au plus profond de son être, et poussa un hurlement à glacer le sang qui résonna à des kilomètres au sein de la forêt.

C'était de la terreur pure. Elle hurla, hurla sans discontinuer, et Ariel, éperonné par ses cris, partit comme une flèche.

Quelques instants plus tard, Lucia hurlait encore lorsqu'un autre bras basané attrapa Anne Falk à la gorge et la fit tomber de Faun, qui s'éloigna en trottant.

Il y eut alors deux hurlements aigus de mezzo-soprano dans la nuit noire.

19

En l'occurrence, Cassidy avait donné de véritables leçons de hurlements à Lucia. Il la trouvait trop bien élevée pour être capable de crier convenablement. Trop de bonnes d'enfants, trop de gouvernantes. Il l'avait emmenée dans Central Park et l'avait instruite dans l'art de pousser à pleins poumons des hurlements suffisamment forts pour pétrifier violeurs, assassins et voyous. Il y avait tellement bien réussi qu'elle avait attiré une voiture de police et deux flics furieux, à qui il avait fallu fournir beaucoup d'explications.

Et voici que résonnait le hurlement bien répété de Lucia, déchirant l'obscurité, glaçant Cassidy jusqu'à l'os. En fait, le cri pétrifia sur place tout le cortège. L'attelage de la diligence de Douvres prit le mors aux dents et seul le doigté de Joseph permit de le freiner. Derrière lui, Amanda en fit de même avec le brougham, puis Cassidy avec le cabriolet et Keefe avec la voiture de cirque.

Lorsque Anne Falk joignit son cri perçant à celui de Lucia, Cassidy sauta du siège du cocher et se précipita dans les bois vers l'endroit d'où ils provenaient. Fletcher, plus jeune et plus rapide, le rattrapa en trois enjambées, le tira à terre et s'assit sur lui.

— Du calme, mon vieux ! siffla-t-il. Vous allez tous nous faire tuer.

Pantelant, Cassidy le foudroya du regard.

Keefe se matérialisa dans l'obscurité et posa sa grosse main sur la tête de Cassidy.

— La surprise est notre seul avantage, dit-il calmement. Tu vas tous nous faire massacrer — y compris la petite.

— Envoie Rattigan et son couteau, haleta Cassidy.

— Nous avons tous des couteaux, répliqua Keefe, qui alla chercher le petit clown.

Cassidy s'était redressé, maintenant possédé d'un calme meurtrier. Il sortit le cirage de sa combinaison, et entreprit de se noircir le visage, dont la blancheur tremblait comme une brume à travers les arbres.

— Qu'est-ce que c'est ? chuchota Fletcher.

— Le projecteur de Kaska. Au-dessus de sa porte, à environ huit cents mètres.

Il lui passa le cirage.

— Noircissez-vous. A partir de maintenant, on joue aux Indiens.

Les autres sortirent de la pénombre par groupes de deux ou trois, à qui Fletcher tendit le cirage.

— Nous avons besoin d'un mot de passe pour ne pas nous entre-tuer, dit Keefe.

— « Spit », dit Cassidy. Aucun mot espagnol ne ressemble à ça. Il n'y a pas de mots en « sp ».

Les visages blancs des flics disparaissaient sous le cirage, leur nature changeait, ils devenaient invisibles, investis de pouvoirs magiques. Plus de plaisanteries ; la gravité régnait, avec une petite pointe de peur pour aiguiser l'esprit.

— Nous passons les premiers, Keefe, Rattigan et moi. Les groupes suivent à cinq minutes d'intervalle.

— Dix, corrigea Fletcher. Inutile de courir le risque de se rentrer dedans.

— Motus et bouche cousue. Nous savons qu'ils sont là, mais eux ne connaissent pas notre existence. Pas de quartier, ajouta-t-il après réflexion.

Cela allait sans dire. Mais venant de Cassidy, la déclaration revêtait une nouvelle signification, brûlait comme une torche, et changeait le sens de la pièce qu'ils étaient en train de jouer.

Après son coup de feu — et ses excuses — Armand avait fait virer Leatherstocking à cent quatre-vingts degrés. L'Aardvron chantait littéralement dans ses veines. Très musical. Des cordes déchaînées. Le chœur de la *Neuvième Symphonie* de Beethoven résonnait dans son esprit à pleins poumons, accompagné de l'orchestre, sous la direction de Toscanini.

S'attendant à des représailles, il faisait demi-tour, comme il avait appris en étudiant les tactiques de guérilla; Roberto était un homme intelligent, qui devait avoir un plan, il était donc raisonnable de changer de direction, songeait-il tandis que la symphonie de l'Aardvron lui déchirait le cerveau. C'était un accident, vous comprenez. Je ne voulais pas...

Fulgencio et Guillermo, les deux soldats étendus dans l'herbe à la lisière de l'obscurité, auraient pu l'abattre, mais les ordres étaient : On ne tire pas. On prend des prisonniers. Ce fut Guillermo qui bondit et encercla Armand de ses bras puissants. Celui-ci, ivre de la symphonie d'Aardvron, écrasa la crosse du Hosford sur la figure de l'homme presque distraitement, scandalisé par cette interruption.

Ce fut à cet instant que les cris de Lucia — qui n'allaient pas tarder à être suivis par ceux d'Anne Falk — déchirèrent la nuit comme des détonations. Ce fut un trop-plein de sensations pour Armand — déjà aux prises avec sa symphonie, son chœur et toutes ses cordes. Cri après cri après cri après cri.

Leatherstocking s'était emballé, et après avoir dépassé le chalet, avait atteint le sommet de la crête. Le cerveau d'Armand explosait sous les hurlements, la musique, le sublime, ces milliers d'anges chantant leurs reproches en contrepoint.

La tête la première, il bascula du cheval au galop et roula, roula, roula jusque dans le fossé de drainage où il demeura immobile, visage contre terre, se mêlant au feuillage comme pour se camoufler.

— Là, là ! chantonnait Amanda en maintenant les chevaux de tête de la diligence pour les calmer après les hurlements.

Joseph, lui, passait de voiture en voiture avec des « Ouh, ouh ! », flattait des croupes, rassurait les animaux de sa voix apaisante, tout en grommelant :

— Ils devraient pas rester attelés tout ce temps debout comme ça. Nous laisser tous les deux tout seuls avec douze chevaux. C'est pas bien.

— Ça n'arrive pas souvent, Joseph, pas souvent, continuait de chantonner Amanda pour que les animaux croient qu'elle leur parlait, tout en caressant les chevaux de tête.

Un silence épais avait recouvert la forêt. Les feuilles qui tombaient résonnaient comme des clameurs dans l'immensité.

— C'était Lucia, dit doucement Amanda Shotover.

— Et Miss Falk. C'était le cri de Miss Falk.

Qu'est-ce que cela pouvait bien signifier?

Et Joseph continuait de se déplacer de voiture en voiture, calmant les bêtes.

Roberto avait vu Leatherstocking galoper à la limite du cercle de lumière puis disparaître avec son cavalier dans l'obscurité des bois à environ cent mètres sur sa gauche. Il s'agissait de l'homme qui avait tué Giorgio — qui gisait dans la flaque de lumière blanche, face contre terre. Le tireur était seul, pensa Roberto. Cet unique coup de feu portait en lui la marque indiscutable de la solitude de l'homme.

— Maintenant, dit-il à Arguello. Fonce.

Il était temps de risquer la vie de son inestimable Arguello. Maintenant, le moment était venu de risquer celle-ci, mais pas encore la sienne. Pas encore. La nuit allait être longue.

Courbé en deux, Arguello piqua un sprint en direction de la maison, sous le rayonnement éclatant de la lumière.

Les cris résonnèrent alors qu'Arguello était au milieu de sa course. Un connaisseur tel que Roberto frissonna d'appréciation. Une enfant terrifiée. Une femme terrifiée. Il ne s'agissait pas de souffrance, mais de terreur. Le mystère s'épaississait, et Roberto, adepte de la simplicité, fronça les sourcils. Il ne faisait pas partie de ces esthètes qui pensaient que toute intrigue était obscène. Il aimait bien un peu d'intrigue dans ses histoires, mais dans des limites raisonnables, et il n'avait pas eu connaissance de la présence d'une femme et d'une enfant dans le script. A moins que...

Arguello avait depuis longtemps déboulé dans le chalet. Roberto demeurait seul avec ses pensées, très pointillistes; la grande masse de Giorgio gisait avec tant d'éloquence dans la lumière blanche, criait aux cieux qu'il était mort. Il n'y avait pas à sortir de là. La mort était parfaitement reconnaissable. Tout a commencé, pensa Roberto. C'est merveilleux !

Arguello sortit du chalet dans la lumière et agita le bras droit dans sa direction, lui faisant signe de venir, tout danger était écarté.

Les hurlements avaient cessé, laissant derrière eux par contrecoup un silence d'outre-tombe, et demeurant imprimés dans le cerveau comme des empreintes de pas. Roberto se leva et remonta la pente en direction de la porte de Kaska. L'écho d'un galop retentit de nouveau. Shooté à l'Aardvron, Armand fonçait (juste avant de tomber). Roberto grimpa en trombe (sans apprécier l'indignité de cette hâte), se jeta dans la maison, et se retrouva nez à nez avec Kaska, son expression sceptique et l'unique mot *Bienvenido* gribouillé sur son front mort.

— Tu crois que je ne parle pas anglais ? s'offusqua Roberto. C'est très désagréable !

La lumière crue pénétrait maintenant le feuillage, et taillait dans les feuilles des monstres inimaginables. Cassidy, Keefe et Rattigan s'étaient d'abord agenouillés, puis rampaient maintenant sur le ventre, ajoutant aux bruits de la nuit leurs propres raclements et bruissements. Ils approchent comme des renards, se battent comme des lions, et se volatilisent comme des oiseaux. C'était ce que les Français disaient des Iroquois. Voilà notre objectif, pensa Cassidy. Nous sommes imaginaires. Voilà notre force. Nous n'existons pas. Lorsque nous nous matérialiserons...

Il refusait de toutes ses forces de penser à

l'absence de cris. Il n'y a rien de pire qu'un hurlement, sinon le silence qui le suit.

Cassidy rampait sur le ventre, distinguait sur sa droite et légèrement derrière lui les froissements de Keefe. Sur sa gauche et légèrement devant eux, se trouvait Rattigan.

Ils eurent un peu de chance. Un chuchotement dans l'obscurité : « Rodrigo ? », d'un ton interrogateur. Celui qui posait la question était Perez, le partenaire de Rodrigo. Il avait entendu les bruissements et cru (car, comme l'avait dit Cassidy, il n'y avait pas d'ennemi, les Américains n'existaient pas) qu'il s'agissait de son camarade et ami Rodrigo, étendu à une douzaine de mètres de là, et dont on aurait pu s'attendre à ce qu'il réponde : *Qué ?* Ou quelque chose dans ce genre-là. Mais Rodrigo dormait à poings fermés. C'était là l'autre gros avantage des Américains sur les Latino-Américains dans cette rencontre ; les Américains avaient parcouru sept kilomètres en voiture, en râlant, en se plaignant de l'inconfort et de la lenteur, mais néanmoins sans se fatiguer. Les Latino-Américains, eux, avaient fait le chemin à pied, monté et descendu des ravins, s'étaient pris des branches dans la figure, avaient trébuché sur des troncs d'arbre, pataugé dans des ruisseaux. Lorsque la marche en avant s'était arrêtée, Roberto n'était pas le seul à s'être endormi. Aucun ennemi en vue. Où était le mal ?

Ce ne fut donc pas Rodrigo qui répondit *Qué ?*, mais Rattigan qui dit *Sí ?*, puis rampa jusqu'à Perez. Avant qu'il ne découvre que Rattigan était bien réel, celui-ci lui trancha la gorge, la main plaquée sur sa bouche pour que les gargouillis qui accompagnaient toujours les gorges tranchées se trouvent étouffés et par pitié, mon Dieu, passent pour des bruits nocturnes ordinaires.

Cassidy rampa encore quelques mètres et s'occupa de Rodrigo endormi. Sa vision de nuit aiguisée par des heures dans l'obscurité, il se retrouva à quelques centimètres du visage brun de Rodrigo, à qui le sommeil, comme toujours, rendait une innocence de chérubin. Mais lorsque les cris de Lucia vous résonnaient à l'oreille, et que sa propre injonction, « Pas de quartier ! », flottait dans l'air comme une malédiction de sorcière, on ne pouvait pas s'attarder sur ce genre de réflexion. Il abattit le soldat dans le dos d'une balle en plein cœur avec le calibre 25 à silencieux. Comme ça, *spplp*. Deux de moins, il en restait encore trente-huit.

A peine deux minutes plus tard, Keefe tomba sur un autre Latino-Américain endormi, et lui ficha délicatement son stylet entre les côtes jusqu'au cœur. Avec regret, car Keefe était partisan de la théorie que chaque mort infligée diminuait d'un degré appréciable sa propre vitalité, qu'un nombre précis de morts lui était imparti, et qu'après la dernière, lui, Keefe, s'éteindrait, soufflé comme une chandelle. Élucubrations de croquemitaines irlandaises, disait Cassidy, lui-même plus irlandais que nature.

Raidi en position assise, le scepticisme à jamais emprisonné sur ses traits, le *Bienvenido* écrit sur son front, Kaska avait été soulevé de sa chaise, et déposé hors de vue dans la cuisine. Assis devant le RD-11, Roberto Garcia jouait avec le clavier, observait les petites lumières qui s'allumaient et s'éteignaient, les gribouillis qui apparaissaient sur l'écran. Il ne comprenait pas les ordinateurs, et n'éprouvait pour eux aucune sympathie.

— C'est l'homme à cheval qui a tué Giorgio,

dit-il à Arguello par-dessus son épaule. Trouve-le. Et dis à Maurello de m'apporter l'équipage.

Ainsi baptisait-il son équipement de torture — l'équipage, un mot à la fois anglais et espagnol. Il n'était pas sûr de sa signification, dans l'une ou l'autre langue, mais c'était un mot qui sonnait bien, moderne, destiné à inspirer l'effroi aux cœurs simples.

Arguello avait tiré son arme, et se tenait derrière la porte.

— Quelqu'un vient.

Le battant s'ouvrit et deux *soldados* entrèrent, titubant légèrement sous le poids de deux femelles jetées sur leurs épaules et saucissonnées comme des momies. Les deux hommes les posèrent les pieds par terre, les redressant comme des lampadaires.

— *Prisioneras*, expliqua un des soldats.

Ils avaient reçu pour instructions de faire des prisonniers. Ils en amenaient.

Elles étaient étroitement bâillonnées.

— Elles criaient, expliquèrent les *soldados*.

— J'ai entendu, dit Roberto. Otez-leur les bâillons, s'il vous plaît.

Il alluma une cigarette. Lors d'une première confrontation avec des *prisioneros* (ou *prisioneras*), la meilleure tactique consistait à allumer une cigarette. On disposait ainsi d'un silence chargé d'autorité au cours duquel on pouvait contempler les captifs, établir sa domination, inspirer la peur.

— Bonsoir, dit-il avec amabilité, débordant de charme latin. Excusez cette rudesse. Nous sommes des soldats. Comment vous appelez-vous ?

Furieuse, Anne Falk cracha :

— *Vous*, vous vous appelez Roberto Garcia. Vous êtes ici pour une mission spéciale d'entraînement de la CIA, et vous devriez vous trouver à votre campement, à sept kilomètres d'ici. Qu'est-ce qui vous a pris de nous enlever ainsi ?

— Vous avez fait peur aux chevaux !

C'était le pire qu'on pouvait faire aux yeux de Lucia.

Roberto eut un rire ravi. Seigneur, cette vierge de glace qui sifflait comme un cobra ! Quelle beauté ! Surtout en colère. Elle savait son nom, et tout le reste. Eh bien ! Il tira une longue bouffée de sa cigarette, inhala la fumée, puis en contempla l'extrémité, les laissant mariner.

— Comment avez-vous dit que vous vous appeliez ?

— Je m'appelle Anne Falk, et je suis un agent spécial des opérations clandestines de la CIA. Et je veux savoir ce que vous fabriquez, à nous enlever comme ça de nos chevaux au milieu de la nuit ?

— Et vous, qu'est-ce que vous fabriquez dans ces bois au milieu de la nuit ?

Le charme latin de Roberto Garcia s'était évanoui pour faire place à une autorité toute militaire. Il tapa sur le RD-11, et sans révéler le nom de Victor, car il ignorait ce qu'elle pouvait savoir d'autre, il déclara :

— J'ai été invité ici par cette machine, qui constitue le canal de communication autorisé avec votre estimable organisation, la CIA. Lorsque nous sommes arrivés ici, nous avons trouvé le Señor Kaska abattu sur ce siège.

— Non ! dit Anne Falk, abasourdie.

— Un de mes hommes qui se dirigeait vers cette maison a été abattu par un cavalier...

Oh, Seigneur ! Armand et son fusil sur Leatherstocking, complètement défoncé ! Anne resta de marbre.

Roberto continua, s'adressant à elle avec la profonde gravité d'un grand d'Espagne :

— L'accueil n'est guère agréable pour des soldats qui, après tout, sont vos alliés. Et ce n'est pas tout. Plusieurs de vos agents de la CIA ont envahi mon pays et tué douze de mes hommes, y compris un de mes neveux. Je crois qu'un nommé Cassidy est impliqué là-dedans. Connaissez-vous ce Cassidy ? J'aimerais l'interroger.

Elle n'aurait jamais répondu à la question, mais n'en eut de toute façon pas l'occasion. Venu du dehors, un sifflement perçant et ample, un peu comme un sifflet de police, aigu et impérieux, déchira le silence.

Il fut presque immédiatement suivi d'une détonation. Mais ce n'était pas celle du Hosford, ou de tout autre fusil de ce genre. Ce *wumpf* ressemblait plus à l'explosion d'un pistolet de gros calibre.

Roberto éteignit sa cigarette dans le cendrier et se leva.

— Ce n'est pas une de nos armes, dit-il à Arguello en espagnol. Va éteindre ce projecteur. Je crois que l'interrupteur est là-bas près de la porte. Señora et señorita, par ici, s'il vous plaît, dit-il ensuite en anglais en s'adressant à ses prisonnières.

Il les poussa dans la chambre de Kaska avec une grande solennité. Une solitude effroyable imprégnait jusqu'aux murs de la pièce mal entretenue. Au centre se trouvait un grand lit double, au pied duquel étaient posées les chaussures de Kaska. Un petit bureau de bois était poussé contre le mur, et une lampe reposait sur une chaise à côté du lit. C'était tout. Il faisait sombre et humide, une odeur masculine flottait dans l'air. Il n'y avait pas de fenêtres.

— Installez-vous, dit Roberto d'un air distrait.

Il ferma la porte et la verrouilla.

Dans l'obscurité de la forêt profonde, chaque combat devait être individuel, retors, mené de sang-froid. Les flics et leurs gros ventres comptaient sur leur invisibilité, leur non-existence, et ils avaient remporté un grand succès contre les Latinos épuisés. Nombre de ceux-ci dormaient à poings fermés, ils leur étaient tombés dessus à l'aveuglette, s'en étaient débarrassés en silence avec leurs poignards, ou bien en les étranglant à mains nues. Chaque engagement était un peu différent du précédent, quelques *soldados* allant à leur fin sans un murmure, les autres se débattant ou gargouillant, mais tout cela dans des limites de bruit qui paraissaient raisonnables et peu inquiétantes. La vengeance les guidait, et la vengeance est la plus forte des motivations.

Pas de quartier.

Pasionaria et son amie Anna (dont ce n'était pas le vrai nom) rampaient en tandem sur les genoux et les coudes, plus silencieuses que des souris (qui ne sont guère silencieuses), les mains libres de tenir des armes, pistolet dans la main gauche, couteau dans la droite, à trois mètres de distance. Pasionaria avait connu deux fois le baptême du sang, y cherchant la satisfaction, comme dit la chanson. Sans la trouver. Cinq minutes après s'être mise à ramper, le souffle coupé par la surprise, elle s'était retrouvée face à son premier Latinos endormi, et le bras passé autour du cou, la main sur sa bouche pour l'empêcher de crier, elle l'avait poignardé dans le dos jusqu'au cœur en se répétant : « c'est pour lui », le pilote d'hélicoptère abattu, son mari qu'elle n'aimait finalement pas tant que ça. Peut-être était-ce pour cela qu'elle n'avait pas ressenti cette exaltation qu'elle attendait et pensait mériter. Ou bien peut-être que tuer n'était pas son truc, ce n'était pas un truc de femme, et au diable les féministes. C'était comme de tuer des poulets, ce qu'elle avait également déjà fait sans vraiment y trouver de plaisir. Un fichu boulot, ennuyeux, banal, vide.

Ce fut ce vide qui rendit Pasionaria moins prudente lors de son second engagement. Elle avait été silencieuse comme un chat (qui sont bien plus silencieux que les souris), posant chaque genou et chaque coude doucement, avec précaution, tâtant à chaque fois le sol auparavant pour ne pas faire de bruit. Mais emportée par son succès (et la banalité de tout ça, aussi), elle accéléra un peu l'allure, assez pour distancer d'environ un mètre sa partenaire, Anna, que les exigences de silence empêchèrent de protester.

Une brindille craqua. Un froissement de feuilles. Des bruits inacceptables. Trop forts, trop réguliers, suspects.

Aplati sur le sol à dix mètres devant elle, Vincent Morales, l'un des meilleurs sergents de Roberto, entendit et se raidit. Morales avait survécu à une demi-douzaine de mini-guerres du Balisario avec ses voisins, ses révolutions, ses conflits internes. C'était un vétéran du combat dans la jungle, et il se ratatina encore plus au sol, le poignard à la main, le regard tendu — il avait une excellente vision de nuit — vers l'endroit d'où provenaient les froissements et les bruissements, prenant son temps. Il avait reçu l'ordre de faire des prisonniers, mais comme tous les *sargentos* (en tout cas ceux qui restaient en vie), il désobéissait aux ordres idiots de ses supérieurs lorsque son bien le plus précieux, sa vie, était en jeu. Dans le noir, il ne vit Pasionaria que lorsqu'elle fut sur lui. Il vit d'abord la main droite qui tenait le couteau, à cinquante centimètres de lui. Expert au combat rapproché comme il l'était, il sauta instantanément sur la main armée avant qu'elle ne saute sur lui. Sa main gauche agrippa le poignet droit de Pasionaria, le plaqua au sol, tandis que sa main droite, armée du poignard, jaillissait et tranchait proprement la gorge de Pasionaria, si parfaitement qu'elle ne cria pas — elle n'avait plus de cordes vocales — et que dans le peu de temps qui lui restait à vivre, elle ne put rien faire d'autre qu'éprouver un immense étonnement : c'était donc ainsi que cela devait se terminer, aussi vite, de façon aussi surprenante, aussi *injuste.*

Cependant, ce n'était pas une petite femme, et elle se débattit un peu. Elle donna des coups de pied, émit de petits bruits, ce qui couvrit l'approche d'Anna, qui rampait à un mètre cinquante derrière elle, beaucoup trop près suivant les règles de l'infanterie. Ce fut cette procédure peu orthodoxe qui empêcha Vincent Morales de prévoir la suite. La vue aiguisée par des heures d'obscurité, Anna vit son amie succomber à l'étreinte du *sargento*, vit le sang jaillir de sa gorge.

Elle laissa tomber son couteau et passa son 38 dans sa main droite. Dans l'intervalle, le sergent Morales, qui ne l'avait pas encore aperçue, portait son sifflet de sergent à sa bouche, et émettait un sifflement déchirant qui fit trembler les arbres pour avertir ses camarades du danger. On l'entendit à des kilomètres à la ronde dans le silence de la forêt, et il réveilla les Latino-Américains endormis.

Il avertit également les flics qu'ils étaient découverts, et que quelque chose avait alerté l'ennemi, car aucun d'eux n'avait emmené son sifflet. Les flics n'étaient plus ni imaginaires, ni irréels. Très mauvaise nouvelle.

Actionner son sifflet fut le dernier acte du sergent Morales. A environ un mètre de distance, Anna l'abattit d'une balle entre les deux yeux. Le 38 de service résonna comme un canon à des kilomètres à la ronde, réveilla les écureuils, mit en fuite un couple de daims qui s'abreuvait à une mare à cinq cents mètres de là, et fit naître une terreur sans nom au creux de l'estomac des combattants des deux camps.

Le sifflement et le coup de feu achevèrent la première phase de la bataille de Shotover Hall, et entamèrent la seconde phase, qui défia non seulement les règles de la guerre, mais celles du bon sens lui-même.

20

Cassidy se trouvait à une trentaine de mètres du bord de la clairière où se dressait le chalet de Kaska, Keefe à cinq mètres de lui sur sa droite, Rattigan légèrement derrière lui à quatre mètres sur sa gauche, lorsque le sifflement puis le coup de feu brisèrent le silence. Cassidy se figea, face contre terre. Dix secondes plus tard, le projecteur au-dessus de la porte de Kaska s'éteignit. L'obscurité était maintenant complète.

Cassidy fit claquer ses ongles sur ses dents. *Clk, clk, clk*. Sans signification pour qui que ce soit d'autre, le message voulait dire « conférence », pour Keefe et Rattigan, qui l'avaient déjà entendu lorsque le besoin s'en était fait sentir. Ils rampèrent aux côtés de Cassidy. Celui-ci trouva dans l'obscurité la main de Keefe et lui épela de l'index sur la paume : KAL. L'abrégé de kalachnikov. Ils manquaient cruellement d'armement, et les armes automatiques trouvées sur les trois soldats qu'ils avaient tués leur seraient diablement utiles. Il ne serait pas facile de les retrouver dans l'obscurité, mais après tout, cette nuit-là, rien n'était facile.

Sur la paume de Rattigan, il épela quatre lettres, GREN, pour grenades. Les soldats étaient censés en porter sur eux. Keefe et Rattigan devaient rester ensemble pour se porter secours le cas échéant.

Ce qui signifiait que Cassidy allait demeurer seul pour affronter ce qui se trouvait en face. Ni l'un ni l'autre n'appréciait, mais c'était Cassidy le patron. Ils s'éloignèrent donc en rampant.

Un éclair de lumière triangulaire montra la porte de la maison, puis s'évanouit. Quelqu'un avait ouvert le battant et était sorti. Cassidy sentait sa présence à une centaine de mètres, palpable comme une menace.

Des coups de feu résonnèrent dans les bois, de façon sporadique. Le combat prenait de nouvelles dimensions, qui n'étaient guère en leur faveur, car il s'agissait partout d'armes automatiques, et les flics ne disposaient pas de ce type d'armement. A cet instant, une rafale éclata à vingt mètres de Cassidy sur sa droite, ratissant la terre à trois mètres devant lui.

Il prit son temps, visant à un mètre cinquante derrière l'éclair de la détonation, et ne tira qu'un coup. Un cri, puis le silence. Plus de fusillade. Il rampa en silence sur les coudes et les genoux, jusqu'à ce qu'il tombe sur le soldat mort, à moitié caché derrière un arbre. La mauvaise moitié. Il s'empara de la kalachnikov.

Ailleurs dans les bois, Anna, le visage baigné de larmes, se tenait près du corps de Pasionaria, ravalant ses sanglots pour ne pas trop faire de bruit. Autour d'elle retentissaient des coups de feu, dont elle reconnaissait pour certains qu'il s'agissait d'armes de service. Le *soldado* qui avait tué Pasionaria, mort, était lui-même allongé sur Pasionaria, dans la position du viol. De temps en temps, des balles atteignaient l'un ou l'autre des deux corps qui formaient un bon rempart — au moins du côté d'Anna. Elle s'enfonça encore plus profondément dans la poussière, tandis que les coups de feu se rapprochaient. D'un côté, elle perçut une détonation qui ressemblait à celle d'un 38 de police. Quelqu'un rampait dans sa direction en faisant du bruit.

— « Spit », siffla-t-elle.

Un « spit » sorti de l'ombre lui répondit. Un instant plus tard, un flic du nom de Mulvaney la rejoignit. C'était un rigolo, un type qui passait son temps à faire des plaisanteries. En temps normal, elle n'aimait pas tellement les rigolos, mais il était bien vivant, là, à côté d'elle. Il lui flanqua une petite tape sur les fesses pour lui transmettre sa sympathie, car même dans l'obscurité quasi totale, il avait aperçu le visage de Pasionaria, dont les yeux vitreux et morts brillaient. C'en était trop. Il tendit un doigt et lui ferma les paupières.

Ils se pressèrent tous deux sous la protection des corps. Bien leur en prit, car une rafale de coups de feu s'abattit sur ceux-ci. Un bruit dégoûtant. *Crmp. Crmp.* Un bruit qui induisit en erreur le soldat qui crut qu'il avait touché des vivants : il fonça courageusement en avant, pour se retrouver nez à nez avec le 38 de Mulvaney. Celui-ci lui tira une balle dans la tête, et s'avança pour lui prendre sa kalachnikov. Mauvais calcul, car l'autre avait un copain qui coupa quasiment Mulvaney en deux d'une rafale de son arme.

Anna tira sur l'éclair, directement dessus, à l'aveuglette, d'instinct, dans un réflexe d'autodéfense dicté par son subconscient. *Il a tiré le premier, votre honneur.* (Elle avait eu le cerveau tellement façonné par des juges idiots qui insistaient pour que les flics n'ouvrent pas le feu tant que la victime n'avait pas eu le temps d'appeler son avocat.) Elle fit mouche presque à bout portant, juste entre les deux yeux. Elle marquait pour la deuxième fois. Elle se sécha les yeux et se sentit mieux. Elle sortit de son abri, prit deux grenades à la ceinture du *soldado*, les rangea dans son sac en bandoulière, puis s'éloigna en rampant. Son petit ami, un vétéran du Viêt-nam, lui avait répété des milliers de fois : ne t'attarde pas. Continue ton chemin, bouge, sinon, ils te tomberont dessus. Elle se dirigea vers l'endroit où la lumière s'était éteinte. Le projecteur du chalet avait été leur destination première. Elle se dirigea vers celui-ci parce qu'elle n'avait pas d'autre endroit où aller, et par-dessus tout, parce qu'elle avait besoin de compagnie.

Elle la trouva une douzaine de mètres plus loin.

« Spit », siffla-t-elle, et semblable à une bénédiction jaillie d'une gueule noire, résonna un autre « spit ». Un Polack nommé Kuskiusco, et baptisé pour la circonstance « Wolfpack », sortit de l'obscurité. Lui aussi lui mit la main aux fesses, avec une familiarité qu'il ne s'était jamais permise auparavant, mais qu'elle lui pardonna. Elle était très heureuse de sa présence dans cette nuit de l'esprit.

Ils continuèrent leur progression, et rencontrèrent presque immédiatement une grêle de balles sur leur droite, deux armes en même temps, une grave erreur. Wolfpack, accroupi, tira une fois, roula sur lui-même puis tira de nouveau. Deux fois dans le mille. Autrefois très bon joueur de basket, Wolfpack était un tireur-né, mortel sur de courtes distances.

Il récupéra l'AK-47 du dernier cadavre, et flanqua de nouveau une tape sur les fesses d'Anna, s'y sentant autorisé. Elle aussi eut le sentiment qu'il l'était. C'était la camaraderie de la guerre. Une balle lui avait éraflé l'épaule, déchirant le tissu, et elle se sentait mortelle, vulnérable, débordante de la joie d'être vivante. Elle remerciait Dieu de chaque minute supplémentaire qui lui était accordée (Anna était très religieuse).

Wolfpack ôtait les rangers du cadavre tout en tendant l'oreille, car quelque chose rampait par-derrière dans sa direction. Il s'aplatit près du corps. « Spit », dit-il à la terre. Un éclair de feu lui répondit. Il balança la ranger sur sa gauche dans un bel arc de cercle de basket, et elle atterrit dans un buisson, détournant le tir. Instantanément à genoux avec l'AK-47, il arrosa d'abord le *soldado* juste derrière lui qui avait fait tout ce bruit, puis son compagnon sur la gauche, qui lui avait servi de couverture, les réduisant tous deux au silence.

Wolfpack passait une soirée fantastique, et s'amusait comme il ne s'était jamais amusé depuis qu'il avait quitté le lycée. Pourquoi était-il interdit de tuer alors que c'était si *drôle* ?

Tout ceci se produisait à quarante mètres de Cassidy, qui était collé au sol odorant comme une feuille tombée, tandis que les balles sifflaient au-dessus de sa tête, interférant avec ses pensées. Il s'était concentré sur cet homme — ou ce groupe — qui avait pour une raison quelconque quitté le chalet et se trouvait là devant lui en train de faire... quoi ? Il eut sa réponse — trois vifs coups de sifflet. D'après le son, l'homme s'était dirigé carrément vers la droite. Pourquoi ?

Il rassemblait les troupes, se dit Cassidy. Les trois coups étaient un signal. Mauvaise nouvelle. De l'autre côté, ils avaient la discipline, les signaux ; eux avaient... *spit.*

Où se trouvaient Keefe et Rattigan ? Où était Lucia ? Dans le chalet ? Entre-temps, les balles se rapprochaient dangereusement.

Deux coups de sifflet supplémentaires — un long, un court. Ça, c'était un chef. Roberto, peut-être ? Non, Roberto se situait encore au-dessus des sifflets. (Difficile même de l'imaginer dans cette expédition.) Il devait se trouver à l'intérieur de la maison. Ce sifflet, c'était un sous-off — peut-être l'homme au visage démoniaque dont Cassidy savait maintenant qu'il s'appelait Arguello.

Celui-ci avait déterminé le point de ralliement soigneusement, simplement sur la base de l'écho des coups de feu. L'action se situait là, là, et *là* — aussi avait-il choisi un endroit où il ne se passait rien, et avait-il enjoint à ses hommes à coups de sifflet de se rassembler hors de la ligne de feu, d'où il pourrait orchestrer un mouvement d'encerclement quelconque. Il avait les troupes à sa disposition, et éprouvait le sentiment que ceux qui se trouvaient en face n'étaient pas des soldats — ce en quoi Roberto était d'accord avec lui.

D'où les trois coups de sifflet brefs, qui voulaient dire : cessez le feu, repliez-vous et revenez en cercle en direction du sifflet. Stratégie parfaitement sensée.

Mais la seconde série de sifflements signifiait tout autre chose. Les balles volaient dans tous les sens, et Arguello avait prudemment trouvé refuge dans un fossé de drainage. Là, il était tombé sur ce qu'il avait d'abord pris pour un cadavre. Mais ce n'en était pas un. Il n'avait pas tardé à s'apercevoir que celui-ci respirait, et qui plus est, il ne semblait pas blessé. Très étrange. Près de l'homme, Arguello trouva le Hosford 307.

Était-ce l'homme à cheval qui avait tué Georgio ?

D'où les deux coups de sifflet, un long, un court. C'était le signal pour Cabo Maurello et ses trois *soldados* de venir le rejoindre tout de suite. Maurello et ses trois hommes étaient responsables de l'équipage. Arguello allait faire d'une pierre deux coups.

Anne Falk et Lucia étaient allongées sur le sol dans la chambre de Kaska. Lucia écoutait la fusillade avec ravissement. Enfin, peut-être pas tout à fait du ravissement, mais elle l'appréciait, la vivait intensément, les yeux dilatés, le souffle haletant. De temps en temps, une balle ricochait sur les murs en rondins. Très excitant.

Lucia adressa un sourire à Anne Falk, mais celui-ci s'évanouit presque instantanément. Terreux, les yeux comme de sombres marais, le visage d'Anne Falk était noué de peur.

— Il n'y a aucun danger, murmura Lucia. Ce sont des rondins de chêne. Aucune balle ne peut traverser ça.

Anne Falk ferma les yeux. *Je dois me ressaisir. Elle s'en aperçoit!* Elle ne craignait pas les balles, mais Roberto Garcia, le tortionnaire. Elle craignait la douleur plus que la mort, plus que les balles, plus que n'importe quoi. *Je ne dois pas lui laisser voir. L'enfant ne doit pas soupçonner la torture.*

Elle arbora un sourire crispé.

— Ça va. Tu es une enfant merveilleuse, Lucia... tellement courageuse.

Elle irradiait l'angoisse comme une lumière intérieure. Lucia en fut pétrifiée. Cette femme aux allures de déesse, au front de marbre, qu'elle vénérait (Lucia était à l'âge de la vénération, affection aussi commune que l'acné), devenue... grise de terreur. Voilà qui humanisait Anne Falk, qui la faisait redescendre de son Olympe. Lucia rampa jusqu'à elle, débordante d'amour adolescent et de compassion, l'embrassa sur la joue, l'entoura de ses bras, l'étreignit et lui dit (ce qu'elle n'aurait jamais osé lui dire avant cette nuit-là) :

— Vous êtes une femme très mystérieuse, vous savez. Vous êtes censée être la dame de compagnie de Mrs. Shotover, mais vous n'êtes jamais près d'elle. Je passe plus de temps avec Mrs. Shotover que vous. Je crois que vous avez une autre fonction que celle de dame de compagnie.

Anne Falk sourit, et la peur qu'elle éprouvait s'évanouit un peu.

— Je suis la fiancée d'Armand.

— Pourquoi ?

Anne rit.

— On ne demande jamais à une jeune femme pourquoi elle se fiance. Personne ne sait pourquoi. Je crois que c'est parce qu'il me l'a demandé.

— Beaucoup d'hommes ont dû vous le demander.

— Non, c'est le seul.

Les balles continuaient de s'écraser sur les rondins.

— Je ne peux pas y croire ! s'écria Lucia avec passion. Vous êtes la plus belle femme que j'aie jamais vue.

— Cela effraie les hommes.

Maintenant, la peur s'était évanouie, et elles discutaient toutes les deux à plat ventre, le menton dans leurs mains, papotant tranquillement au milieu de la fusillade, qui devenait plus intermittente, puis s'interrompit totalement.

— Il est là-dehors quelque part, complètement défoncé — s'il est encore vivant.

Anne Falk s'assit, rejetant en arrière ses cheveux blonds, fronçant les sourcils, reprenant ses esprits.

— Chut ! fit Lucia.

Elles entendirent la porte du chalet s'ouvrir violemment puis claquer, faisant trembler les murs. Quelqu'un venait d'entrer, et les deux femmes s'aplatirent contre le battant de la porte.

— Vous parlez bien l'espagnol? murmura Lucia.

Mais elles n'en eurent pas besoin.

L'anglais à l'accent d'Oxford mélodieux de Roberto Garcia leur parvint à travers la porte :

— Señor Shotover, quel plaisir de faire enfin physiquement votre connaissance après cette longue et imparfaite communion par l'intermédiaire d'équipement électronique. Est-ce vous qui avez écrit *Bienvenido* sur le front de ce pauvre Kaska après l'avoir abattu?

Anne Falk ferma les yeux comme si elle priait. Lucia ouvrit des yeux comme des soucoupes, et attendit la réponse d'Armand. Il n'y en eut pas.

— Il n'a pas l'air d'être blessé, Arguello, dit Roberto Garcia en espagnol. Va chercher un peu d'eau dans la cuisine. Je suis très désireux de parler à cet homme.

Une pétarade d'espagnol de la part d'Arguello. Il devait retourner avec ses hommes. Il avait rassemblé le *pelotón* à l'est du chalet pour se préparer à l'encerclement et à l'assaut. Il devait aller mener le *pelotón.*

L'espagnol d'Anne Falk était rudimentaire, mais lui permit de comprendre ce qui se disait. Mener? Où ça? Contre qui? Pourquoi? Comment? Quand? Et ainsi de suite.

— Maurello et Jorge resteront avec moi, dit Roberto en espagnol. J'ai besoin d'eux. Va avec Dieu, Arguello.

Commentaire de mauvais augure, ça. Roberto ne savait pas pourquoi il lui avait adressé un adieu aussi sinistre. Cela lui avait échappé, c'était tout.

Anne Falk entendit la porte s'ouvrir — elle grinçait toujours légèrement, comme si le solide panneau de chêne avait joué et s'était gonflé. Un autre claquement, qui ébranla le chalet. Arguello était parti.

— Maurello, dit Roberto en espagnol, installe l'équipage sur cette table, là, puis va me chercher de l'eau. Nous devons réanimer Shotover avant d'utiliser l'équipage.

L'équipage ? Qu'est-ce que c'était que cet équipage ?

Oh, Seigneur !

Étalé dans la poussière, Cassidy entendit le grincement révélateur, et dans le rayon de lumière que laissait échapper la porte ouverte, vit quatre hommes transporter... quoi ? Deux fardeaux. Un corps ? Une boîte ? La porte claqua et l'obscurité totale retomba.

Keefe sortit de l'ombre sur les genoux et les coudes, les bras pleins de kalachnikovs. Rattigan arriva derrière lui, cramponnant de la main droite son biceps gauche, éraflé par une balle.

— Une égratignure, psalmodia-t-il. Ce n'est rien.

Le silence absolu n'était plus autant de rigueur, Cassidy le sentait.

Keefe posa les fusils.

— Ils se sont repliés, dit-il doucement. On les entendait tout autour. Par là, ajouta-t-il en désignant du doigt la droite du chalet.

La porte s'ouvrit une nouvelle fois — encore le rai de lumière puis le grincement — puis se referma en claquant. La silhouette d'un homme se dessina l'espace d'un instant, puis s'évanouit.

Tout le monde retint son souffle, pétrifié.

Les minutes s'écoulèrent.

— Spit ! résonna dans le noir, tout bas.

— Spit ! répondit Cassidy.

Anna sortit de l'obscurité, accompagnée de Wolfpack, tous deux chargés de fusils et de grenades.

— Il faut se tirer d'ici, dit à voix basse Wolfpack, un vétéran du Viêt-nam qui avait tout vu. Sinon, ils vont nous tomber dessus par-derrière.

Cassidy, au supplice, baissa la tête, le visage dans la terre, et ferma les yeux. C'était la décision finale, irréversible.

Lucia se trouvait dans cette maison...

Et pourtant...

Donner l'assaut était fou. Il se ferait tuer. Il la ferait tuer. Et puis, il y avait autre chose — sa responsabilité envers Fletcher et les flics qu'il avait entraînés là-dedans.

Il prit une profonde inspiration et fit face.

— Keefe, dit-il à voix basse. Ramène le groupe aux voitures. Rassemble tous ceux que tu peux voir, mais ne cherche pas. Je te rattraperai.

— Qu'est-ce que tu vas faire ?

— Leur dire de retourner aux voitures à fond de train.

— Comment ?

Cassidy montra les dents en un demi-sourire.

— Les voitures sont par là. Vas-y.

Il se redressa, et se dirigea en silence vers le plus gros arbre du coin. Il se hissa sur la première branche, puis grimpa rapidement. Les branches lui déchiraient les mains et le visage, l'obscurité l'avalait.

Il avait intérêt à se trouver au moins à six mètres du sol, et il devait deviner à quel moment il aurait atteint cette hauteur. Cela lui prit cinq minutes, pendant lesquelles Keefe devait avoir eu le temps de ficher le camp. Il prit une profonde inspiration et cria de toute la force de ses poumons :

— Fletcher ! Tous les hommes en bleu ! Retournez aux voitures immédiatement ! Tout de suite !

Il lâcha tout et se sentit tomber, rebondissant de branche en branche, projeté de-ci de-là, essayant de se protéger le visage et les couilles, laissant le reste souffrir — BLAM, BLAM, BLOOIE —, ricochant tout le long de l'arbre. Les coups de feu avaient éclaté instantanément — des tirs de *mitrailleuse*, par tous les saints ! (Cassidy ne croyait pas aux saints, mais il aimait le rythme de l'incantation.) Les balles traçantes sifflaient au-dessus de sa tête — vertes, bleues, rouges, belles et mortelles — dans cette étrange trajectoire incurvée qu'elles ont dans l'obscurité, où elles semblent virer en un long arc de cercle alors qu'elles se dirigent droit sur vous. Même au cours de cette chute brutale, Cassidy ne put s'empêcher de penser : « Ce salaud est sûr de lui, à révéler sa position de cette façon. Il nous prend pour une bande d'amateurs, et il a parfaitement raison. »

Il heurta le sol — *wump* — le souffle coupé, et le bruit de sa chute fut couvert par le rugissement de la mitrailleuse. Les balles traçantes étaient encore loin au-dessus de lui. Il se releva et fonça, plié en deux, mais trop vite. Dix mètres plus loin, il trébucha et s'étala de tout son long.

Il se remit sur ses pieds, repartit plus lentement, les mains à hauteur de son visage, se heurtant encore à des arbres et des buissons, tombant de temps en temps. Au cours d'une de ses chutes, il consulta sa montre. 3 h 30. Par Jupiter ! Dans une heure, il fera peut-être jour, ils vont nous encercler et nous découper en petits morceaux...

Il atteignit les voitures à 3 h 40. Des flics erraient partout, en train de boire du whisky à la bouteille ou du café tiré de thermos qu'Amanda Shotover avait fait jaillir comme par magie. Personne ne disait grand-chose, et le moral était au plus bas. Certains avaient du sang sur le cirage qui leur camouflait le visage, d'autres boitaient, mais tous étaient silencieux.

Le Noir nommé Snoops, l'homme à la canne de bambou avec la lame de rasoir, tendit une bouteille de whisky à Cassidy, qui en prit une longue gorgée.

— Vous vous êtes bien débrouillé avec ce truc ?

— J'en ai eu quelques-uns. Mon copain ne s'en est pas sorti, lui.

Cassidy poussa un petit soupir, lui tapota le bras, et descendit le cortège de voitures.

Keefe comptait et recomptait.

— Douze, dit-il d'un ton amer.

— Fletcher ?

Keefe secoua la tête. La culpabilité se lisait sur Cassidy de la tête aux pieds.

— Il est peut-être perdu là-dedans, dit Keefe à voix basse. Je crois qu'il y en a beaucoup qui se sont perdus. Bon sang, ce sont des flics de la ville, mon vieux ! Ils sont habitués aux panneaux à tous les coins de rue, et tu les balances dans ces bois au milieu de la nuit ! On mettra peut-être des jours à tous les retrouver.

Keefe se retint car ce n'était pas l'heure des reproches.

— Les douze incluent Rattigan, toi et moi ? demanda Cassidy.

Keefe hocha la tête d'un air morne et lui montra les chiffres.

— Voilà le score de l'autre côté, autant que je

puisse en juger. La fille s'est bien débrouillée — elle en a eu deux —, et Wolfpack, quatre. Snoops en a eu deux sûrs, un probable...

Ils complétèrent la liste, Keefe, Rattigan et Cassidy y ajoutant leurs scores. Même en accordant aux soldats tout le bénéfice du doute, il semblait bien que les flics avaient réduit de moitié les quarante hommes dont Roberto disposait au départ.

— Et les armes ? Qu'est-ce que nous avons ?

Douze kalachnikovs. Des armes automatiques pour tout le monde, ce qui aiderait. Et onze grenades.

— Il nous reste environ quarante minutes avant que le jour n'apparaisse. Il faut y aller.

Cassidy mena Keefe, Rattigan et Snoops jusqu'à la citerne à essence située à deux cents mètres de là.

— *De l'essence ?*

Cassidy eut une grimace crispée car ce serait là le dernier jet de dés.

— Les Espagnols ont utilisé ça avec les Carthaginois, et ça a très bien marché.

— N'est-il pas heureux que nous ayons un historien dans nos rangs ? aboya Keefe. Tu vas raconter l'histoire de cette lamentable expédition, n'est-ce pas ? Surtout, laisse-moi écrire les notes.

Il partit avec Rattigan et Snoops. Cassidy expédia le reste de la troupe ramasser du bois sec, ce qui ne serait pas facile dans le noir, et leur dit où le mettre.

Il s'envoya une nouvelle lampée de whisky pour se donner du courage et partit ensuite affronter Amanda Shotover. Elle allait détester toute l'entreprise.

Il la trouva toujours en train de maintenir les chevaux de tête de la diligence, qu'elle caressait et calmait du haut de son mètre quarante.

— Où est Lucia ? demanda-t-elle sans le regarder. C'est Lucia qui a crié.

— Et Anne Falk.

Mais, bien entendu, elle ne s'intéressait qu'à Lucia. Cassidy ne perdit pas de temps, et lui décrivit le plan dans les grandes lignes. Comme prévu, elle explosa.

— Pas avec mes chevaux ! Pas avec mes voitures ! Ni avec moi, ni avec Joseph ! Certainement pas ! C'est obscène !

— Si vous voulez jamais revoir votre fils vivant, dit-il épuisé, sa résistance morale éprouvée jusqu'aux dernières limites.

Il n'était pas sûr du tout qu'elle tienne un tant soit peu à son fils.

— Si vous voulez jamais revoir Lucia vivante...

Il savait par contre combien elle tenait à revoir Lucia.

— Si vous voulez que qui que ce soit s'en sorte vivant...

Mais, en fin de compte, aucun de ces arguments ne fit fléchir Amanda Shotover ; ce furent les événements eux-mêmes qui, comme dans toutes les guerres, modelèrent l'action, modelèrent inextricablement les destinées des acteurs, réduisant tous les mortels sur la scène de l'insignifiance.

A travers la nuit noire résonna un long hurlement grave et persistant, semblable au hurlement d'un loup. A l'exception du fait que celui-ci provenait de toute évidence d'un humain. Il contenait de la souffrance, mais également tant d'autres choses — du mysticisme, de l'exultation, et même une nuance de ravissement. C'était en vérité un hurlement très étrange. Cassidy n'avait aucune idée de l'origine de ce cri, mais Amanda, elle, si.

— Armand ! dit-elle en fermant les yeux, pas assez fort cependant.

Les larmes se frayèrent un chemin à travers ses paupières, et roulèrent à contrecœur le long de ses joues ridées. On aurait dit qu'elle assumait brusquement les responsabilités de la maternité après une absence de trente ans, songea Cassidy, comme si ce long hurlement grave avait de nouveau éveillé en elle sa capacité à ressentir sa propre humanité.

21

Anne Falk pressa ses mains contre les oreilles de Lucia, en vain, bien entendu. Ces hurlements auraient traversé des murs de pierre. Raide comme un piquet, Lucia frappa de ses poings sur la porte fermée en criant : « Arrêtez ! Arrêtez ! Arrêtez ça ! » Des protestations d'une telle innocence qu'elles en étaient indéchiffrables, presque inaudibles pour l'esprit moderne, comme des cris de chauve-souris. Par-delà le tumulte général, Lucia cria même « Vous lui faites mal ! », une déclaration tellement lourde de simplicité qu'elle ne serait jamais venue à l'esprit de quelqu'un de plus de treize ans.

Les coups et les cris troublèrent la concentration de Roberto ; il déverrouilla la porte et affronta les deux femmes d'un air sévère. Roberto était un tortionnaire qui se consacrait entièrement à sa tâche, et la conduite de Lucia était tout à fait inconvenante, pour dire les choses poliment.

— Vous devez vous taire, intima-t-il de sa meilleure façon de grand d'Espagne. Vous dérangez l'interrogatoire. Cet homme nous a volé une grosse somme d'argent, et nous nous efforçons de la récupérer. C'est une affaire de justice toute simple.

Dès l'instant où il nous répond, nous cessons les questions.

Vive comme l'éclair, les dents claquant de peur, Anne Falk intervint :

— Il a des blocages... mentaux et émotionnels, qui l'empêchent de répondre... à vos questions. Vous vous y prenez de la pire façon...

Bien entendu, elle lançait cet argument par-dessus un fossé culturel large de quatre siècles. C'étaient des arguments que non seulement Roberto ne pouvait pas comprendre, mais qu'il ne pouvait même pas entendre. Il se contenta de dire à Lucia, avec beaucoup de dignité, car c'était un homme très digne :

— Si vous persistez dans cette conduite indisciplinée, vous allez devoir prendre la place de cet homme.

Une grande menace en réalité dénuée de fondement, car Roberto n'aurait jamais torturé d'enfant. C'était inutile. Les enfants vous claquaient tout simplement entre les mains, presque immédiatement. Les enfants n'offraient aucune gratification, et les femmes très peu. Les hommes, ça, c'était autre chose.

Roberto referma la porte et retourna à son siège. L'équipage se trouvait installé sur la table près du RD-11. Il inspira profondément, reprit ses esprits, puis, sa bonne humeur revenue, sourit avec amabilité à Armand, suspendu enchaîné, bras tendus comme un Christ crucifié. Les yeux d'Armand étaient ouverts, mais aucune lueur d'intelligence n'y brillait. C'étaient deux puits très profonds, pleins de lumière. La bouche pendait ouverte, très expressive — un peu de malice, presque de la moquerie, dans cette bouche. C'était très intéressant.

— Alors, où en étions-nous ? demanda Roberto d'un ton plaisant, essayant d'établir une communication, sous quelque forme que ce soit.

Jusqu'à présent, il avait échoué.

Armand s'était contenté de crier. Mais quels cris ! Au cours de sa vaste expérience, Roberto n'avait jamais entendu des cris d'un tel timbre, d'une telle profondeur, d'une telle pureté. Bien entendu, il avait lu toutes les réflexions des grands bourreaux du passé — Ghiardelli de Milan (l'un des meilleurs) ; Monseigneur Ybarra de Castille, le plus grand de tous les Inquisiteurs ; Frère Esteban de Guelph — et tous, ils avaient parlé de *cris de l'âme* d'une telle intensité que l'on pouvait voir l'âme à nu dans les airs, comme une expérience religieuse. (Il y avait toujours dans ces réflexions un peu de ces bêtises religieuses que Roberto négligeait, préférant se concentrer sur les aspects philosophiques beaucoup plus intéressants.)

Pour la première fois dans l'histoire de ses recherches (ainsi qu'il se plaisait à les appeler), voici qu'il connaissait la Grande Expérience. Mais ces cris — aussi fort qu'ils puissent vous remuer l'âme, des perles de collectionneur sans prix, inoubliables — n'en demeuraient pas moins dénués de toute information. Roberto baissa à contrecœur le voltage, jusqu'à ne plus émettre qu'un minuscule titillement, essayant de faire redescendre Armand des cimes du sublime jusqu'à un niveau de mortalité banal.

— Je ne crois pas m'être bien fait comprendre, Armand. J'essaie simplement de découvrir où se trouve l'argent que vous nous avez pris, qui appartient à la République du Balisario, lui dit-il d'un ton de reproche voilé, comme on parlerait à un enfant égaré qui ne sait pas ce qu'il a fait.

Le tortionnaire doué endosse toujours une attitude de supériorité morale par rapport au torturé. L'une des grandes vérités de la torture, c'est que la victime se sent coupable de se retrouver dans cette position. Elle est persuadée d'avoir fait quelque chose de terrible pour qu'on lui inflige une telle souffrance. Le torturé finit par se soumettre — et il n'existe pas d'autre mot pour en transmettre le sens — *se soumettre* à la torture, comme s'il faisait don de lui-même, de son corps, de son âme, de son tout.

Enfin, la plupart d'entre eux ; pas Armand. Armand ne suivait pas le script. Tandis que le faible courant s'infiltrait dans son corps, son regard — ces yeux regardant en eux-mêmes avec leur étrange reflet doré — était levé vers le ciel et ignorait Roberto (et il n'y a pas d'humiliation plus grande pour un tortionnaire, surtout un tortionnaire sérieux, ce que Roberto se targuait d'être, que d'être ignoré par le torturé). Ainsi parla Armand :

— Seigneur, entends ma prière, que mon cri vienne jusqu'à toi, ne cache pas loin de moi ta face au jour où l'angoisse me tient ; incline vers moi ton oreille, au jour où je t'appelle, vite, réponds-moi.

Roberto ne reconnut pas le Psaume 102. C'était un catholique, mais pas très cultivé. Ce qu'il reconnut, ce fut la religiosité de son cri, sa nature biblique. Il fut en fait scandalisé par le ton péremptoire de celui-ci — Armand demandant à Dieu de bien se conduire. C'était déjà pénible de se retrouver avec un croyant dans les chaînes, mais encore pire de récolter un croyant dictatorial qui marchait suivant son propre rythme.

Au-delà de la souffrance, Armand parlait maintenant doucement :

— Car mes jours s'en vont en fumée, mes os

comme un brasier brûlent ; battu comme l'herbe, mon cœur sèche...

Roberto l'interrompit, tentant d'introduire une parole de bon sens dans ces délires religieux.

— L'argent ? dit-il d'un ton doux. Qu'avez-vous fait de l'argent ?

Armand continua sans se démonter :

— Oh, Seigneur, ne me prends pas à la moitié de mes jours ; eux périssent...

Le *eux* paraissait destiné à Roberto et ses hommes — une malédiction...

— ... Toi tu restes, eux tu les changes.

Encore *eux*, comme une lame sur la gorge de Roberto.

Dans la pièce voisine, Anne pleurait des larmes d'orgueil, le souffle coupé d'admiration devant Armand, capable de confondre son bourreau avec son indomptable faiblesse.

Elle dit à Lucia à travers ses larmes :

— Tu veux savoir pourquoi je suis fiancée à Armand ; voilà pourquoi. Il ne manque jamais de me surprendre...

Snoops, Wolfpack et l'homme qui se faisait appeler Peanuts (un grand type au regard fatigué et aux gestes doux qui n'avait pas du tout l'air d'une « peanut ») étaient les éclaireurs de Cassidy. C'étaient tous des vétérans du Viêt-nam. Cassidy énonça les règles :

— Pas de mort. Pas même avec un poignard. Observez, ne vous attirez pas d'ennuis et revenez. Ils ne doivent pas être avertis que *nous* sommes avertis. Sinon, vous foutez tout en l'air.

— Et si un des types essaie de nous tuer ? demanda Snoops pour rire.

— Mourez en silence.

— Ouais.

— Je dois savoir de quelle direction ils viennent.

Le plus logique serait de venir droit du nord, du chalet, mais peut-être allaient-ils essayer de les encercler et d'arriver par l'arrière. Ou bien peut-être ne savaient-ils même pas où se trouvaient les voitures, et ne commenceraient-ils leur mouvement d'encerclement que trop tard, auquel cas...

— Eux aussi vont envoyer des éclaireurs, dit doucement Peanuts. Vous êtes prêt pour ça?

— Nous nous en occuperons ici, dit Cassidy en hochant la tête. Nous espérons qu'ils n'en n'auront pas le temps. Tout ça est une question de temps.

Il regarda sa montre.

— Il nous reste peut-être une demi-heure avant le lever du jour.

— Plus que ça, remarqua Snoops. Il y a beaucoup de nuages. On n'aura pas de lumière avant 5 heures.

Le fatalisme de la bataille.

— Snoops, sur la droite du chemin. De ce côté-là, dit Cassidy à voix basse en pointant du doigt. Wolfpack, tout droit, sur le chemin, mais fais attention, ne tombe pas droit sur eux. Peanuts, dans les bois sur la droite. Vous avez une demi-heure pour les trouver et revenir.

Ils s'éloignèrent dans la nuit noire.

Les autres rassemblaient du bois pour les voitures, ce qui n'était pas facile. Ils avaient beaucoup de brindilles et de petits branchages, mais il était difficile de trouver plus gros. La diligence de Douvres était la plus difficile à remplir car c'était la plus grande, et Cassidy s'y mit aussi pour aider au chargement. Petit à petit, les quatre véhicules furent chargés de bois et de broussaille. Ensuite,

Cassidy tenta de faire rentrer Amanda et Joseph à la maison, n'importe où, mais ils s'y refusèrent.

— La désertion souillerait mon honneur sacré, déclara Amanda.

Il fallait avoir quatre-vingt-cinq ans pour dire une chose pareille.

— Pour rien au monde, je ne voudrais vous voir souiller votre honneur, répliqua-t-il.

Keefe et Rattigan revinrent de la citerne avec deux jerrycans d'essence de vingt-cinq litres. Beaucoup trop. Cassidy alla les poser à côté des voitures, en grimaçant sous le poids. Le minutage était capital — et ça, il devait le deviner. Les Espagnols avaient joué ce petit tour à Hamilcar, le père d'Hannibal, en 228 avant J.-C., mettant en déroute les Carthaginois. Mais ils avaient des chariots à la place de voitures, des bœufs à la place des chevaux, et de la poix au lieu d'essence. La plaisanterie était la même, mais avec de la haute technologie, elle pouvait vous exploser à la figure.

Le plus terrible commença, l'attente. Les cris s'étaient tus depuis longtemps. Plus aucun son ne provenait du chalet, situé à environ huit cents mètres dans la clairière.

Lucia ne criait plus. Était-ce bon signe ? Mauvais signe ? Peut-être avait-elle dépassé le stade des cris. Cassidy ferma son esprit, et pensa à autre chose. La ruse vieille de deux mille ans qu'il mettait en œuvre était un des premiers exemples de véritable guérilla, le mot étant d'ailleurs d'origine espagnole. Mais si les Espagnols avaient inventé le mot, ils n'avaient pas inventé la stratégie elle-même, qui remontait à la lutte des Scythes contre Darius, le roi guerrier perse, en 512 avant J.-C. Les Latino-Américains allaient être victimes de leur propre astuce. Comment pourrais-je intégrer ça dans mon cours à la New School — si je survis à cette nuit pour faire un jour d'autres cours...

Il regarda sa montre. 4 h 40. Les éclaireurs avaient déjà dix minutes de retard. Ah, l'attente. L'attente ! Combien de fois avait-il attendu que Keefe et Rattigan reviennent d'une mission tandis qu'il tentait de s'occuper l'esprit avec de l'ironie et de l'autodérision, réfléchissant au bon vieux temps où le monde était jeune ?

Snoops sortit de l'ombre en rampant.

— Rien, rapporta-t-il dans un chuchotement. Près d'un kilomètre sur les genoux, et je n'ai même pas vu un hérisson.

Cinq minutes plus tard, Peanuts arriva en bondissant car il était en retard. Il secoua la tête :

— Quelques cadavres, certains des nôtres. A part ça, pas âme qui vive.

Les soldats devaient venir directement par le chemin, l'accès le plus facile pour des troupes épuisées. Deux minutes plus tard, Wolfpack déboula courbé en deux, faisant signe derrière lui et passant un doigt sur ses lèvres. Pas de bruit. Ils sont par là. Il leva les mains en montrant sept doigts, puis en pointant de nouveau le chemin. Ils étaient à sept minutes derrière.

Ils ne communiquaient plus que par signes, maintenant. Cassidy avait procédé à une répétition et inculqué son rôle à chaque homme. Il pointa du doigt ; Keefe et Rattigan distribuèrent les grenades avec parcimonie car ils n'en avaient pas tant que ça, et elles représentaient l'artillerie. Deux chacun pour Anna et Wolfpack, qui seraient derrière des arbres sur la gauche du chemin que descendaient les *soldados*. Dugan et Scipion seraient à plat ventre sur leurs arrières, couvrant les flancs avec leurs kalachnikovs.

De l'autre côté du chemin, derrière les arbres — et ils avaient intérêt à se trouver des arbres solides pour se protéger de leurs propres grenades — il y aurait Snoops et un mince jeune homme qui s'appelait Hellfire, chacun avec deux grenades. Peanuts et Pear Tree couvriraient leurs arrières.

Tout le monde disposait d'armes automatiques.

Cassidy fit tourner son index droit en un grand cercle qui signifiait, vite, vite, vite.

Ils allaient se mettre en position à une centaine de mètres en avant des voitures. Cassidy leur donna cinq minutes, devinant encore une fois le temps et la distance. Que le dieu de la guerre soit avec nous. La chance était le plus grand de tous les généraux.

Cassidy, Rattigan et Keefe garderaient l'arrière, mais ils avaient encore beaucoup à faire avant. Dans un dernier effort silencicux, Cassidy tenta d'éloigner Amanda et Joseph du front, leur adressant des signes car il ne pouvait se risquer à parler. Ils se contentèrent de secouer la tête. Amanda maintenait toujours les chevaux de tête de la diligence de Douvres, tandis que Joseph caressait les autres chevaux de toutes les voitures, qui s'étaient montrés très calmes toute la nuit.

Cassidy passa de voiture en voiture, imbibant le bois. Il renversa l'essence sur les branchages et les broussailles, sur le splendide intérieur de la diligence, ce chef-d'œuvre de charronnage du XVIIIe siècle, sur les magnifiques incrustations de bois satiné du brougham Lancia, sur son siège extérieur arrière ; sur la voiture de cirque, cette pièce unique, fabriquée à un seul exemplaire ; sur le cabriolet irlandais, répandant le liquide de façon équitable, essayant de ne pas respirer les fichues émanations.

Les cinq minutes étaient écoulées.

Il embrasa une pomme de pin avec une allumette et la posa sur le sol. De sa main gantée, il alluma une autre pomme de pin à la première, qu'il déposa dans la main elle aussi gantée de cuir de Keefe. Il y avait bien longtemps de cela, Keefe avait joué au cricket au Trinity College à Dublin, et il n'avait jamais oublié le geste du lancer du *bowler*. Il fit trois enjambées en courant, et balança la pomme de pin enflammée dans la diligence.

WHOOSH !

Des flammes éclatèrent dans toutes les directions. Les chevaux terrifiés prirent le mors aux dents, hennissant de peur. Amanda eut à peine le temps de se rejeter sur la gauche, évitant de peu la voiture en flammes et les quatre chevaux emballés, tandis que les flammes montaient dans le ciel.

Cassidy tendit la seconde pomme de pin à Keefe, qui la jeta dans le brougham.

WHOOSH !

Cette fois-ci ce fut Joseph qui dut plonger dans les buissons pour s'écarter du chemin des quatre chevaux lancés au grand galop, la croupe léchée par les flammes.

Rattigan se suspendait aux deux bêtes attelées à la voiture de cirque, qui s'étaient dressées en hennissant et faisaient de leur mieux pour filer dans les bois. Keefe eut tout juste le temps d'enflammer l'essence, et Rattigan fut projeté dans les buissons sous la force des chevaux lancés derrière les autres voitures.

N'ayant personne pour le retenir, ils perdirent le cabriolet. L'équipage fit demi-tour et partit comme une flèche dans la mauvaise direction, sans avoir eu le temps d'y mettre le feu.

Cassidy avait compté sur le chaos. L'art de la guerre est celui du chaos organisé (si tant est qu'une chose pareille puisse exister), mais celui qu'il récolta fut au-delà de ce qu'il avait imaginé, au-delà de tout ce qu'il aurait jamais pu imaginer.

La diligence de Douvres avec ses quatre chevaux terrifiés et hurlant (et quiconque a entendu cela est incapable de jamais l'oublier) parcourut les soixante-quinze mètres qui la séparaient des Latino-Américains descendant la piste en 4,6 secondes, ce qui ne leur donna ni le temps de la réflexion, ni même celui du réflexe. (En 228 avant J.-C., les Carthaginois d'Hamilcar avaient eu beaucoup plus de temps pour réagir face aux bœufs, mais n'avaient pas non plus réussi à en réchapper.)

Les *soldados* avançaient en colonne par deux, de chaque côté du chemin, lorsque l'enfer des voitures embrasées et des chevaux hennissant leur déboula dessus. Les flammes s'élevaient maintenant à dix mètres de haut, illuminant les soldats comme en plein jour, mais plongeant les bois alentour dans une obscurité encore plus profonde.

Wolfpack fut le plus prompt à agir. Il expédia sa grenade au centre de la piste, et replongea derrière son arbre. L'explosion ébranla la terre et les débarrassa de six Latino-Américains. Anna lança sa grenade trois secondes plus tard, et du côté opposé, celle de Snoops éclata quelques secondes après. Le carnage fut moindre car les soldats avaient plongé au sol (ce que Cassidy avait prévu), mais les grenades cueillirent les chevaux de tête de la diligence au poitrail. Ceux-ci s'écroulèrent, le reste de l'attelage et la voiture s'entassèrent dessus en un amas désordonné avec des flammes de quinze mètres, tout ceci sur les premiers soldats. Hellfire balança sur cette pagaille la quatrième et dernière grenade.

Les quatre chevaux du brougham lancés au triple galop, paniqués par les grenades, tentèrent d'éviter la diligence en flammes en la contournant par la droite, mais il n'y avait pas suffisamment de place pour une telle manœuvre. La roue gauche du brougham accrocha la roue droite de la diligence, les chevaux de tête furent jetés à genoux, et le reste de l'attelage se prit les pattes de devant dans les arrière-trains, formant une indescriptible mêlée.

Pendant ce temps, les soldats à terre étaient pris sous le feu croisé des kalachnikovs de Wolfpack, Anna, Scipion et Hellfire, qui tiraient de l'ombre dans le cercle de lumière éclatante.

La voiture de cirque et ses bêtes sortit de la piste pour éviter la masse en flammes.

A leur tour, les arbres se trouvèrent gagnés par le feu.

Les hennissements déchirants et sinistres des chevaux survivants s'entendaient à des kilomètres à la ronde.

A la lueur des flammes, le sol était jonché de Latino-Américains sans vie, un enchevêtrement de bras et de jambes.

Un seul en avait réchappé.

Arguello.

Celui-ci avait confié la tête de la colonne à son adjoint, Carlos, et lui-même fermait la marche. Ce n'était pas par lâcheté — personne n'avait jamais pu accuser Arguello d'une chose pareille. Il fermait la marche parce qu'il connaissait parfaitement ses hommes, leurs limites, leurs faiblesses et leurs astuces. La nuit avait été longue. Confrontées à une nouvelle longue marche, Arguello savait que ses troupes allaient s'évanouir dans l'obscurité pour grappiller un peu de sommeil (comme tous les soldats d'infanterie au monde, c'étaient de gros dormeurs) si on leur en offrait l'occasion. C'était pour cette raison qu'il fermait la marche, et ses hommes, qu'il terrifiait, marchaient humblement devant lui vers leur destin.

Lorsque les voitures en flammes avaient déboulé, la stupéfaction avait pétrifié Arguello l'espace d'une seconde. La première grenade l'aurait cueilli s'il ne s'était trouvé hors de portée. Lorsque la seconde avait éclaté, il avait déjà plongé dans les bois et s'était aplati au sol du mieux possible pour éviter les suivantes, et le brasier.

Ayant une longue pratique de la chose, il reconnaissait une *emboscada* quand il en voyait une. Lorsque les tirs cessèrent, il rampa dans les bois en direction du chalet pour prévenir Roberto de ce qui venait de se passer et pour prévoir la suite.

L'embuscade avait été foudroyante, dévastatrice et démoralisante, même pour les vainqueurs. Cassidy, Keefe et Rattigan remontèrent la piste avec précaution, eux-mêmes à peine convaincus de la rapidité de l'opération. Les flammes ronflaient dans les arbres, mais commençaient à mourir car ceux-ci étaient jeunes et couverts de rosée.

Wolfpack et Scipion, sortis de l'abri des arbres, achevaient les quelques *soldados* qui respiraient encore, les soulageant de leurs souffrances. Pas de quartier.

Les chevaux continuaient de pousser des hennissements déchirants.

Alors se produisit une scène étrange. Armée d'une kalachnikov et d'un poignard (Cassidy ne sut jamais où elle les avait dénichés), Amanda Shotover, raide et lugubre, vibrante de fureur, descendit la piste d'un pas ferme.

Elle s'approcha du brougham renversé. Les deux

premiers chevaux avaient péri dans les flammes de la diligence de Douvres. Elle délivra les deux autres de leurs harnais, et ils s'éloignèrent dans les bois. L'une des bêtes boitait horriblement.

C'était la diligence qui avait été le plus touchée. Les deux chevaux de tête étaient morts dans l'explosion de la première grenade, et les deux autres avaient été sérieusement blessés par les suivantes. Amanda les abattit tous les deux.

Le silence tomba sur la forêt. Un silence monstrueux, effrayant, déchirant après toute la fusillade, les grenades, les hurlements des chevaux. Seul résonnait le craquement des flammes, et encore, celui-ci aussi mourait doucement.

Cassidy descendait le cortège, inspectant les corps, comptant les cadavres. Il cherchait un visage en particulier, ce visage démoniaque avec ses siècles de sauvagerie atavique, mais ne le trouvait pas.

Amanda s'approcha, et lui dit :

— Vous avez tué mon cocher.

— Je suis désolé.

Elle s'était déjà rendue à une centaine de mètres de la scène, où sur le chemin gisait Joseph, une balle dans le front. Elle s'agenouilla et ferma les paupières de son plus vieux domestique.

Keefe arriva. Il jubilait.

— Pas une égratignure chez nous. Je ne peux pas y croire.

— Joseph est mort. Le vieux cocher.

— Bon Dieu !

Cassidy frotta ses yeux rougis, son début de barbe, ressentit la lassitude qui l'habitait.

— Arguello s'est enfui. Nous devons faire attention à ce salopard. Et ce n'est pas fini. Nous devons nous emparer de ce chalet.

Les toutes premières lueurs de l'aube grise se montraient à l'est.

Ils remontèrent le chemin en deux colonnes largement espacées, de façon qu'Arguello ne puisse tenter une tuerie éclair. Lorsqu'ils atteignirent le bord de la clairière, il était 5 h 10.

Allongé sur le ventre, Keefe à côté de lui, Cassidy contempla le chalet qui se découpait dans la lumière de l'aube naissante.

— Rattigan est souple comme un singe, dit Keefe. Il pourrait monter sur le toit, balancer une ou deux grenades dans la cheminée pour les assommer, et nous on foncerait sur l'entrée.

Cassidy secoua la tête.

— Lucia est là-dedans. Ainsi qu'Anne Falk. Pas de grenades, pas de tir.

— Quoi, alors ?

Cassidy ferma les yeux, tandis que ses pensées tournoyaient dans son cerveau inondé de fatigue.

Lucia là-dedans, avec ce bourreau, ce tueur, et le jour qui se levait...

Un long silence. Son regard tomba sur les ruches de Kaska, sur la gauche du chalet.

— Les abeilles, dit-il enfin en montrant les dents dans un sourire féroce. Demande si quelqu'un n'a pas déjà manipulé des abeilles. Celles-ci ne se réveilleront pas tant que le soleil ne sera pas haut, nous avons donc tout le temps.

— Alors, maintenant, on se met aux abeilles, Thucydide ? dit Keefe, épanoui. D'où la sors-tu, celle-là ?

— Les Corses, espèce de gorille irlandais ignare ! Le moindre petit Corse sait ça. Les Corses ont balancé des ruches dans les rangs des soldats allemands en 1732, et les ont mis en déroute. Espèces de foutus Irlandais, vous croyez toujours être les seuls opprimés à avoir gagné des batailles.

— Espèce d'ivrogne hibernien, c'est toi qui me traites de foutu irlandais ?

Sorti de nulle part, Fletcher apparut à cet instant, et se répandit en excuses.

— Désolé. Je me suis perdu dans cette fichue forêt.

— Vous arrivez juste à temps. Nous allons attaquer le chalet avec des abeilles. Le dernier cri en matière de haute technologie militaire, l'informa Keefe.

22

Inconscient, les yeux fermés, hors d'atteinte, Armand était toujours enchaîné. Roberto, assis à côté du RD-11, ruminait son échec. Personne, songeait-il avec tristesse, ne connaît la douleur du tortionnaire qui a échoué, les tourments de sa frustration. Lui, Roberto, avait usé de tous ses artifices sur ce *religioso* — petite et grande torture, persuasion, déduction —, de toute l'étendue de sa grande expérience, et il n'avait abouti à rien. La pensée qu'il ne savait vraiment pas quoi faire d'autre lui était encore plus pénible. Augmenter encore la puissance du courant ne ferait que tuer l'homme, et où cela le mènerait-il? Il n'aurait plus aucun moyen de retrouver l'argent. Il devrait retourner au Balisario et avouer son échec à El Presidente, qui était lui aussi un bourreau de la pire espèce. Pas dans le registre de raffinement, d'intelligence et de technique de Roberto, bien sûr, mais peut-être même supérieur à lui en enthousiasme et brutalité. Et dans sa fureur, qui El Presidente allait-il torturer?...

Roberto évacua cette terrible pensée pour se concentrer sur le problème actuel. Armand tremblait, maintenant, et ses frissons faisaient cliqueter ses chaînes. Mauvais signe.

— Maurello, ôte-lui ses chaînes. Allonge-le sur le sol.

Si seulement je disposais de plus de temps. Je pourrais le ramener au Balisario et lui consacrer des heures, des jours. Mais il n'avait pas le temps. Il devait récupérer l'argent et rentrer.

Étendu sur le sol, Armand tremblait moins.

— Va chercher une couverture, Maurello. Deux, même. Enveloppe-le bien. Nous devons le réchauffer.

Roberto était toujours un tortionnaire attentif.

— Où vais-je trouver une couverture, *comendador*?

— Dans la chambre, dit Roberto en lui désignant la pièce du doigt et en se retenant d'ajouter *estúpido*, ou quelque autre insulte du genre.

Il se montrait invariablement poli envers ses subordonnés, qui le craignaient néanmoins plus que le démon.

Maurello déverrouilla la porte et la poussa brutalement au visage d'Anne Falk, qui, entourant Lucia de son bras, avait collé l'oreille contre le battant.

— Aïe ! fit-elle.

— *Me pesa*, répondit Maurello.

Anne Falk bondit et se précipita vers Armand inconscient. Elle prit sa tête sur ses genoux, lui tâta le pouls, lui caressa le visage, lui souleva une paupière pour regarder le blanc de l'œil, tout ceci sous le regard attentif de Roberto, dont l'esprit était en ébullition. Il avait atteint le bout du rouleau.

— Une personnalité très intéressante, observa Roberto en anglais. Beaucoup de ressource. C'est surprenant chez un Anglo-Saxon. D'habitude, les

Américains n'ont guère de résistance. Vous êtes sa bien-aimée, n'est-ce pas ?

Anne ne répondit pas, décomposée par la peur.

Dans des circonstances ordinaires, Roberto n'approuvait pas du tout la contre-torture — c'est-à-dire, torturer un mari ou une femme en face de son conjoint dans le but de soutirer des informations de l'observateur pour faire cesser les tourments de l'autre. Procédé méprisable. Et puis, ça ne marchait pas. Mais dans le cas présent...

Maurello était de retour avec les couvertures, dont il enveloppa Armand, avec l'aide d'Anne Falk.

Qu'avait-il à perdre ? réfléchissait Roberto. Il n'avait jamais torturé de femmes pour des raisons que des féministes n'auraient guère trouvées flatteuses — il ne les considérait pas dignes de son intérêt. L'homme bien soumis à la torture renonçait à son esprit, à son âme, mais avec une femme — à quoi pouvait-elle bien renoncer ?

Néanmoins, il avait tout essayé. S'il faisait hurler la femme, peut-être ces cris finiraient-ils par pénétrer jusqu'aux tréfonds du *religioso*, peut-être le feraient-ils sortir de sa transe pour le ramener à un semblant de réalité ? Cela valait la peine d'essayer.

— Maurello, intima-t-il en espagnol. Empare-toi de la femme. Nous allons essayer quelque chose de nouveau.

Maurello fit signe à ses deux hommes, Esteban et Luis, qui convergèrent vers Anne Falk. La tête baissée au-dessus d'Armand, elle ne remarqua pas les deux hommes, mais Lucia, si. L'adolescente avait assisté à la scène depuis le seuil de la porte, et elle poussa un petit cri.

Celui-ci fut noyé par l'écho de l'explosion d'une

grenade, qui fit sursauter tout le monde. Il n'y avait pas eu d'échange de coups de feu depuis un moment, et certainement pas de grenades. La première fut suivie d'une seconde, puis d'une troisième et d'une quatrième, très rapidement, et ensuite, d'une rafale de coups de feu.

Roberto s'était levé et écoutait, un rictus aux lèvres. Les bruits étaient très familiers. C'étaient les armes de ses hommes. Mais quelle était la signification de cette fusillade ? Il ne s'attendait pas à une opposition organisée. Après tout, les États-Unis étaient alliés du Balisario, et c'était un pays heureusement à l'abri de la guérilla qui dévastait le sien. Roberto n'aimait pas ça du tout.

Luis et Esteban s'étaient emparés d'Anne et l'avaient remise debout.

— Non ! hurla Lucia.

D'un air las, Roberto l'entoura de ses bras, et lui appliqua une main sur la bouche.

— Vous m'empêchez de penser, lui dit-il, tandis qu'elle lui flanquait un coup de pied dans le tibia et lui mordait la main.

Décidément, ces enfants américains étaient tellement mal élevés ! Maurello lui fournit de l'aide, et à eux deux, ils saucissonnèrent l'adolescente qui se débattait avec du fil électrique — il y avait des kilomètres de fil dans cette maison pleine d'appareillage électronique. Ils la bâillonnèrent ensuite avec une des serviettes de Kaska et la déposèrent sur le lit de celui-ci, tandis qu'elle continuait de ruer et s'efforçait de crier à travers son bâillon.

Anne Falk, elle, n'opposa aucune résistance à Luis et Esteban, qui l'enchaînèrent. La peur la pétrifiait, et elle avait honte de cette peur, l'esprit à cinq mille kilomètres de là, cinq cents ans plus tôt. *Le feu m'effraie*. Jeanne d'Arc l'indomptable avait eu peur du feu et était morte par ce qui l'effrayait le plus. Alors peut-être la peur avait-elle des précédents historiques respectables ; elle n'était pas totalement honteuse...

Tout ceci prit un peu de temps. Vrai chat sauvage, Lucia n'avait pas été facile à maîtriser. Roberto prit soin de sa main mordue, de son tibia, et tenta de rassembler ses esprits tandis que Luis et Esteban suspendaient Anne Falk et refermaient les colliers sur ses deux jambes. Maurello sortit de la chambre de Kaska et referma la porte derrière lui. Roberto, encore haletant, voulut prendre un de ses cigares pour se calmer, mais ses deux derniers havanes avaient été réduits en miettes au cours de la lutte avec Lucia. Il retira les restes de sa poche de poitrine et les posa sur le dessus du RD-11.

Arguello entra, ouvrit et referma la porte dans un geste d'une vivacité qui était en soi un signal d'alarme. Il s'appuya contre le battant, et chacun de ses traits basanés était un présage de désastre.

— *Emboscada ! Somos extirpados !*

Tout ça était inimaginable. Roberto ne cilla pas. Le désastre était une tradition hispanique, et la réaction au désastre un trait tellement inscrit dans le caractère hispanique que Roberto ne s'attarda pas un instant sur les détails. Arguello avait connu bien trop de conflits pour se tromper sur la nature de la catastrophe. Rechercher les causes ou les responsabilités était inutile, et l'esprit de Roberto sauta immédiatement par-dessus tous ces obstacles pour se consacrer au souci essentiel : que faire maintenant ?

Somos extirpados.

Pas tout à fait. Il avait Arguello, Maurello, Luis Esteban, et lui. Cinq hommes.

— Nous avons des otages, dit-il à haute voix.

Les Américains ne connaissaient pas la guérilla, mais ils avaient la CIA, qui, d'après ce qu'il en savait, se conduisait fréquemment d'une façon totalement opposée à la politique des Affaires étrangères. Une action militaire capable d'éliminer quarante de ses hommes les mieux entraînés — et lorsqu'il rentrerait, il y aurait une enquête à ce propos, s'il rentrait — ne pouvait être orchestrée que par la CIA.

— Place la femme juste devant la porte. Ils ne tireront pas dans la pièce où une de leurs compatriotes est enchaînée.

La femme avait dit qu'elle était un agent spécial de la CIA, non ? Si ceux-là dehors appartenaient à la CIA...

— Il y a quelqu'un sur le toit, intervint Arguello. Éteignez les lumières. Nous sommes encerclés.

Roberto aussi entendait, maintenant : ce n'était pas une personne qui se déplaçait doucement — pas tout à fait assez cependant —, mais plusieurs...

Pear Tree avait eu des ruches à Staten Island, et comme tous les apiculteurs, c'était un idéaliste, un naturaliste et un homme gentil (par opposition à un gentilhomme, ce qui est différent). Il fut bien entendu scandalisé par l'idée de Cassidy, et guère attendri par ses références historiques. Même si les Corses avaient joué ce tour aux Allemands en 1732, ce n'était pas une raison pour infliger ça à une colonie d'abeilles travailleuses et méritantes. Comme tous les apiculteurs, il parait celles-ci de toutes les vertus — économie, industrie, discipline, esprit d'équipe, sens du sacrifice, honneur, courage, décence — dont il trouvait que l'homme moderne manquait singulièrement. En bref, c'était non. Il rejouait à Cassidy la scène qu'Amanda Shotover lui avait faite avec ses chevaux.

— Ma fille de treize ans, lui dit celui-ci, se trouve dans ce chalet avec Roberto Garcia, le plus infâme tortionnaire d'Amérique latine. Keefe a déjà été torturé par cet homme. Raconte-lui, Keefe.

L'Irlandais éloquent fit son travail. Au bout de deux minutes, Pear Tree craqua.

— D'accord ! D'accord ! J'ai besoin d'un peu de mousseline pour boucher l'ouverture.

Il n'y avait pas de mousseline, mais une couverture pendait sur la corde à linge de Kaska. A l'arrière du chalet se trouvait un appentis, où ils trouvèrent les gants d'apiculteur de Kaska, qui remontaient jusqu'aux coudes, et son casque avec la moustiquaire. Une seule paire de gants, un seul casque. Cassidy les prit. Il allait entrer seul dans la maison, et il en aurait besoin. Les autres se contenteraient de se faire piquer.

Pear Tree enveloppa doucement la ruche endormie dans la couverture et la transporta derrière le chalet où Rattigan, déjà sur le toit, la hissa avec la corde à linge de Kaska. Puis il rejoignit Rattigan.

Le jour se levait maintenant rapidement, les hommes avaient les yeux rougis, ils étaient en sueur et leurs vêtements couverts de poussière.

Cassidy leur donna ses instructions à voix basse. A partir de maintenant, c'était un combat sans armes. Ils ne devaient pas utiliser celles-ci, sauf pour sauver leurs vies.

— Nous devons prendre Roberto Garcia vivant. Je veux parler à ce fils de pute, et je ne sais pas lequel c'est. Assommez-les. Ne les tuez pas.

Wolfpack et Anna rejoignirent Rattigan et Pear Tree sur le toit, en position au-dessus de la porte d'entrée. Anna, que les abeilles terrifiaient, devait se préparer à se jeter sur les premiers Latinos qui s'enfuiraient, qu'ils soient couverts d'abeilles ou non. Wolfpack devait faire de même.

Scipion et Hellfire étaient dos au mur près des deux fenêtres (les seules du chalet), prêts à affronter n'importe quel *soldado* et à l'assommer de la crosse de leur 38 de service.

Snoops, Peanuts et Dugan étaient allongés à couvert des bois devant la porte d'entrée, au cas où quelqu'un échapperait à l'encerclement. Ils avaient également pour ordre de capturer, et non de tuer.

Cassidy et Keefe rampèrent sous les fenêtres jusque devant la porte. Cassidy avait enfilé les gants, le casque et la moustiquaire.

Il portait à ses lèvres le sifflet pris sur un *sargento* mort lorsque la porte d'entrée s'ouvrit.

Blottis contre le mur, ni Cassidy, ni Keefe, ni ceux qui se tenaient près du chalet ne profitèrent du spectacle extraordinaire. Seuls les trois flics à plat ventre à la lisière de la forêt y assistèrent — et ce fut quelque chose d'éblouissant.

Là, enchaînée dans la position de la crucifixion, les yeux baissés dans l'attitude de la jeune fille pudique qu'on ne voit plus guère aujourd'hui, semblable dans la lumière pâle de l'aube naissante à un Greco mal éclairé, se tenait la plus belle débutante bostonienne de 1975.

Dans la pénombre du chalet, Arguello avait supervisé la mise en scène qu'il désapprouvait totalement, étant lui-même soldat et non tortionnaire. Anne Falk était suspendue au cadre d'acier, les bras étendus dans une attitude de soumission totale. Elle avait dépassé le stade de la peur, et se trouvait dans un état proche de la catalepsie. Au cours des dix dernières minutes, elle avait vécu mille ans, pensait-elle.

Assis près du mur du devant, les mains sur l'équipage, Roberto se trouvait lui aussi dans un état de résignation proche de la transe. Sa *pasión* avait obscurci son jugement militaire. C'était ce qu'on dirait à la commission d'enquête. C'était une accusation qui avait déjà été portée au Balisario, et souvent par Roberto Garcia lui-même, contre divers commandants militaires qui avaient laissé leur passion pour le polo, pour les filles, ou d'autres extravagances prendre le pas sur leur compétence. Plutôt que de se retrouver dans une position aussi dégradante devant des hommes qu'il méprisait (et entre autres, El Presidente lui-même), il valait bien mieux mourir avec panache en menant ses hommes à l'assaut une dernière fois, emportant quelques gringos avec lui dans la tombe, laissant à ses descendants un honneur sans tache plutôt que la honte.

Que faisait-il donc là, les mains sur cet équipage, prêt à torturer *une femme* ? Ne devrait-il pas plutôt charger les gringos, un fusil à la main ? Ou bien n'était-ce que du sentimentalisme ? Et puis, il y avait cet homme, Cassidy. Roberto voulait rencontrer Cassidy. Il voulait placer cet individu (qui semblait être à l'origine de toutes leurs difficultés) dans la position occupée à cet instant par Anne Falk. Était-ce pour cela qu'il était assis là, les mains sur l'équipage plutôt que sur un fusil ?

Toutes ces réflexions prenaient du temps, tandis qu'Arguello, celui au visage de démon, grommelait, consultait sa montre et se demandait ce qui passait par la tête de son chef, qui perdait de précieuses minutes alors que l'ennemi se pressait sur le toit.

— *Comendador*, dit-il.

Roberto soupira.

— Je sais. Je sais. Tu peux ouvrir la porte, Arguello.

Celui-ci demeura bien à couvert derrière le lourd battant de bois. Anne Falk s'encadra dans le chambranle.

— Señor Cassidy, lança Roberto avec son meilleur accent d'Oxford. Je vous propose un marché. Cette charmante jeune femme, qui est comme vous employée par la CIA, en échange de vous-même. Vous êtes là, señor Cassidy ?

Pour souligner son propos, Roberto, l'artiste de la torture, tourna délicatement le rhéostat pour produire un simple petit soubresaut ; il voulait faire naître un unique gémissement féminin, une sorte de hors-d'œuvre.

Mais il ne se produisit rien. Rien du tout. Anne Falk demeura suspendue là, les yeux toujours pudiquement baissés, aussi silencieuse qu'une chauve-souris endormie.

Roberto tourna davantage le rhéostat. Rien. Pas un son, pas un mouvement de la part d'Anne Falk. Il actionna le bouton jusqu'au bout. Rien.

— Ils ont coupé l'électricité, dit Arguello, le combattant expérimenté. Nous allons devoir trouver autre chose, *comendador*.

C'est alors que se produisit le sifflement qui galvanisa tout le monde dans la pièce, tant il paraissait proche, presque sorti de la tête de Roberto.

Sur le toit, les mains nues exposées aux abeilles maintenant réveillées mais encore endormies, Pear Tree laissa tomber la chambre d'incubation avec son énorme reine entourée de sa suite d'ouvrières et de guerrières. La chambre d'incubation chuta le long des six mètres cinquante du conduit de la cheminée jusqu'au sol de brique où elle éclata, expédiant un nuage d'abeilles furieuses à travers la pièce. Ensuite, Pear Tree laissa tomber l'une après l'autre les deux chambres supérieures — qui devaient contenir environ cinq mille abeilles.

A la guerre, rien ne marche jamais comme on s'y attend, et ceci s'applique aussi bien à l'assaillant qu'à l'assiégé. Les abeilles étaient une arme à double tranchant, qui pouvait toucher à la fois défenseurs et attaquants de la façon la plus surprenante. Comme en 1732, les abeilles provoquèrent avant tout la surprise — le plus grand de tous les avantages militaires. Les Latino-Américains qui restaient étaient des hommes courageux lorsqu'ils étaient confrontés aux obstacles habituels — balles, obus, mortiers, baïonnettes — mais les abeilles, surtout en quantité aussi énorme, dépassaient tout ce qu'ils avaient jamais expérimenté. On a souvent dit, tout est bon en amour comme à la guerre, mais celui qui a dit ça ne pensait sûrement pas aux abeilles.

Les insectes firent perdre la raison à Arguello, pourtant un homme très courageux. Rien que le bruit de cinq mille abeilles en colère aurait été suffisant pour rendre fou n'importe qui, mais par-dessus le marché, l'essaim se précipita droit sur lui, et atterrit sur ses mains et son visage. Il prit ses jambes à son cou et sortit à l'air libre, trop effrayé pour crier, les cordes vocales nouées de terreur.

C'était là le pire exemple à présenter à Maurello, Esteban et Luis. Si leur propre *sargento* se conduisait comme ça... Les trois hommes sortirent en courant à sa suite, hurlant des épithètes latines. *Exeunt*, poursuivis par des abeilles.

S'ils s'étaient trouvés dans le chalet, les flics auraient peut-être été eux aussi démoralisés. Mais ce ne fut pas le cas. Anna sauta sur le dos d'Arguello, abeilles ou pas abeilles, et l'assomma de son 38. Wolfpack sauta lui aussi du toit sur Maurello, Scipion sur Luis, Hellfire sur Esteban, et ils assommèrent tout ce beau monde. Ils avaient tous été bien piqués.

Mais le nombre d'insectes à l'extérieur n'était rien comparé à l'intérieur de la maison. A l'intérieur, c'était l'enfer. On a écrit l'équivalent de bibliothèques entières sur le comportement des abeilles. Maurice Maeterlinck, dans son chef-d'œuvre, *La Vie des abeilles*, s'excuse en préambule d'ajouter encore au sujet déjà bien exploré par Aristote. Et pourtant, il reste encore beaucoup à dire. Personne n'a jamais expliqué pourquoi les abeilles attaquent certaines personnes (certains semblent les attirer, et passent leur vie à les redouter) et en laissent d'autres totalement en paix.

Certains apiculteurs peuvent se recouvrir tout nus de la tête aux pieds d'abeilles affectueuses, sans jamais être piqués, tandis que d'autres se font attaquer dès qu'ils sortent de chez eux. Les abeilles de Kaska étaient aussi sélectives et bizarres que les autres. Elles s'étaient précipitées sur Arguello et, bien entendu, sur Maurello, Esteban et Luis, parce qu'elles poursuivent toujours un homme qui s'enfuit.

Anne Falk, enchaînée, fut piquée une vingtaine de fois au cou, au visage et aux mains, ce qui représentait une sérieuse quantité de venin, mais n'était rien comparé à ce que cela aurait pu être.

Armand, toujours inconscient sur le sol, ne fut pas piqué une seule fois. Un certain nombre d'abeilles se posèrent sur lui, peut-être pour se reposer (encore que lorsqu'on s'aventure à expliquer les motivations des abeilles, on pénètre dans les limites extrêmes des mathématiques supérieures). Les abeilles ont le sens de l'odorat six cents fois plus développé que le nôtre, et peut-être flottait-il autour d'Armand une odeur de sainteté (ou bien d'insanité) qui leur donna à réfléchir. Ou alors, elles l'aimaient bien. Avec les abeilles, on ne sait jamais.

Roberto, ça, elles ne l'aimaient pas. Tout comme l'odeur de sainteté (ou d'insanité, ce qui est quelquefois la même chose) émanait peut-être d'Armand, son contraire — l'odeur du mal — s'élevait peut-être de la chair de Roberto, enflammant les petites bêtes. Quoi qu'il en soit, elles s'installèrent sur lui, sur son cou, ses mains et son visage, tous les endroits exposés, piquèrent et repiquèrent, ne tombant que pour mieux être remplacées par d'autres abeilles.

La réaction de Roberto fut aussi incompréhensible que celle des abeilles. Il aurait aisément pu prendre la fuite dès la première piqûre, ou même avant. Il n'en fit rien. Il ne bougea pas, ne se leva même pas. Il demeura là immobile, à se laisser piquer et repiquer.

La réaction au venin des abeilles est aussi mystérieuse que leur comportement. Certains individus, piqués plusieurs fois, peuvent devenir presque immunisés contre les piqûres. Chez d'autres, cela peut empirer, et une seule piqûre peut devenir fatale. Le venin d'abeille est pour certains si toxique qu'une seule piqûre peut totalement paralyser.

Quelque chose de ce genre se produisit avec Roberto, une paralysie qui ne fut pas entièrement due au venin. Il avait eu cette vision d'une mort glorieuse à la tête de ses troupes (et la légende serait passée de génération en génération de Garcia). La première piqûre d'abeille l'immobilisa et le stupéfia en même temps. Incapable de remuer les membres, une paralysie de la volonté tout autant que du venin, son esprit n'en demeurait pas moins hyperactif, et des pensées fâcheuses, douloureuses, angoissantes inondaient son esprit.

Bien loin de succomber en pleine gloire, il comprenait qu'il était en train de mourir de façon ridicule, piqué à mort par de petits insectes furieux. Quelle légende à transmettre aux générations de Garcia ! Et elle le serait, il n'en doutait pas. L'ironie de la chose avait un côté très hispanique, le genre d'absurdité qui plairait à l'auteur de *Cent ans de solitude*. Le nom de Garcia synonyme de ridicule pendant des siècles !

Tout ceci lui traversait l'esprit tandis qu'il était piqué à mort, et l'action des abeilles n'avait jamais été aussi étrange que dans le cas de Roberto Garcia. Les membres paralysés, le cerveau hyperactif. Très bizarre.

Cassidy avait attendu à l'extérieur aussi longtemps que possible après la fuite d'Arguello et des trois autres. Il avait aussi peur des abeilles que n'importe qui, mais il disposait de l'unique paire de gants et du casque. Il pénétra dans le chalet, le 25 à silencieux à la main (car il n'avait aucune idée du nombre de Balisariens qui pouvaient y rester), à la recherche de Lucia, et sans la trouver.

— Lucia ! cria-t-il.

— Elle est dans la chambre, dit calmement Anne Falk. N'ouvrez pas la porte. Elle est en sécurité tant que la porte demeure fermée.

Cassidy trouva une chaise, sur laquelle il grimpa pour délivrer Anne Falk de ses chaînes, puis la porta dans l'aube grise et l'allongea sur l'herbe. Il retourna à l'intérieur et ramena Armand à l'air libre, suivi par les abeilles, qui ne l'avaient toujours pas piqué.

Il retourna enfin chercher Roberto.

Plus que tout, il avait désiré le trouver vivant, mais de toute évidence, ce ne serait pas le cas. Roberto n'était plus qu'une parodie de silhouette humaine, entièrement recouvert d'insectes, et son visage n'était plus qu'une masse solide d'abeilles, des cheveux jusqu'à la nuque, sur le cou, le nez, les yeux, la bouche. Il ne demeurait plus un centimètre de visible.

Pourtant, il devait bien lui rester un souffle de vie, sinon pourquoi demeurait-il assis là? Qu'est-ce qui maintenait cet homme sur cette chaise? A l'instant où cette pensée traversait Cassidy, Roberto glissa lentement sur la gauche, et s'écroula sur le sol. (Il se demanderait toujours si Roberto était encore vivant lorsqu'il était entré la première fois, encore vivant lorsqu'il était revenu pour la troisième fois, et s'il était mort devant lui.)

Un nuage d'abeilles s'éleva du cadavre, et Cassidy sortit en vitesse.

— La fumée! hurla-t-il à Pear Tree. Envoie la fumée!

Celui-ci avait déjà mis le feu à la couverture, qui se consumait. Il en découpa un morceau et le fit tomber dans la cheminée. La fumée sortit dans la pièce en tourbillonnant. Puis il descendit du toit avec la couverture qui se consumait toujours et rentra dans la maison sans se préoccuper d'enfiler les gants ou la moustiquaire. (Il faisait partie de ceux que les abeilles laissaient tranquilles.)

La fumée calma les insectes. Pear Tree alla ramasser la chambre d'incubation, et délivra la reine, qu'il emmena à l'air libre et relâcha en hauteur, tandis que ses sujets fidèles se regroupaient autour d'elle en essaim. Ensuite, il alla examiner Anne Falk, dont les yeux étaient fermés.

Amanda Shotover sortit des bois sur Leatherstocking, lugubre comme la mort sous le ciel gris. Elle descendit jusqu'auprès de son fils inconscient, sauta de cheval, et s'agenouilla près de lui. Armand gisait les yeux fermés, la bouche tordue en un sourire ironique, comme s'il se trouvait bien au-delà de toute cette agitation.

— Il est vivant, Mrs. Shotover, lui dit Keefe. Les abeilles ne l'ont pas touché.

Amanda était penchée sur son fils, et étudiait ce sourire ironique.

— Mon fils est un survivant. Il l'a toujours été.

Une chose très étrange se produisit alors. Armand ouvrit les yeux, le regard doré mais opaque, regarda droit à travers sa mère sans la voir, et déclama très distinctement :

— « J'ai accompli une chose plus brave que tous les valeureux aient jamais accomplie. Et pourtant il en est une encore plus brave, qui est de la garder cachée. »

Sur ce, il referma les yeux, et retourna là d'où il venait.

— John Donne, dit Keefe, le lettré de Trinity. Mais ne me demandez pas ce qu'il essaie de nous dire parce que je ne sais pas.

Amanda Shotover secoua lentement la tête avec admiration et exaspération. Elle se pencha et embrassa Armand sur les lèvres, en un baiser plus admiratif qu'aimant. Le genre de baiser que le général de Gaulle aurait pu donner à un soldat après lui avoir décerné la croix de guerre, songea Keefe.

Pear Tree déclara vivement :

— Cette femme doit être conduite à l'hôpital, et vite. Elle est en état de choc.

Les joues d'Anne Falk étaient enflées de façon grotesque, ses lèvres gonflées, ainsi que son front et ses paupières ; elle était monstrueusement laide. Amanda Shotover lança à la jeune femme un long regard dur et dit :

— Mettez-la sur la croupe de Leatherstocking.

Elle enfourcha sa monture. Keefe et Pear Tree installèrent Anne derrière la selle, tête baissée, solidement arrimée.

— Je l'emmène au garage, mais quelqu'un doit venir avec moi pour conduire la voiture et la mettre dedans. Je ne conduis pas.

Ce fut Rattigan qui trotta à ses côtés pendant cinq kilomètres jusqu'au garage, et Rattigan qui conduisit Anne Falk à l'hôpital à Marietta. Mais Amanda Shotover l'accompagna et y demeura toute la journée et une partie de la soirée, jusqu'à ce qu'Anne Falk reprenne connaissance et soit déclarée hors de danger.

Ce jour-là, tout le monde se conduisit de façon un peu bizarre. Après tout, le fils d'Amanda gisait par terre dans le coma, et elle l'avait abandonné pour veiller sur une femme qu'elle ne supportait pas. On aurait dit qu'elle savait qu'Armand irait bien sans elle. Ou peut-être savait-elle qu'elle ne pouvait pas faire grand-chose pour lui, alors qu'elle pouvait se rendre utile auprès d'Anne Falk.

Mais Cassidy ne vit pas tout ceci. Il s'était rendu dans la chambre de Kaska, et s'était assis sur le bord du lit, où sa fille, pieds et poings liés, le regardait d'un air rebelle. Il lui lança un regard ironique :

— Tu m'as l'air troussée comme un poulet. J'aime te voir dans cet état. Je peux parler sans être interrompu.

— Mpf, mpf, mpf.

— Oh, tout à fait. Je croyais que tes ordres stricts étaient de ne pas bouger de cette couchette supérieure avant mon retour.

— Mpf, mpf, mpf.

Il soupira et secoua la tête.

— Tu as manqué le pire, et ce n'est pas fini.

Keefe entra et referma soigneusement la porte derrière lui, observant le père et la fille.

— Tu ne la détaches pas ?

— Pourquoi ?

La détonation résonna clairement. C'était un 38 de service, mais assez loin.

— Qu'est-ce que c'est ? demanda Cassidy.

Keefe se mordit la lèvre.

— Le jour se lève d'un seul coup, par ici.

— Seigneur !

Trois autres détonations, avec l'écho particulier des 38 de la police.

— Nous n'avons rien à voir là-dedans, dit Keefe. Je n'ai pas approuvé ou désapprouvé. Je suis juste parti.

— Ouais, commenta Cassidy.

Pas de quartier. La vengeance était complète. Le moindre détail réglé, comme dans une pièce de Shakespeare. Excepté qu'ils ne se trouvaient pas au XVIe siècle.

— Toi et moi aurions fait pire, si on nous en avait laissé le loisir, dit Keefe en devinant ce que pensait Cassidy, et ce n'était pas la première fois.

Cassidy ne voulait rien entendre, mais il était impossible d'arrêter Keefe, qui voulait se soulager.

— Toi et moi avons été sauvés par les abeilles. Elles ont agi à notre place, et c'est heureux. Nous devrions leur en être très reconnaissants. Si nous avions accompli ce que nous avions en tête, cela aurait été très mauvais pour nos âmes immortelles.

Ils n'avaient rien discuté de tout cela, mais Keefe connaissait très bien son homme, savait parfaitement comment il fonctionnait.

— La ferme, dit Cassidy.

Il ne voulait même pas que le sujet soit évoqué devant sa fille.

Mais Keefe avait raison. Accomplir ce qu'ils avaient en tête aurait été très mal pour leurs âmes immortelles (et Cassidy ne croyait ni aux âmes ni à l'immortalité). Ce que voulait Cassidy, c'était extirper à Roberto Garcia la seule chose qui l'intriguait depuis le premier jour où Armand avait déboulé chez lui : l'identité de Victor. Pour ce faire, il avait eu l'intention de placer le tortionnaire sur son propre chevalet de torture, et laisser œuvrer Keefe, qui avait un petit compte à régler avec Roberto. Tel était le plan. Aucun d'entre eux ne l'avait mentionné, mais ils le savaient. Ils avaient été sauvés par les abeilles.

Mais maintenant, comment allait-il découvrir qui était Victor ?

Il délia les mains de sa fille. Elle ôta son bâillon et dit avec violence :

— J'ai mordu ce fils de pute et je lui ai tapé dans les tibias. Je voulais lui foutre un coup de pied aux couilles, mais je n'ai pas pu l'atteindre.

Le langage de sa fille de treize ans choqua Cassidy jusqu'à la moelle. Elle ne s'était jamais exprimée ainsi, jamais. Il ouvrit la bouche pour protester, puis la referma avec force. Au lieu de cela, il se pencha et l'embrassa sur la joue.

— A la bonne heure !

23

Lucia dormait à poings fermés sur le lit de Kaska. Cassidy la recouvrit d'une couverture et rejoignit Keefe dans la cuisine. Kaska gisait sur le côté, raidi dans la position assise, *Bienvenido* inscrit sur le front.

— Hélas, pauvre Kaska, je l'ai bien connu, dit Keefe. Ci-gît l'ultime survivant — à l'exception du fait qu'il n'a pas survécu. Si lui n'a pas réussi à survivre, alors c'en est fini de l'humanité.

Cassidy, à genoux, examinait le petit trou de la blessure.

— Une seule balle en plein cœur — et c'était le tireur le plus rapide de l'Ouest. Qui a bien pu faire ça ?

— Le KGB.

— Le KGB n'écrit pas *Bienvenido* sur les fronts. Ce n'est pas son genre — ni celui de Roberto.

Il se redressa, se tenant les reins, essayant de s'étirer. Il se sentait diminué. Kaska était un des rares à avoir appartenu au jeu depuis le début, de l'autre côté, bien sûr, mais il faisait néanmoins partie du cercle, qui allait en rapetissant. La mort des vieux ennemis laissait dans son intimité un vide qui n'était pas si différent de celui laissé par les vieux amis.

— Je crois qu'il était partie prenante de cette histoire, Keefe. Il en était même peut-être l'instigateur. Je n'ai jamais cru à sa défection. Si on découpe ce type, si on l'ouvre jusqu'au fin fond de son âme, on y trouvera Karl Marx inscrit quelque part — en code, bien sûr. Toute cette embrouille, y compris la défection de Kaska, a été orchestrée place Dzerjinski — quelle monumentale humiliation pour l'Oncle Sam, et qui pourrait bien réussir, à moins que nous ne leur coupions l'herbe sous le pied. Tu crois que c'est trop paranoïaque comme interprétation, espèce de Hamlet irlandais ?

— Pas plus que ça, Thucydide. C'est à force d'étudier l'histoire qu'on prend le pli. C'est comme l'absinthe, ça détruit les neurones.

Fletcher sortit de la forêt en clopinant, les yeux rougis, le visage noirci de cirage et de poussière, la bouche ouverte comme s'il n'avait plus la force de la refermer.

— Où sont les autres ? demanda Cassidy.

— Ils cherchent le reste de la troupe. Seigneur, ils ne peuvent pas *tous* être morts.

Il s'assit lourdement à la table de la cuisine et ferma les yeux. Keefe lui versa du café.

— Comment diable vais-je expliquer ça à vingt veuves affligées, Cassidy ?

— Allez vous reposer. Je trouverai quelque chose.

Il était 8 h 30. Personne n'avait dormi cette nuit-là.

Fletcher ouvrit les yeux, et il y avait un soupçon d'humour noir dans son regard.

— Je dois rapatrier les corps à New York. Les Irlandais révèrent les morts. Vous savez ça, Cassidy, vous aussi vous êtes un mangeur de poisson.

— Je l'étais, nuance.

Rattigan revint au chalet dans un pick-up.

— Je dois emmener Armand à l'hôpital.

— Où est Amanda ? demanda Cassidy.

— Au chevet d'Anne Falk, où elle monte la garde, ce que seules les classes supérieures savent faire.

Il eut son petit sourire de clown.

— Cassidy, ils possèdent cet hôpital. Les Shotover l'ont bâti et entretenu. Autrefois, les très riches avaient leur propre chapelle et leur propre prêtre, aujourd'hui, ils disposent de leurs propres hôpitaux et de leurs propres médecins.

— Aah, voilà qui va faciliter les choses. Tu as vu Alison ?

— Il est rentré à Washington dans cette monstrueuse limousine à propulsion nucléaire qui a du ravitaillement pour douze ans.

— Je vais conduire, dit Cassidy. Rattigan, allonge-toi derrière et dors un peu. Toi aussi, Keefe. Je serai rentré dans une heure.

— Et toi, quand as-tu l'intention de dormir, Hérodote ?

— J'y ai renoncé. C'est une très mauvaise habitude.

L'hôpital était une bâtisse de bois peinte en blanc avec des volets verts, entourée d'ormes, et le XXe siècle ne paraissait pas l'avoir effleuré. Cassidy trouva Amanda au chevet d'Anne Falk, droite sur sa chaise, mais profondément endormie. Le Dr Wentworth, qui faisait à Anne Falk une injection de Diphen, était un homme aux cheveux blancs et au gros ventre qui devait avoir quatre-vingt-cinq ans.

— Armand doit être admis sous le nom de

Joseph Dunn, et enfermé à l'extrémité du couloir du dernier étage, surveillé vingt-quatre heures sur vingt-quatre. Vous devez veiller sur lui vous-même, sans rien dire à personne, sans informer qui que ce soit de la nature de sa maladie, de son traitement, rien.

Le Dr Wentworth, qui avait connu Armand au berceau, lui lança un regard foudroyant :

— Seriez-vous en train de me donner des ordres, jeune homme ?

Seul un homme de quatre-vingt-cinq ans aurait pu qualifier Cassidy de jeune homme.

— Si vous ne le cachez pas, dit celui-ci, la CIA va l'enlever et le fourrer de nouveau dans un de ses hôpitaux, où ils lui administreront les mêmes drogues qui lui ont fait perdre les pédales la dernière fois et ont failli le tuer.

Amanda Shotover continuait de dormir comme une souche. Le Dr Wentworth posa sa seringue dans un plat en acier qui en contenait beaucoup d'autres, sans lever les yeux.

— Il existe des spécialistes pour son état. Je ne sais pas comment soigner le coma.

— Les spécialistes non plus, aboya Cassidy, dont seul le mépris pour les avocats surpassait celui qu'il avait pour les médecins. Son pouls et ses poumons sont bons. Laissez-le tranquille, il sortira du coma quand il en aura envie.

— La médecine par la superstition, ricana le Dr Wentworth.

— Mais la médecine n'est jamais que cela, de la foutue superstition ! rétorqua Cassidy. Vous, les carabins, vous avez tué des gens pendant trois siècles en les saignant au nom de la science. Aujourd'hui, vous leur filez le cancer avec des rayons X, vous les trucidez à coups d'opérations inutiles, et vous en faites des drogués en leur prescrivant le moindre remède de charlatan inventé par l'industrie pharmaceutique. Vous n'êtes tous que des sorciers !

— Sortez de mon hôpital ! rugit le Dr Wentworth.

Cette fois-ci, Amanda Shotover se réveilla. Ou bien peut-être l'était-elle depuis longtemps.

— Ce n'est pas votre hôpital, docteur Wentworth, mais le mien. Faites ce qu'il vous dit.

Le Dr Wentworth fulmina, flamboya du regard, luttant contre son orgueil professionnel. Il finit par dire « mmm », ce que les médecins disent depuis des siècles plutôt que de ne rien dire du tout. A quatre-vingt-cinq ans, il aurait du mal à trouver un nouvel hôpital, aussi était-il obligé de dire « mmm ».

Cassidy usa de son charme parce qu'il y était forcé.

— Docteur, la CIA va user de tous les prétextes imaginables, toutes les questions et tous les stratagèmes. Armand ne doit se trouver sur aucun registre, que ce soit sous son nom ou celui de quelqu'un d'autre. Avertissez les infirmières qu'elles ne doivent rien dire sous aucun prétexte.

Cassidy demeura ensuite un peu avec Amanda, qui l'observa avec son sourire acide et remarqua :

— Vous ressemblez à une page de Tennessee Williams — délabré, moisi, pourri jusqu'à la moelle.

Il sourit.

— Amanda, j'ai besoin de quelque chose que seule une vieille autocrate comme vous peut me fournir. Êtes-vous prête ?

— Quoi encore ?

— Vingt enveloppes à cadavres. L'hôpital devrait les avoir.

Le regard de la vieille dame était habité d'une tristesse insondable.

— *Vingt,* Cassidy ?

— Nous n'aurons peut-être pas besoin de tout le lot. Je l'espère.

L'autre chose dont il avait besoin était un peu plus gênante. Il soupira et se tritura la lèvre.

— Pour parler franc, Amanda...

— Allez-y.

— Le coroner est-il à vos ordres, comme cet hôpital ? J'ai besoin de vingt certificats de décès signés et portant le tampon officiel. Et tous des accidents de chasse.

Rattigan prit le volant à son tour pour rentrer à Shotover Hall tandis que Cassidy s'écroulait à côté de lui. Il dormait encore lorsque le camion s'arrêta devant le chalet de Kaska, et Rattigan ne le réveilla pas. A l'intérieur, il les trouva tous endormis — Keefe ronflait sur le lit à côté de Lucia, Fletcher était allongé par terre dans la cuisine. Il retourna au camion, et lui aussi ferma les yeux.

Cassidy s'éveilla une heure plus tard, et trouva Fletcher en train de compter les enveloppes en plastique.

— Nous n'en avons pas besoin de vingt, dit celui-ci. Nous avons trouvé huit des gars dans les bois. Certains dormaient, d'autres s'étaient perdus. Ils avaient un peu trop bu.

Cassidy lui montra les certificats de décès — signés et tamponnés. Fletcher était scandalisé.

— Seigneur, je pensais qu'à New York nous étions pourris, mais on ne pourrait pas y trouver un certificat comme ça ! Le maire lui-même ne pourrait pas.

— Shotover Hall représente presque la moitié du comté d'Alester. Les Shotover ne se payent pas seulement le coroner, mais également le shérif, un député à la Chambre des représentants, deux sénateurs, et environ un tiers du gouverneur.

Il adressa un sourire démoniaque à Fletcher, qui, pour sa taille et son poids, était un homme très vertueux.

— Vous êtes un citadin, Fletcher. Vous ne comprenez pas la campagne. Le magazine *Life* a un jour passé en revue dans un article douze homicides, dans lesquels les soupçons se portaient directement sur un homme ou une femme très riche. Dans chacun de ces cas, il existait suffisamment d'indices pour mettre en accusation et plus que probablement condamner l'individu soupçonné. Aucun d'eux n'a jamais comparu devant un tribunal. Si le coroner dit que c'est un accident, il n'y a même pas d'enquête.

Fletcher n'aimait pas la combine, même si elle arrangeait ses affaires. Enfin, en partie.

— Les veuves ne goberont jamais ça, dit-il d'un ton lugubre. Des accidents de chasse, mon cul. Qu'est-ce que je vais leur dire, Cassidy ?

— La vérité. Rien n'est plus apaisant que la vérité. Dites-leur que leurs maris ont vengé onze flics assassinés dans une opération d'une profonde noblesse, mais tout aussi profondément illégale. Tellement illégale que si jamais le moindre soupçon de vérité se faisait jour, leurs pensions de veuves de policiers seraient en danger. Rien ne réduit mieux au silence une veuve éplorée qu'une menace sur sa retraite.

Personne ne broncha pendant un moment.

— Cassidy, tu as l'esprit tordu, finit par dire Keefe. Suggérer de dire la vérité, non mais ! Tu pourrais te faire jeter de la CIA, pour ça.

— C'est déjà fait, rétorqua-t-il. Et exactement pour cette raison.

24

Cassidy faisait leurs bagages à tous les deux. Les jodhpurs qu'Amanda avait donnés à Lucia. (Quand aurait-elle de nouveau l'occasion de les porter ?) Sa grammaire française, qu'elle n'avait pas ouverte pendant une semaine. Son 25 à silencieux, enveloppé dans une vieille paire de chaussettes de laine de Lucia, fourré sous un jean de Lucia, et son vieux pull gris à lui, intercalant de vieux vêtements usagés, ceux de la fille et du père. Son *Histoire des croisades* sur le haut de la pile. Il ne l'avait pas ouverte une seule fois.

Lucia entra, vêtue de ses jeans les plus minables et d'une vieille paire de tennis dégoûtante, même selon ses propres critères, les yeux noirs de chagrin.

— Laetitia s'en va. Elle veut te dire au revoir.

Elle ouvrit la porte pour laisser entrer Laetitia, une mince jeune fille noire de dix-huit ans au visage ruisselant de larmes. Toutes les femmes noires de la maison étaient soit émaciées, soit grasses comme des moines.

— Au revoir, professeur. Ça a été un plaisir de vous connaître.

Cassidy plia un billet de vingt dollars et le lui glissa. Il ne savait pas quoi dire.

Ils partaient tous. La veille, c'était Gravity, qui s'occupait des vestibules et des salles de bains des étages caverneux. Aujourd'hui, Laetitia, qui avait fait toutes les chambres.

— Aucune d'elles n'a été payée depuis des semaines, Papa, dit Lucia qui les connaissait toutes, ainsi que les noms de leurs enfants. Cette maison tombe en quenouille, et nous l'abandonnons au moment où Amanda a le plus besoin de nous.

Que pouvait-il y faire ? Payer les factures d'Amanda ? Il n'arrivait même pas à régler les siennes.

— Nous devons rentrer avant qu'on ne te fasse redoubler, dit-il.

Et pendant qu'il me reste des étudiants à la New School for Social Research.

— Geoffrey fait toute la cuisine, dit Lucia en pleurant. Il ne peut pas faire aussi le ménage.

Cassidy plia sa chemise à carreaux rouge et la posa sur son *Histoire des croisades.*

— Tu es prête ?

— Je suis très triste, Papa, dit-elle en hochant la tête.

— Ça se voit. Viens.

Il laissa la valise sur le lit et ils descendirent tous les deux le vaste hall, puis le grand escalier construit pour les réceptions du XIXe siècle, où des jeunes filles en crinoline s'installaient sur les marches avec leurs chevaliers servants.

Ils trouvèrent Amanda dans la véranda, assise sur sa chaise de rotin blanche, jouant avec l'argenterie du service à thé sur la petite desserte à thé peinte. Un homme trapu avec un double menton débordant sur son col blanc était installé avec elle. Autour de son ventre et sur son siège étaient étalés des documents à l'air officiel, tirés de la serviette à ses pieds.

— Sydney Dorp, dit Amanda en le présentant à contrecœur. Le professeur Cassidy et sa fille, Lucia. Sydney est *banquier.*

Elle prononça ce dernier mot avec un extrême dégoût, comme si elle avait dit : Sydney est un violeur.

— Nous allons faire une dernière promenade à cheval, Lucia et moi. Nous espérions que vous vous joindriez à nous.

Amanda émit un jappement de pur plaisir, et bondit de son siège de rotin.

— Quelle idée merveilleuse ! Je vais mettre mes jodhpurs.

— Mrs. Shotover, intervint Sydney Dorp d'un air extrêmement contrarié. Nous n'avons même pas commencé à...

Amanda était déjà sortie.

Sydney Dorp fulminait.

— C'est une octogénaire très active, remarqua Cassidy.

Sydney Dorp rassemblait ses documents avec soin et respect, comme tous les banquiers.

— Mrs. Shotover, aboya-t-il, considère toute discussion sur l'argent comme indigne d'elle. De même que la reine d'Angleterre, elle ne se souille jamais les mains avec de l'argent.

Il rassemblait la pile de papiers sur ses genoux. Cassidy entrevit l'espace d'un instant un « CONTRAT conclu ce 27 mai 1981... ». Ce vieux truc. Il était accompagné d'autres papiers, d'autres prêts...

— Malheureusement, disait Sydney Dorp,

Mrs. Shotover n'est pas la reine d'Angleterre. Elle est mortelle, comme nous tous.

Il rangea le dernier des dossiers dans sa serviette, ferma celle-ci avec un claquement, et se leva, gros, échevelé et en colère.

— Voulez-vous avoir l'amabilité de dire à Mrs. Shotover que la banque sera obligée de précipiter la procédure de recouvrement du prêt à partir de lundi ? Bonne journée, monsieur.

Et il sortit d'un pas martial.

— Qu'est-ce que ça veut dire, précipiter la procédure de recouvrement du prêt ? demanda Lucia.

— Cela signifie qu'ils vont la mettre en musique et danser dessus. Comme ça, ajouta-t-il en esquissant un pas de deux, le seul pas de danse qu'il connaissait.

— *Papa !*

Geoffrey entra de sa démarche glissante, sans bruit, comme toujours tiré à quatre épingles, gants blancs sur ses mains noires. Il ramassa la tasse à thé d'Amanda et la plaça sur la desserte, ramassa celle de Sydney Dorp, pleine à ras bord, souleva la théière comme s'il s'agissait d'un objet sacré, et la plaça doucement, avec soin sur le chariot.

— Vous partez, comme les autres, Geoffrey ? demanda Lucia.

— Et où irais-je ? Ici, c'est ma maison. Je suis là depuis quarante-cinq ans, Miss Lucia.

Geoffrey poussa la desserte hors de la véranda, traversa la salle d'armes, la salle de musique, le salon, et retourna dans la cuisine, où il ôta son gilet, enfila un tablier, lava le service à thé puis le rangea.

Le soleil tachetait le sous-bois tandis qu'ils progressaient sur une vieille piste qu'Amanda avait suivie avec son mari quarante ans auparavant. Amanda montait Leatherstocking, Lucia, Faun, et Cassidy, Ariel.

— Vous avez des nouvelles de Mr. Fletcher? demanda Amanda à voix basse.

Lucia montait devant, et ils ne tenaient pas à ce qu'elle entende leur discussion.

C'était Amanda qui avait trouvé la solution du vieux bus scolaire, un Reo, qui remontait tout droit à l'époque où Shotover Hall disposait de sa propre école, et où le bus avait l'habitude de ramasser les enfants noirs éparpillés sur les vingt-sept mille acres pour les conduire à l'école et les ramener chez eux. C'était une énorme antiquité avec des banquettes de cuir que les mécaniciens de Shotover avaient préservée en état de marche par une sorte de défi. Les vivants et les morts dans leurs enveloppes plastique montèrent dedans. Ainsi, Fletcher et son équipe pouvaient rentrer à Manhattan sans demander de permissions embêtantes, les flics se relayant au volant sur l'Interstate 95. A Manhattan, Fletcher s'était arrangé pour emmener les douze corps séparément chez douze entrepreneurs de pompes funèbres différents. (Il est plus facile d'expliquer un corps que douze, ou même deux.) Après cela, Fletcher avait affronté les veuves, une par une. Et c'était tout.

Tout cela s'était produit trois jours auparavant. Le soleil brillait sur le tapis de feuilles, à travers les arbres gigantesques qui étouffaient les petits, car cette partie de la forêt n'avait pas été entretenue depuis des années. Ces grands arbres finiraient par mourir et s'abattre, et il n'y aurait pas d'arbres de taille moyenne pour prendre leur place. Une grande partie de Shotover Hall existait dans les limbes, comme une terre oubliée par le temps; personne n'avait mis les pieds sur cette terre depuis des années.

Et maintenant, tout était en train de craquer, ce qui n'était pas si surprenant. Ce qui l'était, en revanche, pensait Cassidy, c'était que tout cela ait tenu si longtemps, imperméable aux spéculateurs, aux changements économiques, à l'indolence, à toutes les autres forces qui avaient peu à peu grignoté les grands domaines. Les autres s'étaient barricadés derrière des avocats, fortifiés par des trusts inentamables, abrités derrière des comptables. Mais Shotover Hall avait tenu bon dans la main d'un homme de quarante ans à l'âme d'un petit garçon qui jouait au papa et à la maman avec la CIA, et payait les factures de Shotover Hall en liquide, semaine après semaine, comme si les banques n'existaient pas. Aujourd'hui, Armand était dans le coma, et le flot doré s'était interrompu. Il y avait quelque part vingt-six millions de dollars en liquide. Mais où ?

Cassidy soupira et rapporta les propos du banquier à Amanda.

Comme Lucia, celle-ci demanda ce que voulait dire *précipiter la procédure.*

— Cela signifie que vous devez rembourser tout le prêt lundi, capital et intérêts. Un million et demi. Vous avez un million et demi ?

— Je n'ai pas deux dollars, répliqua-t-elle avec une moue de dédain.

Pour Amanda, parler d'argent revenait à parler problèmes intestinaux. De très mauvais goût.

— Ils vont saisir Shotover Hall, c'est cela ? continua-t-elle tandis que Leatherstocking se frayait délicatement un chemin à travers les grands arbres.

Cassidy lui expliqua que la banque n'avait

même pas besoin de saisir. C'était une procédure très longue, qui pouvait être repoussée au tribunal. Mais avec ce type de contrat, la banque pouvait prendre possession des lieux immédiatement, si elle le désirait. Pourquoi elle aurait pu désirer une telle chose, Cassidy ne voyait pas.

C'était une banque qui appartenait à la CIA, et la CIA opérait toujours derrière des couvertures. Quelle meilleure couverture qu'une vieille famille aristocratique qui possédait les lieux depuis cent cinquante ans ? L'Agence tentait de faire pression pour une obscure raison qui lui était propre, une raison enfouie sous des couches et des couches de secrets, semblables à des pelures d'oignon successives.

Quelqu'un à l'Agence voulait savoir où se trouvaient les vingt-six millions. Pourquoi ? C'était de la roupie de sansonnet, pour la CIA. A moins que...

Cassidy écarta cette pensée et cria à Lucia, qui s'était éloignée devant :

— Pas par là, ma chérie. Par ici...

Il guida Ariel sur la gauche à travers la clairière jusque sous les grands hêtres, et éperonna le cheval vers une petite pente, se retournant pour s'assurer que Lucia lui emboîtait le pas.

Il ne tenait pas à ce qu'elle continue le chemin qu'elle suivait, car c'était par là que se trouvait la fosse commune, sous la terre rouge à nu. Pendant deux jours, il avait parcouru les bois avec Keefe et Rattigan, au volant d'une pelleteuse, ramassant les corps les uns après les autres, quarante-deux en tout, pour les amener dans un ravin profond au fin fond des vingt-sept mille acres. Le plus dur avait été de piloter le bulldozer à travers les bois jusqu'au ravin. C'était Keefe qui s'en était chargé, car il savait conduire n'importe quel engin, et dans le ravin, la pelleteuse avait accumulé la terre rouge sur les quarante-deux corps.

L'ultime humiliation pour Roberto Garcia — être enterré avec les appelés.

Le téléphone le plus secret d'Alison ne sonnait pas souvent, et, lorsque c'était le cas, il y répondait en personne, d'un seul mot, « Oui », avec une inflexion montante. Un « Oui » avec un point d'interrogation. Personne d'autre n'était autorisé à y répondre, même si Grace décrochait de temps en temps le combiné par simple méfiance conjugale vieux jeu. (Cassidy avait un jour promulgué la Loi de Cassidy, qui établissait qu'on pouvait demander à une riche épouse de faire des choses et s'attendre à ce qu'elle les fasse, mais que lui demander de ne *pas* faire quelque chose, c'était vraiment chercher des verges pour se faire battre.)

Ce matin-là à 10 heures, le téléphone le plus secret résonna. Alison se rasait avec son rasoir électrique. Il éteignit celui-ci et saisit le combiné. D'habitude, il avait des prémonitions. Piotr à Stockholm. Hugo à Lisbonne. Mais ce matin, il avait l'esprit vide et plein d'appréhension.

— Oui ? dit-il avec son inflexion si particulière.

La voix à l'autre bout du fil le secoua.

— Ali Baba n'est pas en place, dit la dame connue sous le nom de Papillon d'Acier.

Elle utilisait les cryptonymes même sur ce téléphone. Elle ne l'avait jamais appelé. Jamais. C'était toujours lui qui devait la contacter. Alison fut à la fois stupéfait et inquiet.

— Mrs. Van Fleet ?

Avec elle, on devait utiliser le « Mrs. ». Harriet Van Fleet était une femme démodée qui détestait intensément le nouvel usage du « Miz ». Elle avait un jour eu un mari, bien que personne ne sache ce qu'il était devenu. Cassidy soutenait qu'elle l'avait mangé tout cru.

— Je me suis rendue au terrain d'atterrissage ce matin. Il n'y a personne. Pas âme qui vive, dit-elle d'une voix froide et accusatrice. Il y a quarante et un paquetages sur le sol à l'extrémité nord de la piste — mais pas de soldats, pas d'Ali Baba.

Ali Baba était le nom de code de Roberto.

L'esprit d'Alison était en révolution. Que diable fabriquait Harriet Van Fleet sur le terrain d'atterrissage de Shotover Hall ? Et où se trouvaient Roberto et ses quarante hommes ? (Ali Baba et ses quarante voleurs. Quel cryptonyme judicieux !)

— Ali Baba est arrivé il y a trois jours, dit-il. Je pensais qu'ils s'entraînaient...

— Vous vous êtes trompé, Mr. A., rétorqua la voix glaciale et mortelle. Je vous suggère de vous rendre là-bas, Mr. A., de découvrir ce qui s'est produit, et de venir me faire un rapport en personne ce soir à 8 heures.

Plus rien. Alison raccrocha lentement.

Il pouvait prendre un avion de la CIA pour s'y rendre. Une demi-heure de trajet. Mais s'il n'y avait personne pour l'accueillir, il se retrouverait à des kilomètres de la maison... Armand était toujours venu le chercher, mais Armand était... là où il était. Quant à Kaska... Il avait essayé de correspondre avec lui par radiotéléphone la nuit précédente, mais sans réponse, pas même enregistrée. Il y avait là quelque chose qui ne tournait pas rond du tout.

Il n'existait pas d'autre choix que de se rendre en voiture jusqu'à Shotover Hall. Trois heures de route. Seigneur !

Cette fois-ci, il prit sa propre voiture, et, pendant

tout le trajet, une seule question dansa dans son esprit : pourquoi Harriet Van Fleet, l'aide personnelle du Président, la personne la plus puissante de toute l'Administration, s'était-elle rendue à Shotover Hall ? La faire sortir de la Maison-Blanche n'était pas une sinécure. Elle y mangeait, y dormait, vivait là-bas.

Pourquoi ?...

Une question très différente préoccupait Cassidy. Que diable la CIA recherchait-elle à Shotover Hall en plus de ce qu'elle y avait déjà ? L'endroit était idéal, un gigantesque domaine ultrasecret masqué derrière ses propres prétentions aristocratiques. Pourquoi vouloir y changer quelque chose ? Quelle activité répréhensible pouvait se dissimuler là ? Peut-être une école de guérilla, pour des leçons que les États-Unis, comme toutes les nations, devaient réapprendre douloureusement conflit après conflit.

C'était peut-être là qu'il pourrait enseigner ses cours toujours oubliés sur la nature de la guérilla, transmise par les Scythes, Attila et Sun Tzu, sans parler de Pancho Villa, Aguinaldo, Lawrence d'Arabie, Lénine, Mao, Ho Chi Minh, et nos propres Indiens Sitting Bull et Crazy Horse. Quelle idée de penser que l'Agence pourrait un jour l'écouter de nouveau ! Ou qui que ce soit, d'ailleurs...

Ils émergèrent brusquement des arbres sous le soleil brillant, dans la clairière derrière le chalet de Kaska. Celui-ci les prit par surprise. Ils n'avaient pas eu l'intention de visiter l'endroit — mais il était là, requérant leur attention.

Ils marchèrent tranquillement jusqu'à la porte.

Lucia dégringola de sa selle et passa les rênes derrière celle-ci, plaçant les étriers dessus pour les empêcher de glisser.

Cassidy fit la grimace. L'endroit puait la mort — Kaska et son *Bienvenido* sur le front, Roberto couvert d'abeilles de la tête aux pieds (vision qui le hanterait jusqu'à la fin de ses jours).

— Je veux un verre d'eau, réclama Lucia comme toutes les adolescentes de treize ans depuis la nuit des temps.

Elle entra dans le chalet.

— Où est ce Russe délicieux qui nous a parlé littérature ? demanda Amanda, assise sur son cheval comme une impératrice douairière.

— Il a été mis à la retraite, dit-il d'un ton cassant.

Kaska aussi reposait avec les appelés sous la terre rouge.

— Si on me chasse, je viendrai peut-être vivre ici, dit Amanda avec un soupçon d'humour. Ils ne me trouveraient jamais. Y a-t-il une chambre pour Geoffrey ?

La vieille dame descendit de cheval et entra à la suite de Lucia. Cassidy demeura seul avec les montures. Il attrapa les rênes de Leatherstocking au moment où celui-ci allait marcher dessus, et les attacha derrière la selle comme avait fait Lucia. Il procéda de même avec les siennes, et laissa les chevaux paître tranquillement.

Lucia, à l'intérieur, faisait le tour de la pièce principale, une tasse en étain pleine d'eau à la main. Elle tripotait tout, les yeux brillants d'une curiosité adolescente, reniflait l'atmosphère comme si elle pouvait y discerner des secrets, rayonnait d'énergie brute.

— On dirait qu'il a laissé tous ses jouets, remarqua Amanda.

Le RD-11 se trouvait toujours sur la table, très XXe siècle dans ce chalet de trappeur du XVIIIe.

— Qu'est-ce que c'est, Papa ?

— Un émetteur avec un ordinateur qui fait tout sauf te lacer tes chaussures.

Lucia jouait avec l'appareil, poussant des boutons un peu partout.

— Ça ne marchera pas, remarqua Cassidy. Keefe a coupé l'électricité.

A l'instant où il parlait, le RD-11 s'anima avec un bruit très informatique — *whup, whup, whup* — et le rouleau de papier blanc tourna, puis se mit en marche. Cassidy se souvint que le RD-11 fonctionnait sur son propre générateur lorsqu'il n'y avait plus de courant.

Lucia tripotait toujours les cadrans.

— Laisse ça, lui dit son père. C'est un gadget très compliqué. Il va te mordre si tu fais quelque chose qui ne lui plaît pas.

— Papa ! protesta-t-elle avec allégresse.

Quel que soit le bouton qu'elle avait enclenché, il avait mis en marche le RD-11, qui tapait à la vitesse de l'éclair.

Ils regardèrent tous les trois — Amanda, Lucia et Cassidy — les mots imprimés sur le papier blanc.

VOUS VOULEZ SAVOIR QUI EST VICTOR ? VOUS VOULEZ SAVOIR OÙ SONT LES VINGT-SIX MILLIONS ? EH BIEN, ÉCOUTEZ, MES ENFANTS, ET VOUS SEREZ RÉCOMPENSÉS...

Il y avait comme cela plus d'un mètre de prose enfantine en simple interligne, pleine d'exubérance, de douceur, d'innocence, comme s'ils étaient en train de jouer à Donjons et Dragons...

Une prose signée ARMAND.

Alison était furieux.

— Vous n'êtes pas censé être là ! cracha-t-il. Vous avez été enlevé de cette affaire ! C'était un ordre, Cassidy ! Vous violez votre serment...

— Je vais conduire, dit Cassidy avec douceur, car c'était la seule façon de manier Alison lorsqu'il explosait ainsi.

Sous sa colère, il détectait beaucoup de peur. Il le poussa gentiment sur le siège passager recouvert de cuir de la Jensen. (Une voiture anglaise dont il n'existait que quatre exemplaires aux États-Unis, et voilà-t-il pas qu'Alison en possédait une ?)

— Vous devez être très fatigué après vos trois heures de voyage, et je comprends qu'il soit très ennuyeux de vous demander de faire demi-tour et de rentrer, mais c'est comme ça, parce que nous n'avons pas beaucoup de temps.

Cassidy embraya et s'engagea avec la Jensen le long de l'allée bordée de cèdres immémoriaux, tout en parlant.

— Inclinez votre siège, fermez les yeux, et je vous raconterai toute l'embrouille. Vous et moi allons affronter la Dame Dragon ensemble, parce que je ne pense pas pouvoir pénétrer à la Maison-Blanche sans votre passe n° 4, et je ne crois pas que vous puissiez affronter tout seul la Dame Dragon, Hugh, parce que vous manquez de la qualité d'irrévérence que cette entrevue va nécessiter.

L'irrévérence était une qualité dont Cassidy était plus doué que n'importe qui. Alison écouta sans dire un mot. Alison avait toujours su bien écouter, et c'était une des raisons pour lesquelles il avait tenu si longtemps dans une agence où les révolutions de palais étaient légion. Cassidy lui raconta tout, puis un long silence tomba. Lorsque Alison parla enfin, ce fut dans un murmure très bas, comme s'il s'adressait à lui-même.

— Quasiment personne ne réalise à quel point elle est dangereuse.

Il faillit dire autre chose, puis s'arrêta.

Lorsqu'ils pénétrèrent en ville, Alison insista pour téléphoner. Cassidy aurait bien voulu écouter ce coup de téléphone, mais il ne pouvait pas car il était garé en double file. De toute façon, Alison fit très vite, et lorsqu'il revint, il était encore plus calme qu'à son habitude. Un mauvais signe.

Il était plus de 21 heures lorsque Cassidy gara la Jensen devant l'entrée ouest de la Maison-Blanche, et ils eurent du mal à persuader le garde ne serait-ce que de passer un coup de fil. La Dame Dragon les terrifiait tous. La vue du passe d'Alison résolut le problème et le garde téléphona.

— Mr. Hugh Alison pour vous, Mrs. Van Fleet. Il dit qu'il est attendu.

Il écouta un instant, puis se retourna vers eux.

— Mrs. Van Fleet dit qu'elle vous attendait il y a une heure. Maintenant, c'est trop tard. Il faudra reprendre rendez-vous demain matin.

Cassidy n'avait aucunement l'intention d'attendre. Il voulait la prendre par surprise, avant qu'elle n'ait le temps d'organiser sa défense.

— Dites-lui simplement Victor, demanda-t-il au garde.

— Victor ?

— Victor.

— Victor, fit le garde dans le combiné.

— Hugh, laissez-moi parler, dit Cassidy dans l'ascenseur de service qui menait aux appartements privés de la Maison-Blanche. Je connais le sujet mieux que vous, et, de toute façon, je suis plus coriace et j'ai moins à perdre.

— Il faut la faire sauter, Horatio, ou bien c'est

elle qui nous fera sauter. C'est de l'acier, cette femme. Levez votre garde et ouvrez l'œil.

Harriet Van Fleet les accueillit à la porte de son petit salon vêtue d'une longue robe de chambre imprimée de grosses roses rouges coléreuses dont on aurait dit qu'elles allaient vous mordre si on s'avisait de les sentir, pensa Cassidy. La pièce était encombrée de livres, y compris celui qu'elle était apparemment en train de lire, qui reposait ouvert, à l'envers, sur la table à café : *La Russie depuis 1917*, de F.L. Schuman. De la bonne littérature d'évasion.

Cassidy sortit le T-4095 et se mit à passer la pièce en revue.

— Ceci n'est pas pour notre protection, dit-il poliment, mais pour la vôtre. Vous ne tenez pas à ce que cette conversation soit enregistrée.

— La pièce a déjà été nettoyée.

Ce furent ses premiers mots, articulés d'un ton doux mais venimeux, avec un regard de cobra. Elle est un peu trop satisfaite d'elle-même, se disait Cassidy. Mais que pouvait-elle préparer ? Il ne lui en avait pas laissé le temps.

Il rangea le T-4095. Il n'y avait pas de micros. Harriet Van Fleet demeura là debout dans sa robe de chambre, aussi Cassidy demeura-t-il également debout. Seul Alison s'assit sur le petit canapé, les yeux baissés, tripotant sa canne à pommeau d'argent.

Cassidy débuta son récital comme il commençait nombre de ses cours à la New School, avec un certain embarras, une certaine brusquerie, qui n'en donnait que plus de poids à ses paroles :

— Comme vous devez le savoir, ce pays a conclu un accord avec le gouvernement suisse, pour surveiller certains comptes suisses dont il a et nous avons des raisons de penser qu'ils sont d'origine criminelle. Votre compte bancaire n° 2985648739 au Crédit Suisse est sous examen depuis un certain temps...

A l'exception du numéro du compte, que Cassidy avait tiré des révélations d'Armand, le reste n'était que mensonges. Il devait la saper au maximum, car la tâche allait être difficile, très difficile...

— D'une façon ou d'une autre, vous avez découvert que Harburg avait envoyé, non seulement votre numéro de compte, mais également le montant exact des sommes que Roberto Garcia vous virait chaque mois en liquide. Vous êtes entrée en contact avec Garcia — probablement à travers la valise diplomatique — et lui avez demandé de réduire Harburg au silence. Mais d'abord, il devait découvrir — par la torture — à qui il avait expédié ces informations. Vous avez découvert qu'il s'agissait d'Armand Shotover, et vous avez essayé de faire tuer celui-ci. Mais il n'est pas mort, Mrs. Van Fleet, et il nous a dit beaucoup de choses, y compris combien Roberto vous avait envoyé — onze millions de dollars...

Aucune de ces foutues accusations n'avait l'air d'entamer le moins du monde le sang-froid de la Dame Dragon. Elle le regardait presque avec indifférence.

Cassidy continua. Il faisait maintenant les cent pas, comme pendant ses cours, sauf qu'ici, il n'avait guère de place pour le faire.

— ... Et tout cet argent provient de la vente de la cocaïne dans ce pays, ce qui est un crime...

Il eut un petit toussotement désapprobateur. Il se trouvait devant une des fenêtres qui donnait sur l'entrée de côté. Il distinguait les phares d'une voiture. Ce soir, le Président recevait dans la salle à manger officielle le président du Costa Rica, et devait être en ce moment même en train de lui raconter des blagues irlandaises en dialecte, ce pour quoi il était très doué. Mais il était quand même bien tard pour arriver à une réception à la Maison-Blanche.

Cassidy poursuivait son récital tout en se faisant ces observations, un truc qu'il avait appris en tant que professeur — occuper son esprit à autre chose tandis qu'il continuait de discourir.

— Kaska, disait-il, n'a jamais été ce qu'il paraissait, Mrs. Van Fleet. Il n'a jamais été un transfuge. Il a été implanté ici pour semer la pagaille. Et à l'époque où il l'a été, le KGB ne connaissait pas la nature de celle-ci. Il devait lui-même inventer ce qu'il allait semer comme perturbation, ce qui explique qu'ils aient mis en place un de leurs meilleurs hommes pour ridiculiser les États-Unis. Nous avons pris soin de Mr. Kaska, mais les informations qu'il a fournies au KGB existent toujours dans leurs dossiers. Lorsqu'il éclatera, le scandale viendra de l'étranger, où nous ne pouvons pas le contrôler. Un trafic de cocaïne qui prend sa source dans les appartements privés de la Maison-Blanche...

Harriet Van Fleet lui tournait le dos, et faisait face à la porte d'entrée. Elle paraissait à peine entendre ce qu'il disait. Qu'est-ce que cette foutue bonne femme préparait ?

Cassidy continua d'enfoncer le clou car il n'y avait rien d'autre à faire.

— Voilà pourquoi vous devez démissionner, Mrs. Van Fleet. Pas seulement pour l'honneur de votre pays, mais également pour votre protection. Si ce scandale éclate alors que vous occupez encore ces quartiers, la fureur sera telle qu'une enquête devra obligatoirement avoir lieu — et très franchement, Mrs. Van Fleet, vous n'êtes pas en position de résister à une enquête. Les faits sont trop incriminants. Alors que si vous avez quitté la Maison-Blanche...

Il s'arrêta là. La porte s'ouvrit, et ils déboulèrent — une demi-douzaine d'entre eux, bien trop nombreux pour la tâche requise, et parmi eux, Cassidy n'eut que le temps de remarquer Brendan Vogel, qui le tenait maintenant par le cou, lui tordant le bras dans le dos et lui murmurant à l'oreille :

— Doucement, Horatio, sinon, je te brise la nuque.

Alison esquissa à peine un geste. Il tendit sans protester sa canne avec le 38 à un coup dissimulé dans le pommeau. Puis il y eut les menottes.

— J'ai bien cru que vous ne viendriez jamais, disait la Dame Dragon de sa voix veloutée. Où est Ben Riddle ?

— Il est allé voir le Président, Mrs. Van Fleet, dit l'homme aux cheveux gris que Cassidy reconnut tardivement comme Philip Hinds, le numéro deux, un survivant encore plus rusé qu'Alison.

Hinds semblait mener les opérations.

— Sécurité nationale maximum, disait Harriet Van Fleet. Il ne doit exister aucune trace de leur visite à la Maison-Blanche. Mr. Alison a été vu pour la dernière fois en route pour la Virginie en mission ultrasecrète. Mr. Cassidy a disparu dans la même région il y a des semaines de cela.

— Nous nous en sommes déjà occupés, dit Philip Hinds.

Ils allaient s'évanouir de la surface de la terre. Cela s'était déjà produit. Des agents s'étaient tout simplement évaporés, on avait accusé le KGB, et pris soin de leur famille.

Ils se retrouvèrent dehors, dans le petit ascenseur de service qui les contenait à peine tous.

— Merci, Philip, dit Alison. Désolé de vous avoir dérangé à cette heure. Vous croyez qu'elle a marché ?

On leur enlevait les menottes à tous les deux.

— Non. Elle n'a pas aimé le fait que Riddle ne soit pas là. Elle doit être au téléphone en train d'essayer de mettre la main dessus, mais elle ne le peut pas car nous avons coupé sa ligne.

— Riddle est son homme à l'Agence, expliqua Alison à Cassidy. Elle l'a placé là pour surveiller ses intérêts, et nous avons dû nous montrer très prudents avec lui.

— Il faut nous presser car c'est une fine mouche, dit Philip Hinds. Elle ne se laissera pas avoir longtemps.

Cassidy massait ses poignets endoloris et ne pipait mot.

Ils traversèrent la cuisine de la Maison-Blanche, ce qui constituait le chemin le plus rapide, débouchèrent par une porte battante derrière un serveur, et s'alignèrent le long du mur de la pièce dorée, essayant de se donner l'air d'hommes des services secrets. Le Président, debout, déchiffrait le téléprompteur comme s'il improvisait, et racontait celle de la grosse dame qui voulait aller au ciel, mais ils n'avaient pas d'ailes à sa taille. Le public rit, et le Président aussi. (Pour certaines de ces plaisanteries, il ne les connaissait même pas avant de les découvrir sur le téléprompteur, et bien qu'on essayât de lui faire lire ses textes à l'avance, il s'en passait souvent.)

Cassidy examina l'assemblée. C'était un dîner officiel de taille moyenne, ce qui représentait quand même une information d'importance. Tous les ambassadeurs latino-américains importants étaient là, ainsi que quelques diplomates européens, ceux qui avaient des liens étroits avec les Sud-Américains, comme les Français et les Italiens. Il y avait au moins quatre des journalistes politiques les plus connus, et un rédacteur d'une télévision nationale, pour que l'affaire soit bien couverte.

Le Président était un remarquable acteur qui regardait son public droit dans les yeux, alors même qu'il lisait son texte sur le téléprompteur avec tant de cordialité, de façon si informelle, avec une telle étincelle dans l'œil qu'on avait l'impression qu'il improvisait au fur et à mesure, tant son discours était plein d'hésitations et de petits haussements d'épaules. Il s'amusait comme un fou et entraînait son public avec lui.

— C'est sans enthousiasme que je dois accepter la démission de Harriet Van Fleet, l'une de mes plus compétentes collaboratrices...

A cet instant, le Président prit conscience de ce qu'il disait. Il y eut une légère hésitation (mais de toute façon, il y en avait déjà beaucoup dans son discours) que seuls les hommes alignés contre le mur décelèrent.

Le Président était pris au piège de son propre professionnalisme, et le vieux pro qu'il était continua de lire ses lignes comme s'il les improvisait, tandis que son esprit s'affairait à deviner leur signification.

— Mrs. Van Fleet a demandé à être relevée de ses très lourdes responsabilités pour réintégrer les allées de l'Université, sa seule véritable passion...

Foutaises que tout cela. Harriet Van Fleet allait détester quitter les allées du pouvoir pour celles de l'Université.

Le sourire éclatant du Président demeurait vissé sur son visage tandis que la bande alignée contre le mur distinguait un soupçon de la lutte qui se livrait en lui. Il était totalement pris au piège. Impossible d'admettre qu'il avait lu quelque chose dont il n'avait aucune idée auparavant, ce qui équivaudrait à reconnaître que tout ce qui sortait de sa bouche y avait été placé par quelqu'un d'autre.

Il continua :

— Si vous vous demandez pourquoi je vous annonce ceci à dîner, c'est parce que — comme vous le savez tous — Mrs. Van Fleet est l'architecte de notre politique latino-américaine, et j'ai pensé que vous, les diplomates de l'hémisphère Sud, deviez être les premiers à le savoir. L'absence de Mrs. Van Fleet sera durement ressentie sur votre continent.

Tu parles. Harriet Van Fleet était la gringa qu'ils adoraient détester en Amérique du Sud. D'un bout à l'autre du continent, on danserait dans la rue pour fêter son départ.

Le Président, toujours souriant, raconta encore quelques blagues, puis s'assit. Mais la façon dont il s'assit indiqua aux hommes alignés contre le mur qu'il était en colère. L'explication de tout ceci avait intérêt à être bonne.

Tandis qu'ils attendaient le Président dans le Bureau Ovale, Alison disait :

— Elle n'aurait jamais démissionné, Horatio ! Jamais ! Elle m'a dit que Nixon avait commis une très grosse erreur en démissionnant — qu'il aurait pu prendre la situation en force —, et, bien entendu, Alexander Haig n'a jamais démissionné. Il a *menacé* de démissionner, ce qui est tout à fait autre chose. Reagan a *accepté* sa démission avant qu'il ne l'ait offerte.

— Et comment avez-vous fourré le texte sur le téléprompteur ?

— Nous avons toujours eu un homme au télé-prompteur, expliqua Hinds. Pas pour introduire des choses, mais plutôt pour enlever ce que certains de ses conseillers les plus cinglés y mettent, et Harriet Van Fleet n'était pas des moindres. Si nous n'étions pas intervenus plusieurs fois, elle nous aurait fichus dans la panade avec plusieurs gouvernements.

Lorsque le Président arriva, bien après 22 heures, ce fut Cassidy qui dut fournir les explications.

— Monsieur le Président, vous devez l'éloigner le plus possible de la Maison-Blanche, car elle sera considérée, non seulement comme un escroc, mais comme un instrument du KGB.

Ce fut l'argument choc — que cette administration dont la religion était l'anticommunisme puisse être considérée comme un instrument du KGB au cœur même de la Maison-Blanche.

— C'est de la folie ! marmonna le Président. Si elle voulait de l'argent, elle aurait pu devenir consultant, comme Kissinger. Elle se serait fait des millions. Non mais, franchement !

— C'est ce qu'on appelle le frisson de l'illégitimité, expliqua Cassidy. C'est ce qui fait marcher la Mafia, bien qu'elle ait tout à fait assez de butin pour investir dans des entreprises honnêtes, dont certaines sont tout aussi impitoyables que les malhonnêtes. Mais avec les affaires honnêtes, on n'éprouve pas le même frisson. C'est plus drôle de truander, même si c'est plus difficile et plus risqué.

Plus tard, dans la maison d'Alison à Georgetown, devant un verre, celui-ci demanda :

— Où sont les vingt-six millions, Horatio ?

— Quels vingt-six millions ? dit Cassidy en imitant Jimmy Durante.

Dans *Jumbo*, il y avait une scène dans laquelle Jimmy Durante essayait de voler un éléphant. Quelqu'un le surprenait et lui demandait : « Où vas-tu avec cet éléphant ? »

« Quel éléphant ? » répondait Durante.

Quels vingt-six millions ? Personne n'avait dit qu'il manquait vingt-six millions où que ce soit. Ils n'étaient jamais apparus dans aucune plainte, aucun registre de police, aucun mémo. Ils n'avaient jamais eu d'existence officielle.

Quels vingt-six millions ? Cassidy sourit aussi innocemment que Jimmy Durante lorsqu'il disait : « Quel éléphant ? »

ÉPILOGUE

Récupérer le magot à Grand Central Station pour le rapporter à Shotover Hall fut une autre histoire. Un problème majeur, à la fois de logistique et d'espionnage.

La surveillance était massive.

Même lorsque Cassidy accompagnait Lucia à l'école depuis la 13e Rue, il y en avait deux qui jouaient les innocents derrière eux. Les repérer n'était pas difficile, s'en débarrasser était une autre paire de manches. C'était une surveillance de vingt-quatre heures sur vingt-quatre, très chère et pratiquement impossible à semer — aussi Cassidy n'essaya-t-il pas.

Ce qu'il fit, par contre, fut de les rendre fous, et il se débrouilla en l'occurrence très bien. Lucia et lui jouaient à la marelle sur le trottoir; ils s'attardaient dans les librairies de la 8e Rue, s'arrêtaient boire des cafés dans des petits bistrots. Les dix minutes à pied de l'école jusqu'à la 13e Rue leur prirent environ une heure et demie.

A gâcher l'argent du contribuable.

Vendredi, le jour important, Lucia et Cassidy passèrent effectivement deux heures à tuer le temps entre l'école et la 13e Rue, et, lorsqu'ils rentrèrent, n'osèrent même pas en parler tant ils étaient certains d'être filmés et enregistrés sous toutes les coutures. C'était d'un ennui mortel, non seulement pour leurs suiveurs, mais également pour Lucia et Cassidy, car, bien entendu, l'action, elle, avait lieu ailleurs.

Ce fut ce jour-là qu'une petite dame voûtée aux cheveux blancs, accompagnée d'un monsieur âgé qui se tenait très droit, à la barbe blanche hérissée et aux yeux bleus perçants, traversèrent Grand Central Station à l'heure de pointe, 17 h 30, au milieu d'une marée de banlieusards et d'épouses qui quittaient la ville pour le week-end, jusqu'aux consignes à bagages à l'étage en mezzanine. L'homme ouvrit un casier avec une clé et en sortit les deux grandes valises de toile. Titubant un peu sous le poids, ils transportèrent les valises à l'étage en dessous, le long de la rampe qui menait à la station de métro de l'East Side. Là, ils fendirent la foule jusqu'à l'express de Lexington Avenue. Ils demeurèrent debout, ces deux vieux-là, sur tout le trajet jusqu'à la station de la 86e Rue, où ils sortirent et remontèrent l'escalier du métro, puis descendirent la 86e Rue jusqu'à la 2e Avenue, puis de la 2e Avenue jusqu'à la 91e Rue, où était garé le Reo.

Le militaire au volant traversa Manhattan, le Holland Tunnel, puis les terrains vagues du New Jersey jusqu'en Virginie. Lorsqu'ils atteignirent Shotover Hall, ils s'engagèrent dans l'entrée la plus récente, et conduisirent le bus jusqu'au chalet de Kaska, là-haut dans la montagne. Le véhicule hoquetait et crachait, mais ses hauts essieux accrochaient bien les rebords du chemin.

Une fois dans le chalet, Keefe et Rattigan fourrèrent les deux valises sous le lit de Kaska. C'est alors seulement qu'ils ôtèrent perruques, barbes, robe et tout le reste, tous deux trop épuisés pour parler beaucoup.

Amanda avait laissé du pain, du beurre, du bacon et des œufs dans le réfrigérateur, et il y avait des haricots dans le placard. Rattigan fit des œufs au bacon et réchauffa les haricots.

— Je suppose que nous devrions compter et en faucher un peu, dit Keefe.

— J'ai trop faim et je suis trop fatigué pour de telles bêtises.

Après dîner, ils allèrent se coucher sans même jeter un œil à l'argent.

Dimanche soir, Cassidy abandonna Lucia chez Deborah bien malgré elle, et s'envola seul pour Marietta, où il loua une voiture et conduisit jusqu'à Shotover Hall, défiant ouvertement ses suiveurs de lui emboîter le pas dans l'allée. Shotover Hall était bien trop étendu pour une surveillance efficace.

Lundi, le jour où la procédure de remboursement devait être mise en œuvre, Cassidy et Amanda firent leur apparition à la banque de Marietta avec une valise pleine de billets — un million et demi plus les intérêts.

— Comptez, intima Cassidy à Sydney Dorp, dont les doubles mentons avaient l'air plus scandalisés que jamais. Je veux un reçu, et Mrs. Shotover désire également qu'on lui rende le contrat de prêt annoté comme remboursé.

Ce n'était guère habituel, mais comme Cassidy se fit un plaisir de le remarquer, l'argent liquide était encore de cours légal dans ce pays.

S'il y a bien une chose que détestent les banques, c'est le liquide.

— Ils ont de la chance que nous n'ayons pas payé en pennies, dit-il alors qu'ils s'éloignaient. Ils vont faire un rapport, vous savez, attendez-vous à une visite des Impôts.

— Et qu'est-ce que je fais ?

— Payez au type ce qu'il demande.

Ils s'arrêtèrent prendre Anne Falk à l'hôpital de Marietta. Ses joues et son front n'étaient plus enflés, mais les piqûres d'abeilles avaient abîmé les proportions sculpturales de ses pommettes, la symétrie parfaite de ses traits. Elle ne serait plus jamais aussi belle qu'elle l'avait été, mais, après tout, se dit Cassidy, personne n'avait besoin d'être beau à ce point-là. Il y avait dans le regard gris un soupçon de tristesse qui y resterait toujours, l'héritage des abeilles et du tourment qu'elle n'avait pas souffert mais qu'elle avait craint.

Ils montèrent tous les trois jusqu'au sixième étage, jusqu'à la chambre à l'extrémité du couloir où Armand était étendu sur le dos, les yeux fermés, son léger sourire ironique aux lèvres — hors d'atteinte.

Anne Falk l'embrassa sur les lèvres, caressa son front, s'affaira un peu autour de lui.

— Je reviendrai demain, dit-elle à l'infirmière.

— Ce sera peut-être une longue veille, la prévint Cassidy. Comme d'habitude, les toubibs ne savent pas à quoi ils ont affaire.

— J'attendrai.

Lorsqu'ils s'engagèrent sur l'allée qui menait à Shotover Hall, Amanda, qui avait jusque-là très peu parlé, se retourna vers Anne et lui dit :

— Bienvenue à la maison.

Ce soir-là, Anne Falk rendit de nouveau visite à Cassidy dans sa chambre, revêtue de la même robe de chambre pratique qu'elle portait la première fois. Mais c'était une autre femme.

Elle s'assit sur le bord du lit, et regarda Cassidy dans les yeux avec brusquerie.

— Armand gérait cette maison comme un jouet, payait les factures comme on fait au Monopoly. Nous ne pouvons plus continuer comme ça. De toute façon, Armand n'est plus là pour ça. Nous ne pouvons pas garder l'argent caché sous un lit indéfiniment. Nous devons l'investir. J'ai un ami à la Boston Commonwealth qui sait comment blanchir le liquide dans des investissements qui n'attireront pas l'attention des Feds...

C'était là la jeune femme qui avait tenté de persuader Armand de rendre l'argent. Cassidy regardait par la fenêtre la lune transformer les arbres en œuvres d'art.

— Je ne veux plus rien avoir à faire avec cet argent, dit-il sans la regarder. J'ai l'âme puritaine, Anne. Je ne sais pas à qui il appartient, mais je sais qu'il n'est pas à moi.

Il s'arrêta là avant de s'emballer sur le sujet. La théorie de Cassidy était que toute somme supérieure à, disons, dix mille dollars, était intrinsèquement mauvaise, théorie dont il abreuvait ses amis après un peu trop de Wild Turkey, mais qu'il ne tenait pas à poursuivre pour l'instant.

— De toute façon, dit-il au lieu de cela, nous n'arriverions jamais jusqu'à Boston. Nous tomberions dans une embuscade avant d'avoir fait dix kilomètres, et des hommes non identifiés dans une voiture non identifiée nous en délesteraient.

— Vous ne saviez pas que je pilotais ? dit-elle. Vous connaissez la piste d'atterrissage que nous avons ici. Il est très difficile à un avion non identifié d'en arrêter un autre dans les airs.

Ce qui frappa le plus Cassidy dans cette solution radicale, ce fut le « nous ».

Et elle n'était même pas encore mariée.

Beaucoup, beaucoup plus tard, il en discuta avec Keefe.

— C'est une autre femme. Tu crois que ce sont les abeilles qui ont fait ça ?

— La souffrance, rectifia Keefe.

— Mais elle n'a rien ressenti. Tu avais coupé l'électricité.

— Elle était enchaînée. Lorsqu'on a été enchaîné et qu'on a connu la peur...

Keefe grimaça comme s'il se retrouvait lui-même dans cette position.

— Ça te fait quelque chose à l'âme. Armand s'en apercevra lorsqu'il se réveillera — s'il se réveille jamais.

— J'avais parcouru mon petit carnet noir une douzaine de fois, examiné chaque numéro de téléphone, mais je n'arrivais pas à faire le lien — une *femme.*

Cassidy et Keefe étaient assis dans l'arrière-salle chez *Spumi*, dans la pénombre qu'apprécient les amateurs de Manhattan.

— Et, bien entendu, Armand savait qui était Victor. Elle avait affaire à lui parce qu'il était plus facile à duper qu'Alison. Ce qu'elle n'a pas compris, c'est qu'elle avait aussi affaire à un patriote ancienne manière. Il a été scandalisé par cette corruption dans les plus hautes sphères de l'État.

Keefe grommela :

— Mais qu'est-ce que le numéro d'Harriet Van Fleet à la Maison-Blanche foutait dans ton petit carnet noir, Cassidy ? Je ne savais pas que tu jouais à ce niveau.

— Jamais de la vie. C'est Alison. J'ai dû

l'appeler là-bas une fois — il frimait pour me montrer quelle grosse légume il était — et j'ai gardé le numéro parce qu'on ne sait jamais quand on aura besoin d'un numéro de la Maison-Blanche. Naturellement, c'est le dernier auquel j'aurais pensé.

— Si Armand était un tel idéaliste, qu'est-ce qu'il fabriquait avec vingt-six millions dans ces deux grosses valises que j'ai dû trimballer ?

— Il a tué le Latino avec son propre flingue. C'est Kaska qui lui a appris ça. Le type avait les mains prises par les deux valises, Armand a pris son arme dans sa poche et l'a descendu. Il a flanqué l'argent dans la consigne, fermé le casier à clé, marché jusqu'au métro, qu'il a pris jusqu'à la 14e Rue pour me voir, suivi de près par ces deux truands. Tout ça est enregistré. Il allait rendre l'argent à l'Oncle Sam pour prouver à quel point Harriet Van Fleet était corrompue, mais l'affaire s'est corsée.

— Tu crois qu'il sortira un jour du coma ?

— Tu en sais autant que les médecins. Anne Falk va le voir tous les jours et reste assise à le regarder. Le reste du temps, elle gère Shotover Hall — les vingt-sept mille acres. Un bon tour joué à la CIA, parce qu'ils l'ont placée là pour surveiller l'endroit, et elle a fini par le leur subtiliser sous le nez. Et maintenant, elle a vingt-six millions pour s'en occuper — ou plutôt, vingt-quatre et demi, après avoir payé le loyer. Ces débutantes bostoniennes, il faut les tenir à l'œil. Elles ont toutes eu des ancêtres pirates.

De retour à la New School, Cassidy se montra plus que jamais sauvage et sardonique face à ses douze élèves, un groupe très brillant d'étudiants d'extrême droite qu'il prenait plaisir à asticoter. En retour, ils lui lançaient des questions tendancieuses et dures qu'il les soupçonnait de tirer de *Partisan Review*.

Ce jour-là, en contrepoint de son ironique commentaire sur la politique étrangère américaine au Viêt-nam, au Liban et en Amérique centrale, il lut en classe des extraits de rapports adressés à Louis-Philippe à propos de sa guerre désastreuse contre les Berbères en 1833 : « Nous avons profané les tombes et les mosquées. Nous avons envoyé à la mort sur simple dénonciation et sans jugement des gens dont la culpabilité est extrêmement douteuse. Nous avons tué sur de simples soupçons des populations entières, qui ont depuis été reconnues innocentes. Nous avons surpassé en barbarie les barbares que nous étions venus civiliser — et nous nous plaignons de ne pas remporter de succès auprès d'eux. »

Cassidy appréciait tellement cette phrase qu'il la répéta : « Nous avons surpassé en barbarie les barbares que nous étions venus civiliser. » Il n'oublierait jamais combien il avait été près de torturer Roberto avec ses propres instruments...

— Dans nos efforts pour répandre la démocratie, en lançant des obus de 16 sur des villages, en détruisant des communautés pour les sauver du communisme, en les noyant sous un déluge de mort dans nos tentatives pour les convaincre des délices du capitalisme, nous n'avons jamais réussi à vendre nos vertus; nous n'avons réussi qu'à acquérir leurs vices.

Ceci provoqua une vague de protestation de ses étudiants de droite, que Cassidy écouta avec un sourire plutôt bonhomme, car il aimait plutôt bien ces jeunes (surtout une virago sexy aux jambes nues et musclées qu'elle ne cessait de croiser et décroiser tout en émettant des opinions à peine plus à droite de Torquemada).

Il écoutait toujours, mais s'attribuait les cinq dernières minutes, le mot de la fin.

— Je vous abandonnerai sur une dernière réflexion. Cinquante pour cent de cet armement très cher que nous fournissons à ces dictateurs d'Amérique centrale pour massacrer leurs paysans finira dans les mains des communistes. Il n'y a rien là d'extraordinaire. Au Viêt-nam, la moitié de nos armes et de nos munitions ont atterri chez les forces d'Ho Chi Minh, jusqu'à la fin du conflit, où ils ont tout récupéré. Il y a cinquante ans, notre pays a dépensé une fortune pour armer Tchang Kaï Chek, dont les généraux corrompus ont vendu une bonne partie aux communistes, et, en définitive, c'est l'Armée Populaire qui a tout récupéré. Au cours des cinquante dernières années, la droite aux États-Unis a armé plus de communistes que Lénine, Staline, Brejnev, Tchernenko et Gorbatchev réunis.

« La dernière fois que je me suis trouvé en Amérique du Sud, il y avait quatre sortes de communistes — staliniens, trotskistes, maoïstes et castristes. Ils se détestaient tous cordialement — jusqu'au moment où nous leur avons permis de s'unir par nos actions en Amérique centrale. Regardez le Cambodge, maintenant que nous l'avons quitté. Les communistes vietnamiens, appuyés par les Soviétiques, combattent les Khmers rouges, appuyés par les Chinois — quatre sortes de communistes qui s'entre-déchirent. Chaque fois que nous intervenons contre les communistes, où que ce soit dans le monde, nous réussissons à accomplir exactement l'opposé de ce qui était notre objectif — unifier les hordes communistes contre le monde démocratique. Pourquoi ne pas les laisser s'entre-tuer tout seuls ?

« Mais c'est assez. La semaine prochaine, nous

en reviendrons aux Croisades, où quatre cents ans d'interventions chrétiennes n'ont réussi qu'à ancrer les Musulmans d'un bout à l'autre du Moyen-Orient. Bonne journée.

Cassidy descendait la 5e Avenue, tout en savourait le soleil printanier, lorsque la jeune femme aux jambes nues et musclées lui emboîta le pas, secouant sa crinière fauve comme une arme.

— Professeur, vous conseillez d'adopter la *faiblesse* comme stratégie de politique étrangère ! Comment pouvez-vous admirer la faiblesse ?

— En fait, dit-il, j'admire la force. Où avez-vous attrapé des jambes aussi musclées ? Au basket-ball ? Au hockey ?

Voilà qui la rendit encore plus furieuse.

— Ce n'est pas la partie la plus importante de ma personnalité, professeur.

Cassidy la prit par le coude et la mena chez *Weber*, à la terrasse.

— Un Wild Turkey, dit-il au serveur. Et pour la jeune femme, quoi ? Un jus de pamplemousse ?

— Un Wild Turkey, dit-elle d'un ton lugubre.

— Seigneur, vous voulez dire que nous sommes d'accord sur au moins un sujet ?

Une heure plus tard, ils se trouvaient chez elle, un vaste loft dans le Village. Il n'y avait pas de lit, simplement une paillasse de dix centimètres d'épaisseur, dont il avait fallu se contenter.

— Ce sont mes jambes l'attraction, dit-elle d'un ton amer.

— Eh bien, je remonte petit à petit, commenta Cassidy. Tes seins sont très jolis, eux aussi. Un jour...

— Un jour, vous atteindrez ma tête, et vous serez horrifié.

Il l'embrassa sur les lèvres.

— C'est une très jolie tête. Vraiment. Il ne faut pas croire que les convictions soient si importantes que cela. Certains des hommes que j'ai le plus admirés — et il pensait à Kaska, ou Youli, comme il s'appelait avant — avaient des convictions plutôt effrayantes, mais étaient également dotés d'autres qualités, de l'esprit, du goût, de l'originalité, qui me séduisaient. Je peux fermer les yeux sur la religion d'un homme, mais jamais sur son goût en matière de cravates.

— Vous commencez à parler comme Oscar Wilde.

— Alors il est temps que je rentre à la maison, dit-il en remettant son pantalon.

— Vraiment, vous êtes l'homme le plus irritant que j'aie jamais rencontré !

Cassidy reboutonnait sa chemise.

— Quand vous reverrai-je ?

— En classe, dit Cassidy, quand chacun de nous tentera de faire changer l'autre d'avis sur la nature du monde — et que nous échouerons tous deux.

1 0 0 0 1 0 0 0 1

4 + 16 + 4 + 1 = 25

0 1 0 0 1 0 0 1 0

6 + 9 + 6 + 4 25

0 1 0 0 1 0 0 0 1

6 + 12 + 4 + 2 24

0 1 1 0 1 1 0 1 1

0 1 1 1 0 0 0 0 0

3 + 5 + 15 = 23

1 0 0 0 1 1 0 0 0

4 + 4 + 4 = 4

1 0 0 0

8 4

1 0 0

21

1 0 0

25

0 0 0 0 1 0 1 1 0

10 + 4 + 10 24

0 0 0 1 0 0 1 1 0

12 + 5 + 8 = 25